GAEA

GAEA

護玄／著

vol. 5 新版

特殊傳說 5

目錄

特殊傳說
THE UNIQUE LEGEND

登場人物介紹

姓名：褚冥漾（漾漾）
年級/班別：高中一年級/C部
性別：男
袍級/種族：無/人類
個性：非常普通的男高中生，個性有點怯懦，不太敢與人互動。

姓名：冰炎（學長）
年級/班別：高中二年級/A部
性別：男
袍級/種族：黑袍/？
個性：脾氣暴躁、眼神銳利。不過是標準刀子口豆腐心的好人～

姓名：米可蕥（喵喵）
年級/班別：高中一年級/C部
性別：女
袍級/種族：藍袍/鳳凰族
個性：個性爽朗、不拘小節，喜歡熱鬧。非常喜歡冰炎學長！

姓名：雪野千冬歲
年級/班別：高中一年級/C部
性別：男
袍級/種族：紅袍/？
個性：有點自傲，知識豐富像座小型圖書館；討厭流氓！

姓名：西瑞．羅耶伊亞（五色雞頭）
年級/班別：高中一年級/C部
性別：男
袍級/種族：無/獸王族
個性：個性爽朗、自我中心。出身於暗殺家族，打扮像台客。

姓名：萊恩．史凱爾
年級/班別：高中一年級/C部
性別：男
袍級/種族：白袍/人類
個性：個性隨意，存在感低、經常超自然消失在人前，執著於飯糰！

登場人物介紹

Atlantis 學院

姓名：藥師寺夏碎
年級/班別：高中二年級/A部
性別：男
袍級/種族：紫袍/人類
個性：個性淡泊，不喜過多交談，是個溫柔的好哥哥。

Alis 學院

姓名：伊多．葛蘭多
年級：大學一年級
性別：男
袍級/種族：白袍/水之妖精
個性：成熟穩重且平易近人，性格溫和。先見之鏡的守護者。

姓名：雅多．葛蘭多
年級：大學一年級
性別：男
袍級/種族：白袍/水之妖精
個性：不愛講話，外在冷淡繃著一張臉，不過卻是個好人。

姓名：雷多．葛蘭多
年級：大學一年級
性別：男
袍級/種族：白袍/水之妖精
個性：極具冒險精神，永遠都掛著笑臉，喜歡搗蛋，對五色雞的頭髮異常執著。

其他

姓名：褚冥玥
身分：一般的大一生，漾漾的姊姊
性別：女
種族：人類
個性：直率強硬，很有個性的冷冽美女。異性緣爆好！

第一話　前進排水道

地點：湖之鎮

時間：早上五點三十分

我作了一個夢。

一個應該是延續之前、可是又像是重新開始的夢。

我的夢中四周都是黑暗，隱約只能感覺這是一條黑色的小路，小路周圍似乎可以聽見什麼東西的竊竊私語。然後，他們要我往前走，前方有著一點光亮。那條小路並沒有很長，一下子就走到了出口，光亮在我眼前擴大，然後我在光亮之後看見一個人站在那裡——

一個我最熟悉不過的人。

我看見學長站在光亮處，那幅景色、那種感覺非常熟悉，好像我曾經也在那裡看過這個場景般。不過這次有所不同，他披散在空中的是銀色的髮，滿頭銀白的髮，就連眼睛都是懾人的銀色，看起來又與我記憶中的學長不同。他讓我感覺，我似乎應該曾見過同樣的人，不是學長、是另一個和他現在很相似的人。

四周亮起，這次沒有什麼東西飛來，一點一點周圍景物就這樣浮現在我的眼前。那是一座巨大的天然石窟，淙淙的細流聲飛散了寒冷的冰霧。

這裡是鬼王塚，我二度夢到的禁忌地區。

學長緩緩抬起頭，視線與我相對，我才發現他這次已經不是站在我身邊，而是站在那條冰川裡面，四周的冰霧幾乎將他的身體掩蓋，銀白的色澤幾乎與水相融。

有那麼一瞬間，我以爲我看到的其實只是尊冰雕而不是活生生的人。

他就站在那邊，一句話也不說。

然後，我被驚醒了。

※

「漾漾？」

在睜開眼睛的那秒，我看見的是一張臉在我眼前直接放大，「你清醒了嗎？」

一下子沒看清楚那張臉是誰，我嚇了一跳然後微微往後退了些，然後才注意到那個好像是昨晚睡在另一張床的人。

看到我醒來之後，千冬歲也退開身，我眨了眨眼睛，還有點霧濛濛的，整個房間有點昏暗，窗簾底下透著暗藍色的微弱光線，看起來應該是剛天亮不久。旁邊還躺著幾個人，最明顯的是昨天擠在旁邊睡的雅多，他看起來睡得很沉。我不太敢吵醒他，所以小心翼翼地動了一下身，很小聲地對千冬歲發問，「怎麼了？」

千冬歲搖搖頭，「你在夢囈。」

「我？」

他又點點頭。

怪了，我怎麼不知道我有說夢話的習慣？

是說我不知道應該也是正常的，畢竟我之前在家裡都是自己睡嘛，要是跟家人一起睡還說夢話的話我一定會早就知道，因爲我老姊絕對是第一個跳起來把布塞在我嘴巴封上膠帶讓我再也說不出來的那個人……等等！糟糕了，應該沒有吵到其他人吧？

我偷偷瞄了一下四周，其他人都已經不見了，只剩下雙胞胎兄弟還在睡。要命，該不會因爲我說太大聲所以其他人乾脆不睡都跑光了吧？

「噓，他們去準備早餐了，我們去外面說。」千冬歲同樣小聲地回答我，然後躡手躡腳地爬下床鋪，動作輕柔得像隻貓。我也跟著他做了一樣的動作，然後一起溜出房門外。

房外的走廊也是昏昏暗暗的，不過走廊邊的窗簾都給甫出房間的千冬歲拉開，清晨的光線慢慢透了進來，馬上給人明亮清爽的感覺。

「我夢囈有說什麼嗎？」一出房間，我連忙抓著千冬歲問。該不會我無意識把私房錢還有曾經幹過什麼蠢事都隨便亂講出來吧？天啊！如果是這樣，到底有幾個人聽見了？

我有種祕密突然被自己爆料的悲傷感覺。

「因爲太小聲了，幾乎沒聽到什麼，只聽到零散的幾句話，好像是什麼黑路之類的。」千冬歲聳聳肩，表示也不太清楚我說過啥，「你有沒有印象自己夢到什麼？」

我疑惑地偏著頭思考了一下。怪了，明明剛剛作夢時好像很清晰，可是醒來之後就忘得一乾二淨了，我連夢裡面有看到什麼都記不太起來，就和某次在外面過夜的情形很像，「沒耶，一點印象都沒有。」這說明了一件事，原來我已經提早得到老人痴呆症了。

「忘了也沒辦法，你要再去睡一下嗎？昨天最後守夜的是雷多和雅多，可能昨晚也不怎麼平靜，他們兩個有點累，我們打算晚一點再出發。」千冬歲看了我一眼，這樣回著。

不平靜？對了，夏碎學長那時候也有點問題，看來昨天晚上睡得最飽的人應該就是我。

說眞的，我有點慚愧。

「那個、我不用睡了，有沒有什麼要幫忙的？」我拍拍臉讓自己清醒過來，然後用力伸了伸四肢。

「應該是沒有吧，你如果清醒就盥洗一下，先下去吃點東西，伊多和夏碎很早就已經在樓下準備了。」千冬歲啪地一聲拍了我的額頭，讓我整個人連最後一點睡意都消失了，「今天有得玩了，能吃多飽就多飽，知道沒。」

「好～」

然後我又悄悄地走回房間，拿了自己的背包閃進浴室梳洗了一下，出來看到那兩個雙胞胎還在大睡特睡，我也沒敢隨便叫醒他們，就悄悄地再次走出去。本來在外面的千冬歲已經不知去向了，我想大概也是下樓之類的，他又不是我，所以不用太過幫人家擔心。

一走到樓梯口都還沒下樓，某種香味已經爬著階梯飄上來。

軟軟的，那種剛出爐的麵包香……不是吧？那兩個人居然還有閒情逸致烤麵包？

我三步併作兩步地跑下樓衝往大廳，樓下香氣更濃了一點，然後我看見某個應該已經失散掉的人出現在大廳裡面。

「早安，漾漾。」昨晚應該不住在旅館裡、今早卻出現在旅館裡面的庚學姊抬起一隻手向我打招呼，一切都顯得這麼自然無比。

世界眞是奇妙……

「學姊早安。」我完全不能理解她是怎樣出現在這個地方的，該不會是昨晚其實她一直都在，只是我們沒注意到吧？

別開玩笑了！庚學姊又不是萊恩，哪有可能會那種詭異的高級特技。

「不用太在意我，我只是路過這邊，剛好在外面碰到伊多，他招呼我進來而已。」庚學姊說得完全就像是早上出門散步時，被鄰居還是鄰鄰居邀請入屋吃早餐的那種感覺。

「……蘭德爾學長沒有跟妳在一起嗎？」我還以爲這兩個人應該多少會碰在一起，畢竟他們是同隊的。

庚學姊很優雅地拿起桌上的杯子嗅了嗅香氣……可見她已經在這邊坐了好一會兒，淺嚐了一口之後才說道：「昨天本來在一起，還有其他隊伍的人，不過後來分別兩頭找線索，我與蘭德爾約好今日正午在大廣場見面。」她繼續啜了口飲料，微笑地這樣告訴我，「剛剛聽夏碎他們說了狀況，我們就不跟你們進排水道，你們下去地底，我們在上方收集情報以及解除大結界，兩邊一起行動會快一些。」

她簡略地把情況大略說完。

我完全明白她的意思，總之還是兵分兩路就對了，「嗯，啊！學姊妳有看見萊恩或者西瑞他們嗎？」除了其他學院之外，到目前爲止還剩這兩個人沒找到，該不會他們就這樣給我原地蒸發了吧？

庚學姊搖了頭，「放心，那兩個粗線條歸粗線條，發生事情還挺機伶的，不用太在意他們。」說得完全就是可以把他們野放在原始世界，他們也會好好活下去的感覺。

「我是比較在意城鎮會不會全滅的問題……」先不說萊恩，五色雞頭那傢伙一攻擊起來就是全範圍，不知道打壞東西會不會被求償。

濃濃的香氣突然加重了，「你們兩個在聊什麼？」大清早居然有閒情逸致去揉麵團烤麵包的廚房兩人組一人手上端著一個大烤盤，上面盛著剛出爐的幾個大麵包，騰騰的熱氣和香氣瀰漫了整個室內空間。

「沒有什麼，閒話家常而已。」庚學姊搧搧手，沒把話題繼續。

麵包被擺到桌上，有一秒我的口水差點整個滴下來，現在我突然不覺得他們太閒了，反而有

種非常感激的感覺。早上一清醒聞到這種香噴噴的氣味還眞的是一大享受啊……

伊多沖了一壺茶水出來，然後拿了幾個小盤子擺在桌上，接著端出的是用盤裝的新鮮果醬。

等等，新鮮果醬？你們上哪去拿到新鮮果醬這種鬼東西！不要告訴我馬上種馬上生長的那種鬼話，這個故事叫作「特殊傳說」不是叫「傑克與豌豆」。

「這個是昨天雷多和雅多做的，聽說換他們守夜時因爲是連著的時間，所以乾脆兩個人一起守，然後因爲守夜太無聊了，他們就在地下儲藏室和冷藏間找了幾顆橘子什麼的煮了幾個小時的果醬。」伊多看出我臉上的疑惑，很詳盡地解釋那個莫名東西的來源，「我和夏碎清晨就是看到這東西才臨時起意決定揉麵團的。」

……因爲守夜無聊所以煮果醬才會搞得那麼累是吧！原來你們所謂的「不平靜」是因爲自己手賤才造成不平靜！

我突然有種剛剛的慚愧是多餘的感覺。

※

那對吃飽撐著半夜煮果醬的雙胞胎清醒時大約是六點半左右，兩個人一前一後、活跳跳地出現在餐廳門口。

與大家一起度過早餐時間之後，庚學姊又匆匆地離去還帶了一些給其他人的儲糧，完全可以感受到她眞的只是來歇腳吃飯兼補給，很敬業的路人甲一名。

「你們該不會是把整個旅館的儲備麵粉都給揉下去了吧？」晚些才到的千冬歲吃完自己餐盤中的餐點和飲料後，抬頭看著滿滿一桌的麵包，發出以上的疑問。

其實我也有在想這個問題，因爲從剛剛開始幾乎所有人都吃過一輪了，桌子上居然還是滿的，其中還有來回補貨幾次，讓我有絕對的把握懷疑他們做了幾百人的大分量。

「多餘的等等可以帶上當緊急糧食，這些東西我們都加入了精靈族的配方，如果不要刻意打壞，可以保存上好一陣子。」不知道爲什麼，夏碎學長說的這段話很耳熟。該不會接下來你要說這些麵包其實跟某種電影上赫赫有名的精靈土產「蘭X斯」是同一類東西吧？

我好怕他眞的會講出來。

不過夏碎學長倒是沒說出這句話，反而很正經地向其他人說：「我們準時七點出發，吃飽之後把東西收拾完畢大門口外面的集合點集合吧。」

「好。」

這時候我突然發現，搞不好學長和夏碎學長還有伊多都是屬於領導系的，不知道爲什麼大家就是很聽他們的話，而且還聽得很自然。

我也沒太多東西，除了隨身的背包之外就沒有了，所以整理完之後我是第一個下樓的。整理工作明顯都交給兄弟的伊多從廚房裡拿了幾個紙袋出來將麵包一個一個裝好分袋，均分了剛好的人數，小亭就在旁邊團團轉。

「漾漾，這是你的。」看見我下樓，伊多就拿了其中一袋給我。

剛剛看起來好像很多的麵包其實分一分也沒多少，差不多就是平常便利超商的那種吐司包裝滿袋。我把背包清了個位置出來，正好塞進去。

陸陸續續其他人也跟著下來，領完麵包之後就往大門那邊去等待，「漾漾，這個給你。」最後一個下來的千冬歲拋了一顆藍色的圓球過來。

「這是啥？」我把那顆很像大玻璃珠的圓球拿高透著光看，裡面很清澈，什麼也沒有，也不知道是什麼材質，總之滿純淨漂亮的。

「那個是簡易的周圍地圖，算是小玩具，不過迷路時可以顯示大概半徑五十公尺裡的道路，不用任何術法就會自動偵測了，我想對你應該有用。」千冬歲走過來接過玻璃珠搖晃了一下，上面出現一點小小的圖形，很快就消失不見了，「越大力會越清晰。」他把珠子重新放到我手上。

不是有用，是非常有用。

「這個可以給我嗎？」看著那顆玻璃珠，就算遲鈍如我也可以感覺到這個東西很貴重。

「都說是玩具了，在大場所裡面這東西也派不上用場，你先收著吧。」千冬歲揙揙手，這樣說道，「剛剛整理東西時才發現不知道怎麼的帶來了，剛好拿來給你。」

我看著藍色的圓珠，然後小心翼翼地收妥。總覺得搞不好還會有用到的一天，反正像我這種程度這麼低、什麼追蹤術都不會的人還是帶著一點東西比較妥當。

到大門之後，我發現幾乎所有人都到了，就差我們兩個。

大概是水才剛退，整條大街上還殘餘著很像下過雨之後會出現的水窪，太陽一照射下去，窪上隱隱約約飄浮著水蒸氣，四周都閃閃折著光，在早上剛出門時給人有種刺眼的感覺。

此外，就和昨天住進來之前差不多了。

「在這邊！」

雷多他們在不遠處對我招手。

※

我跟千冬歲快步跑到聚集點。

「這樣隨便找一處排水道就可以下去了？」看著他們圍在中間的排水道，正在討論要下去的事宜，感覺昨天應該沒有看過這個，只是它離旅館最近罷了。

「對啊，排水道照理來說都是相通的，隨便找一個就可以下去了，不然你還要選好方位嗎？」雷多嘿嘿地笑了幾聲。

說真的，我真的有想過這個問題。

最好能找到一條阻礙比較少的通道。根據個人以往的經驗，下排水道絕對會遇到什麼東西，所以我建議還是先挑個最旺的時辰和最佳方位再下去，以免後悔終身。

不過，顯然我這邊的同伴全都是下去碰到問題再說的絕對奉行者。

排水道上就像所有的水溝一樣蓋上了蓋子，一旁的雅多蹲下身，不知道在上面幹了什麼，沒有兩秒蓋子就神奇地自己鬆開，「下面還有些水未退。」蓋子一開，沉重的濕氣立即蔓延開來。

我聽見下面出現了某種水聲。

呃……確定眞的不要太陽先蒸發完水氣再下去嗎？聽說這樣隨便下去很容易遇到髒東西，要是沒個準還會不小心被髒水細菌感染耶。

「火之主，落土。」夏碎學長抽出一張白色正方形的紙張，上面印著一個像是火焰一樣的圖騰，他按著火焰圖騰然後鬆開手指，方形的白紙立即往下飄去。不用幾秒鐘，我突然感覺某種熱氣由底下往上竄來——

「漾漾，讓開！」某個拉力突然拽了我的領子，我整個人往後被拖開。

一股劇烈的白煙整個從排水道往上衝出來，夾雜著高溫熱氣。

「光結圓、光與影交織起，肆之烈光盾。」夏碎學長的反應很快，顯然他早就知道高溫碰到餘水會有什麼反應。大量的水蒸氣一秒被彈開來，然後往旁邊噴出去，四周立即瀰漫了帶著微微熱度的霧氣，過了好一會兒才散掉。

我回過頭，那個把我往後拖的人是雅多。

「現在沒問題了。」看了下整個被蒸乾的排水道，完全不覺得剛剛那個行動是高級危險正常人不能靠近的夏碎學長轉回過身，「我先下去，你們再跟上來。」說完，他就直接往下躍去。

細小的聲音在眨眼後傳來。

「漾漾，換我們。」千冬歲在伊多跳下去之後抓著我的手臂，然後我也沒有說好還是不好，就被他拉了往下跳。

我發現其實我很常被其他人忽略個人意見。

眼前整個就是黑暗一瞬間，還來不及眨眼睛我的腳就已經從凌空狀態碰到地面了。

下方是大亮的，明顯就是不知道誰用了光影村的免費能源。

出乎我意料之外，我本來以爲排水道下面可能很狹窄，沒想到居然和童年的卡通——忍＊龜裡面看到的那種下水道相似，不過不同的地方在於卡通地下水道中間是水渠、兩邊是路面，這裡下面完全沒有水渠，整個就是平坦的大路，而且寬敞到我懷疑可以開車進來兜個風甩尾之類的。

後面傳來咚咚兩聲，墊底的雙胞胎兄弟幾乎在我們落地同時也跟著下來。

「湖之鎮的排水道全部都是相通的，應該可以從這邊與冰炎會合。」夏碎學長看著遙遙無盡還沉入黑暗中的道路，不知道從哪邊長出這種信心肯定地說。

我有一種搞不好會發現地心怪獸的感覺。暗暗的那一端傳來某種轟轟的風聲，我整個雞皮疙瘩也跟著冒出來。那裡眞的有怪獸對吧那裡眞的有怪獸對吧！

你們這些人爲什麼可以做到面無表情毫不緊張完全無所謂！

我知道了！你們顏面神經麻痺對吧！

「漾漾，快走了喔！」不知道什麼時候已經走一段距離的一群人裡面拋來這句話。

……

我發現少了學長吐槽就變得好無聊喔……

完了！我居然出現被虐思想！

看吧，我就說常常被打後腦遲早有一天會被打出問題的。看吧看吧！回去我一定要找輔長幫我看看腦殼有沒有變形。

就在我提腳要走出去時，一個亮亮的東西吸引我的目光——

一顆綠水晶。

不是很稀奇的東西，而且我還知道是伊多他們的，因爲他們從昨天開始就一直把綠水晶狂往排水道丟，看到一個丟一個，也不知道有什麼用途。不過丟在這麼明顯的地方會不會被誰拿走啊？

我四處看一看，然後撿起水晶快步地往角落把它放下。

這邊應該好一點吧？至少淹水不會被沖走就是了。

就在我把水晶放下的同時，某種離奇的事情發生了——那顆水晶在脫離我手的同時突然長出了四根綠油油的觸角，然後翻滾一圈，水晶中央張開了一顆謎樣的鬼眼，接著觸角就直接往地板上鑽下去，牢牢地卡住。

我聽見疑似水晶不屑地哼了一聲。

好！好！我多事是吧！可惡，你一顆水晶是在囂張什麼，以爲有眼睛了不起嗎！

我直接舉高腳，準備給它來個鞋底攻擊。

就在鞋子下去那秒，那顆水晶突然又轉了一圈，然後四根觸角朝上，叮地一聲發出閃亮亮的銳利光芒。

不是我不跟它計較，只是人有時候要寬宏大量，所以我輕輕地把腳挪開，慈悲地不往下踩。

「漾漾～快點！不然放你鴿子了！」

雷多的聲音遠遠傳來。

「好～～！」

※

下了排水道之後我們在漫長的地底走了好一陣子。

在短短的時間中我突然體悟到大家寧願把樓往上蓋高來住也不太往下挖來住的理由，因爲下面實在給人不太舒服的感覺，除了空氣不好以外，光是這樣走一段路就有股無法形容的壓力，有種上面好像隨時會塌下來的不安感。

前面是漫長無盡的道路，後面則看不見方向。

我開始覺得電影中那些地下住戶還是什麼什麼地底世界居民都是可尊敬的偉大人種，在這種地方住這麼久不用到陸地上也無所謂，眞是超人也，光是這點就值得鞠躬了。

「等等。」一片靜默之後，夏碎學長率先打破了寧靜，然後停下腳步，「這地方有些不太對勁。」

呃……說眞的我完全看不出來哪裡不對，前看後看左看右看都是差不多的景色。

聽他這樣一說，眾人也跟著左右看一看，然後表情突然嚴肅了起來，像是發現了什麼東西一般。話說，這裡還有個置身事外的人，誰可以幫我解釋一下啊……

「這是指引標誌。」伊多往旁邊走，停在一面牆壁前面，「有人在排水道中設下指引標誌。」他伸出手在牆壁上輕輕地敲了兩下，牆面上立即出現了大約直徑三十公分左右的奇異圖騰，像是有一隻長翅膀的跳蚤之類的東西，旁邊則寫著我看不懂的咒文。

「白霧與黃霧的指引標誌。」夏碎學長看著上面的圖騰，淡淡地說。

……那就表示這地方隨時會冒出那玩意兒是吧。

我一秒就突然體會到其實我們正走在隨時會升天的地方。

「這至少確定了白霧黃霧一事不是什麼突如其來的現象，已經能夠肯定是人爲。」接過雷多從大行李裡面拿出來的一卷東西，伊多拉開那東西，是很大張的白紙。然後他將白紙覆蓋在那個圖騰上，不用半秒，圖騰已經整個被拓印下來，分毫不差。

好方便啊那張紙！這個除了讓我想到一個叫作魚拓的東西之外還讓我想到快印業者，用法正確的話要大量複印幾天的東西變成幾分鐘快印還可以節省機器耗費，好用到翻。

「如果是人爲的話，那麼用意是什麼。」也跟著沉思起來的夏碎學長偏頭想了一下，隨即轉過身，「算了，先找到冰炎再說，他應該也發現了些什麼。」

這位老兄，你還眞肯定。要是找不到的話要怎麼辦？

我深深地認爲學長一定不是那種你想找到他就會乖乖給你找到的人物。

「那個，除了追蹤術之外就沒其他辦法找到學長嗎？」我提出問句，然後馬上被一堆不同顏色而且還亮晃晃的眼睛盯著。

我毛了，我眞的毛起來了！有必要大家都這樣盯著我看嗎，這樣會促使我心理壓力變大然後縮短壽命你們知不知道！

「我只是打個比方而已，大家別緊張。」倒退了一步，我立即補上這句話。

像是突然想到什麼似地，夏碎學長擊了下掌，「沒錯，是還有其他的方法可以找到冰炎。」所有人馬上看向他。

「不過方法很震撼就是了，我估計可能會毀壞三分之一的下水道。」夏碎學長如此附註。

「那麻煩你不要輕舉妄動。」顯然可以理解「震撼」這兩字代表什麼意思的伊多馬上發出我的心聲，「雅多，把先見之鏡拿出來。」

先見之鏡？水妖精的十大寶物？

我看見雅多從雷多的大行李裡面拿出了一個半身大的箱子，是木頭做的，隱約傳來淡淡的不知名香氣。木箱上面有著銀色的雕刻，大多都是圖騰一類的東西，其中有個被圖騰圍繞的美麗女神圖案，跟第一次伊多送給我的那東西有點相像。

……等等！你們居然帶著妖精的寶物到處走而且還一度把行李給弄丟！

我突然有點頭昏，果然這個世界的人跟我還是不相容，很多時候我對他們的結論都只有一個：理解不能。

「你們這樣帶著水鏡四處走好嗎？」同樣想法的千冬歲終於發出聲音。自從大家一起進排水道之後他的話就顯得特別少，和他平常在班上虎虎生風地和老師們發言對槓樣子完全不同，「畢竟先見之鏡還是水妖精重要的寶物，這樣可以嗎？」

伊多微笑著搖搖頭，「先見之鏡只有我能發動，其餘人碰到的話就如同一面無用的水鏡，就是遺失了也不用擔心會遭受濫用；而水鏡與我命相連，所以只要水鏡無事的話我就一定有辦法可以尋回。」

「原來如此。」千冬歲點點頭。

我有點想問，如果水鏡有事的話會怎樣？

不過這種問題我不太敢隨便亂問，因為之前有過很多教訓，他們老是喜歡把不能講的事情隨隨便便地告訴我，最後再以被第三人知道會把我切脖子當作結語。

雅多打開箱子，裡面墊著的是白色柔軟的不知名皮草，看起來就是高級店裡會出現的那種優等質感。皮草中間擺著一面圓鏡。鏡子沒有我想像中的大，是面有點像古代用的圓鏡子，半徑差不多二十五公分大小，鏡面四周用銀藍色的金屬框著，鏡框上雕飾著各種深藍的圖騰。

鏡面是黑暗的，與我印象中的有點差異。

「我還以為先見之鏡沒有形體。」看著那面黑色的鏡子，夏碎學長發出了以上的話語。

「嗯，平時是沒有的，但是爲了外出時方便攜帶也讓水鏡有休息的時間，我們會塑造它的形體成爲實體，也就是現在這個樣子。」伊多伸出了手掌，那面黑色的鏡子像是有了自我生命一般立即發出微微的亮光然後浮起，慢慢地移動到他的掌上。就在黑色鏡面逐漸轉爲清明的同時，伊多腳邊四周浮起了水霧，慢慢地一點一滴變成水珠。這個場景和我當初遇到米納斯時倒有點相似。

「仍然有著陰影存在著，在這種地方連水鏡都起不了作用。」看著鏡面上迷濛的樣子，伊多搖了頭，給了所有人一個現在很不樂觀的答案。

「還是有人在阻礙術法的使用嗎？」夏碎學長環著手，也是一副若有所思的表情，「這幾場比賽下來都不怎麼順利，看來要結束也挺難善了。」

他講出所有人心中想的事情。

到目前爲止，我差不多知道阻礙的人一定是那個變臉人，可是不知道爲什麼，隱隱約約總覺得他跟白霧黃霧好像沒有關係。只是出自於一種不知所以然的直覺，所以我也不敢肯定。而且安地爾的存在大家也都心知肚明，我想其他人應該都有做了遇到他之後的打算什麼的。

「就算遮掩了先見之鏡的眼睛，不過看來較爲簡便的預知術還是能夠使用。」微微一笑，伊多立即閉上眼睛，飄浮在他掌心上的鏡子發出更爲顯目的光芒，「水之澤、鏡之華，以我爲名、而鏡水爲形，依我願而顯現暫且之事。」

鏡面上突然映出了很像漣漪的東西，模糊之間好像有道影子，不過壓根看不出來有什麼東西

在裡面移動。打個比方好了，你可以想像在黑色炭汁裡面看到墨球滾動那感覺嗎。

「那鏡子裡面的東西只有伊多能看見。」注意到我很努力想看清楚模糊影子的同時，不知道什麼時候站在我後面的雅多發出很低沉的聲音，把我嚇一大跳。

不早說，害我差點看到眼睛脫窗，浪費力氣。

「捕捉到冰炎殿下的行蹤。」半晌之後伊多猛地睜開眼睛，不負眾望地說出了這個好消息，「但是離我們有段距離。另外，水鏡還顯示了這地方有第三者，不過無法確切顯示出是怎樣的第三者，總之與城鎮一事有著極大關聯。」

第三者？第三者不是變臉人嗎？

顯然水鏡沒辦法知道他存在。好吧，那傢伙先降級成第四者再說。

「有兩個方向，你們覺得如何？」同樣把話聽得很清楚的雷多轉過頭，詢問夏碎和千冬歲兩人。

喂，不用問我是吧！你居然給我自動跳過是怎樣！

我鄭重要求正視我的個人權益！

「如果先往所謂的第三者那邊過去，會碰上冰炎嗎？」夏碎學長問了一個非常關鍵的問題，所有人還是完全無視我的權益。

伊多又閉上眼，過了幾秒鐘之後才有了回答：「會，但是時間無法測知，不過冰炎殿下確定也會經過那個地方。」

基本上，我已經可以知道夏碎學長的答案了。

「我朝第三者那邊過去，與其漫無目的地找人，不如先往有關聯處過去。」夏碎學長果然如我所料地做出決定。

說眞的，他們的想法其實有時候挺好猜的，簡直就是直線思考，一點彎曲也沒有。

「我無所謂。」千冬歲一點意見也沒有地聳聳肩。

「那就這樣吧。」放平了水鏡，伊多以指尖輕輕地在鏡面上一畫，那面不算小的鏡子猛地變成了一束銀藍色的光芒，竄進了他的掌心後就消失得無影無蹤。

怪了，如果鏡子可以這樣直接收納在身體裡面的話，他們幹嘛還大費周章搬個大行李箱過來啊？

我不懂。

看著四周，伊多合起手掌，一點一點的水珠從他的手中散出，「先洗淨四周的牆面再說吧，我可不想一邊走著還要一邊與過多的追兵打交道。」話語一落，那些水珠立即往四周的牆壁打去，像是被大雨沖刷一般，牆面立即被猛烈的水流沖過，到處都出現了很像跳蚤的圖騰紋路。

排水道裡面全都是那個什麼鬼指引，看著看著，我突然有種發毛的感覺。

滿滿的指引標誌，這也就是說明了這整座城鎮底下幾乎都是血虺的活動範圍，幾乎無孔不入了嘛。到底是誰這麼閒到處亂塗鴉啊！

「範圍很大，看來一時半刻沒辦法盡除。」左右看著四周的圖騰，夏碎學長微微蹙起眉，

「眞要洗淨的話會浪費不少時間。」

我看見被水沖刷過的部分壁面上的圖騰已經開始剝落，就像廉價的油漆一樣落下來，然後在接觸地面的那秒消失不見。

伊多收回手，「也是，那不管這些指引標誌？」

「不，先把這邊清除，至少我們後路的血虺不會這麼快追上來。」連思考也不用，夏碎學長這樣告訴他。

「我明白了。」微微點了頭，伊多重新讓水珠席捲牆面，很快地，我們附近一帶的圖騰全都消失不見之後他才收回手。

「繼續走吧。」

第二話　鬼王使者

地點：湖之鎮
時間：上午十點三十分

排水道很靜。

因為其他人走路幾乎沒有發出聲音，只有我布鞋底下的膠面偶爾與地面摩擦發出響亮一聲打破詭異的沉默。這讓我有種在幽靈群之間走路的錯覺。

已經確定了位置之後我們不再漫無目的亂走，而是改由伊多帶頭、腳步也快了很多，在複雜的排水道裡轉來轉去，短短不到一小時之內我們就已經轉了十來個大小彎，轉到我的眼睛都花了。如果現在沒人帶路可能我就這樣走不出去，然後直接餓死在這鬼地方吧。

不過就算方向感差勁如我，還是可以稍微感覺到我們在往下走，四周的空氣有種越來越陰冷的感覺，這讓我想起上次走鬼王塚的狀況。

那時候也是越走越冷，不過盡頭是冰川，有那種冷度是理所當然的。而這邊的冷又稍微不太一樣，是那種越往下越潮濕的陰冷，整個人都感覺濕濕黏黏不太舒服。

「……這裡有血腥味。」走在前面的伊多皺起眉，接著發出聲音打破陰冷的安靜。

血腥味？

我偷偷用力嗅了兩下，除了潮濕的味道之外就沒聞到其他還有啥了。難不成有袍級的人可以聞比較遠？

「看來應該快到了。」夏碎學長點點頭。

等等，爲什麼你們都可以聞到什麼血腥味？

我開始懷疑搞不好我的鼻子有阻塞，因爲看起來全部的人都聞到了，每個人都變成一副凝重的表情，除了戴面具的夏碎學長看不見表情以外。該不會眞的我嗅覺有問題吧？還是在不知不覺當中我的鼻子自動進化成會挑選氣味來聞啊？

有沒有這麼誇張！

「漾漾。」千冬歲向我招手，等我走近他身邊之後，他伸出手指點在我額頭上，「是事實的就會看得見，虛眞的不能瞞騙。你該知道的就會知道，你摸索不到的只是假象，這裡應該有什麼，就會顯現什麼。」

……我非常確定他應該是在唸咒不是在跟我說話。

就在千冬歲移開手的那一秒，某種奇臭無比的腥味馬上直撲我的鼻子。硬要形容，就是那種……海鮮跟肉類放在外面三天不冰混合發出的噁心味道，而且還有某種很腥甜的濃烈氣味，整個感覺就是馬上讓我頭昏目眩想去撞牆把自己撞昏還好一些。

你們這些可怕的人，聞到這種味道居然還可以啥事都沒有！

我後悔了。不知道現在叫千冬歲把我封回去剛剛那樣子還來不來得及。

「臭到好像鼻子快掉了對不對。」旁邊的雷多居然還有心情跟我講笑話，然後用一種「願我安息」的表情無奈地跟我聳聳肩。

我一把捂住鼻子連計較都不想跟他計較，這種毒氣再多聞兩秒都會置人於死地。一個不小心鬆開鼻子我就有種毒氣入侵、雙眼跟著花白恍惚的感覺。

「因爲漾漾身上有好幾種不同的護符在保護你，所以你不會感覺到四周有什麼很劇烈的變化。而剛剛我是暫時讓護符減弱效力讓你也能稍微感受一下，不用太擔心，大概五分鐘之後護符的效力就會復原了。」千冬歲用一種很輕鬆的語氣這樣告訴我。

說眞的，不用五分鐘，這種地方再多待個五秒鐘都會讓我有一種眼花看到極樂世界的幻覺。

啊啊，好久不見的阿嬤又在對岸向我招手了……

一如往例阿嬤又開始越招越遠的時候，我聽見某種很熟悉的轟轟聲從排水道的另外一端傳來，接著我還包紮著的那隻手指又開始刺痛了起來，同時阿嬤馬上就消失不見。

不用第六感，我直接就知道很不妙了。按照小說和動漫畫的慣例，通常發生這種狀況時，表示不用一分鐘就會冤家路窄，你最不想看見的東西就絕對會出現在你眼前。

「來了。」

那股味道又更加濃烈一點，也五分鐘差不多到了，就在轟轟聲轉爲巨大時，我的鼻子一瞬間聞不到那股臭味，整個清新怡人的空氣重回我身邊。

這個故事告訴我們，人類最好珍惜自身的空氣，一旦沒有之後就會發現空氣的寶貴。

我完全了解這個故事所傳達的重要性了。

在我體驗到空氣可貴的同時，某個很熟悉卻不怎麼受到眾人歡迎的老朋友已經以著雷霆之勢重新出現在所有人的面前。

大量白霧從排水道的深處湧上來，馬上就將我們的去路給擠滿。

會吃人的血瘧。

※

雅多和雷多站了出去。

「褚，等等他們一開始行動，就馬上往前跑。」夏碎學長拍了一下我的肩膀，這樣說道。

「好、好的。」我有種頭皮發麻的緊張感。

白色的霧會吃人，我想起看過的影像中有個白袍消失在霧裡的畫面。如果跑慢一點，該不會下個消失的就會是我了吧？

一想到這邊，我整個人打了一個寒顫。

「放心，這種小意思不算什麼。」站在前面的雷多扳動手指頭，發出喀喀的聲音，「早就準備好對付這玩意的方法了！」

我微微愣了一下。也對喔……都知道來這邊會遇到什麼東西，除了我之外的其他人沒可能不準備的。這也證明了我的神經眞的很大條，對不起，大家，因爲我想到的東西只有捕蚊拍，可是那個絕對派不上用場幫你們啊！

「準備好要開始了。」雷多伸出左手，另一邊他的雙生兄弟也做出了相同動作，不過是相反的右手，「余的主人於此，第四結界空間爲虛幻的水之天空，余翻騰於空中落下於水面，越過空間聽我面前。」

我很確定他不是講中文，嘴型不同。可是像是吟唱的聲音卻自動翻譯讓我聽懂了，是一段很像在召喚某種東西的吟曲。

然後，他的左手上出現了銀色的光球。

另一端的雅多也張開了掌心，「余的主人於此，第四天外世界爲無盡的天之水面，余翻騰於水中躍上穿天際，越過天外伏我跟前。」不用眨眼時間，他的手上也出現了光球，不過是像水一樣的清澈湛藍色。

兩顆光球扁平成線，慢慢延伸接連在一起，就如同一個原本就存在的空間一般開始上下拉展開來。我從那裡面聽見了水聲，然後還有某種呼呼的奇異風聲。

「第四天外空間，浮王。」

不知道是誰的聲音落下，就在白霧蜂擁上來的那一瞬間，光球連結成的空間猛地大力扭曲起來，還沒注意到是什麼聲音時我看見了傳說中驚天動地的——

尼斯湖水怪。

……

………不是吧？

一顆巨大的水怪頭從光線空間裡面竄出來，嘎啊一聲張大充滿利齒的嘴，那個出場方式、那個音效、那個整體感覺，全都說明了牠和尼斯湖水怪一定脫不了關係，如果不是兄弟就絕對是親戚。

我還沒來得及拿出相機幫牠照一張相來留念，疑似尼斯湖水怪親戚的怪頭竄出整個光框，巨大的身體幾乎擠滿了整個排水道，暴吼的聲響轟轟地壓過血虺發出的聲響，像是完全不怕血虺吃人，大水怪就這樣張著大嘴然後往前亂衝。

牠讓我想到脫韁野馬這個成語，不過形容水怪應該要改成脫韁野怪比較合適。

尼斯湖水怪親戚的身體很像是大型蜥蜴，整個呈現暗藍色的鱗片黏稠面，四隻腳上面還有尖銳的指爪和鱗片，尾巴則是像傳說中的龍尾。這點就和我知道的尼斯湖水怪差很多了，因爲我記得尼斯湖水怪好像是蛇頸龍那種樣子。

因爲牠剛剛衝太快了，我反而沒有仔細看清楚牠完整的形體是什麼樣子，只是看到比較巨大的特徵而已，現在牠的屁股對著我，我一點仔細看清楚的興趣也沒有。

被召喚出來的水怪就張大嘴巴轟轟轟地往前亂竄，這讓我想到另一種東西，叫作鱷魚。是說，對付白霧有必要召喚出這種東西嗎？

就在我思考的同時，某種很熟悉的轟轟聲響再度從我們身後響起。

連想也不用多想了，現在要做的事情只有一件。

「漾漾！快跑！」不知道是誰一把拽住我的手，用某種被鬼和狗聯合追著打的速度往前狂奔，整個風壓奇妙地往我臉上壓來。

說眞的，到現在爲止我只有一個不滿，「放我自己走行不行啊！」

我受夠被拎著跑了！

※

我有一種很奇妙的感覺。

其實我也說不上來是什麼感覺，不過如果某天有機會能跟在鱷魚版的尼斯湖水怪親戚後面狂奔的人，一定可以體會到我現在的心情。

整個就微妙，微妙到不知道應該用什麼形容詞去形容它才好。

鱷魚版水怪像是沒有煞車的砂石車轟隆隆狂奔了好一陣子之後，在一個轉角、我們的眼前突然整個失控打滑往下掉。沒錯，掉下去了，就像彗星撞地球一樣那麼轟轟烈烈。乓地一聲還夾雜著各種不同東撞西撞的驚天動地音效，可見鱷魚版水怪摔落之慘，不知道下去之後會撞成什麼樣子了。

該不會就這樣直接在下面變成一團肉醬了吧？眞是可憐的鱷魚版水怪，這也提醒了我們平常最好不要隨便飆車才不會墜崖身亡。

「前面有斷路！」夏碎學長首先煞住腳步，跟著其他人也紛紛停下，靜止了之後我這才看見抓著我跑的人叫作千冬歲。

你還眞順手啊老兄，連招呼都不用打馬上可以抓人，難不成我的身上還是衣服上有寫「請隨手自便、謝謝」的字樣嗎！

看著四周的人我突然有種感想，你們還眞的是一群非人類啊，四周沒有一個人在喘的，根本看不出來他們剛剛才狂飆了好幾百公尺的樣子，反而是被抓著跑的我還有點喘。

鬼！你們都是鬼！

其實你們早就只剩下靈體在移動了是不是！

停下看仔細之後，出現在我們眼前的是一條大斷路，完全看不到前面的路，而下方基本是完全深淵，漆黑一片，冰冷的風從下面捲上來，沒有幾秒我立刻頭皮發麻毛骨悚然了起來。

這到底是什麼地方啊！不是排水道嗎？出現這麼一個活像是異次元通道的斷層是怎麼回事？該不會一個不小心從上面摔到下面就直通地心然後從此再聯絡了吧！

最該死的是就我對這個世界的了解，這是眞的可能會發生的事。

我微微地倒退一步，有點怕眞的一個不小心就往下掉了。

「浮王。」雅多站在斷路前，往下喊了一聲。像是回應他的聲音一般，下方再次傳來某種轟

轟的聲響，不用幾秒鐘的時間我看見有個黑色的東西從下面直接往上衝過來。

沒想到鱷魚版尼斯湖水怪的親戚還兼具了爬牆的特技，眞是進化神速啊！

就在黑色東西衝上來的那一秒，我發現那個東西好像變成不是原本水怪的樣子，而是另外一種更匪夷所思的玩意。那是一個有著少年上半身、下面是疑似巨大黑老虎身體和屁股後面接了長長龍尾的怪人。重點是，他身上還有部分地方有鱗片。

欸……照理來說，水族的東西不是應該來個人魚、魚人之類的嗎？你中間那一段有毛的老虎身是怎麼回事？違反大自然嗎？

「雅多，這下面還有通路。」很直接自然叫喚主人名字的少年微微屈了身像是打招呼，「因爲沒有下到最底處所以不確定，但是有聽見底下傳來打鬥聲音。」他這句話意思似乎是說他本來打算摔到最下面，因爲被召喚所以摔到一半就又爬上來。

「打鬥聲？」其他人被這三個字給吸引注意。

我知道大家的想法一定都一樣，目前知道鑽到下面的人就只有學長，如果下面有打鬥聲，十之八九一定跟他脫不了關係。

爲了怕我們沒聽清楚，少年放大聲音重新又開了口：「是的，底下有打鬥的聲音，其中一個有鬼族的氣息。」

鬼族！

瞬間我想到的兩個人選，一個叫作學長、一個叫作變臉人。

其他人對看了一眼，我猜他們大概也跟我想到差不多的東西。

「下去看看吧，反正後面也有那些廼蟲追來。」伊多的話馬上通過所有人一致認同。

等等！

下去？那意思代表是……我僵硬地轉動脖子往那個異次元通道看過去。

你們不會是認眞的吧？

「好。」就在我想提出發問我們是不是爬樓梯下去時，夏碎學長就在我眼前直接蹬腳，咚地一聲什麼也沒交代地就往下面跳去，一下子整個人消失在黑暗深淵中。

我吞了一口口水，倒退。

這不是人可以下去的方法這不是人可以下去的方法這不是人可以下去的方法……

這根本不是正常人類可以使用的方法！

像青蛙跳水一樣，看見他下去，千冬歲、伊多、雷多也一個一個地接連往下跳，很快地全都消失在地底下。

「漾漾，你不跟著下去嗎？」雅多用一種很奇怪的表情看我，「放心，先下去的人會接住你。」

現在不是那個問題，是我心理有壓力問題。那個下面一看就覺得會是跳下去然後啊啊啊啊啊啊啊啊無限回音聲的恐怖地方，總覺得一下去我會先在半路沒命，因爲嚇都會嚇死。

正常人應該不會想跳吧！你們這些不正常的人不明白身爲正常人的我心中的痛苦。

「覺得不保險嗎？」雅多無奈地嘆了口氣，「浮王，你帶他下去吧。」他對旁邊的水怪人化版這樣說。

「是的。」接著，那隻水怪人化版逼近我，少年的面孔在我眼前放大。

「我在下面等你們。」完全不管我心中正在產生哀號，雅多咚地一聲就直接往下跳了。

請給我樓梯讓我自己爬下去啊老大！我真的不介意慢慢走到最下面、真的！

「請不要掙扎亂動，不然中途摔下去就糟了。」水怪人逼近，一步一步地把我逼到角落沒有辦法再往後退。我看著眼前逐漸靠過來的黑影，恍惚間覺得這個好像是某種滅門凶徒拿著刀正要來幹掉我。

救命啊——

就在我準備轉身往旁邊逃的那一秒，某種巨大的力氣抓住我的肩膀，把我整個人拎起腳離地，還來不及反抗我覺得眼前旋轉了很大一圈，出現了花花的圖案。

花花圖案還沒消退，我感覺自己整個人被拋出去，就像玩自由落體一樣，瞬間風壓和呼呼聲整個撞擊在我耳朵臉上身上。

給我一條樓梯不行嗎！連一條樓梯都不能用嗎！

水怪人抓著我，急速往下方摔落。

「啊啊啊啊啊啊啊啊啊——」

※

我會早死。

我真的覺得我可能會早死。

尖叫的時間沒有維持很長，我也有點忘記到底是摔多久才到最底，反正等我回過神之後已經是水怪人把我放在地面的時候了，「您看，這樣不是很快就到了嗎。」水怪人用一種不用太大驚小怪的語氣這樣說。

沒錯，是很快就到了，再多玩幾次我的生命盡頭很快就會到了。

我的心臟一定會早衰、我的腦袋一定也會跟著敗壞……

等到驚愕過後我才慢慢冷靜下來，接著發現這下面跟上面其實差不多，看來看去都是排水道的樣子，變化不大……那爲什麼會出現那種斷層？

偷工減料連樓梯都不想做出來是嗎！

比我早下來的那幾個人很沒義氣地不知道消失到哪邊去，還好剛剛我沒聽從雅多的建議跳下來給人接，不然現在我一定變成一團爛泥貼在地上等人來鏟起回收。

就在慶幸的時候，一個極爲細小的聲音傳進我耳朵裡。

對了，剛剛好像說有什麼東西在下面打架是吧。

「聲音是從前方左轉角傳來的，雅多他們應該也已經到那邊，請你也盡快移動。」口氣並沒有很禮貌的水怪人甩動了他的長長龍尾一下，接著轉過身就往前面行走，巨大的黑色老虎軀體看起來有種難以形容的氣勢。總之，我下意識就提起步伐緊跟在他看起來很悠閒不過速度卻很快的腳步之後。

轉角之後，那個打鬥聲整個清楚了起來。

一個巨大的空間出現在我眼前。與方才的排水道不同，這裡是未開發過、像是石窟般的地方，四周可以看見的全都是岩石土塊，整個大型地下石室彷彿有什麼特別目的一樣被人挖掘開來，建地感覺上就是上百坪、壯觀非凡。

打鬥的人出現在這裡面。

站在入口處的伊多等人像是也稍有錯愕，沒有馬上迎上前去。

我猜他們原本一定跟我有一樣的猜想：打鬥的其中一個絕對是學長，不過看眼前的狀況，很明顯我們應該全都猜錯了。

畢竟，學長不是一個會穿夾腳拖鞋和夏威夷襯衫打鬥的人。然後非常不搭的對手是個穿著上看起來還滿正常、不過頸部以上絕對不正常的傢伙，就某方面來說，這兩個打在一起的人還眞有莫名詭異的合適感。

伊多他們錯愕得還挺大的，一時間居然沒有任何動作。

我很能明白他們的感覺，因爲我也是那個不知道要先反應什麼的人。

「喂！禁止打他的頭！」最先爆出吼聲的是某個眼睛脫窗的妖精，本來還跟著錯愕的雷多一看見自己心愛的五色鋼刷差點被打到時終於打破謎樣的安靜，氣跳跳地衝上去就要打，不過馬上被他的兄弟從後面強硬地制止了。

沒錯，在我們眼前不知道已經開打多久的正是那個一直沒找到蹤跡的五色雞頭。

是說，為什麼他會在排水道下面？笨蛋不是喜歡高的地方嗎？還有和他開打那個又是誰？

不知道是不是我眼抽筋還是真的有幻覺，我覺得我好像看到一個有著三角形疑似跟螳螂有近親關係的腦袋，加上人形身體的東西在跟五色雞頭開打。四周的石面已經有許多被波及毀損，由此可見他們應該也打了不短的時間才對。

三角螳螂人好像實力挺高強的，因為在我們面前的五色雞頭身上有好幾處傷痕，獸爪上面也斑斑點點的全都是血漬，如果不是因為穿著與對手長相的關係，其實在第一眼看見戰場時，我們所有人應該是馬上緊繃而不是錯愕。

該怎麼說，這還真像外星人和海灘客的鬥毆。

你根本就是海灘客去海邊衝浪時被發現基地所以才要殺人滅口的科幻變化真實版吧！

「浮王，去阻止他們。」異常鎮靜的雅多兩手從後面抓住躁動的兄弟，然後對著水怪人發出指令。

「是的。」水怪人好像本來有點不太願意捲入這場靈異打鬥，不過在主人的命令下，腳下的虎爪還是用力一蹬，疾速地劃破空氣闖進打鬥的兩人之間。

同一秒，夏碎學長也迅速有了動作，在水怪人落地的同時，他已經出現在五色雞頭的正前方，不知何時召喚出的黑色鐵鞭像是棲伏的蛇般捲繞在他的手臂上。

顯然有點措手不及的三角螳螂人在水怪人攻擊他之前已經往後一閃，站在大約幾公尺左右外的地方。原本纏鬥的戰局被打破，兩方人馬互相瞪視。

「浮王，麻煩您請將西瑞帶到旁邊療傷。」目光放在三角螳螂人身上，夏碎學長在面具之後的面孔看不出來表情，只是淡淡地這樣說著。

水怪人點了點頭，然後將五色雞頭一抓，馬上又跳回我們面前。

近看才更可以發覺五色雞頭的傷勢真的很嚴重，到處都是皮開肉綻的傷痕。

「可惡，要是本大爺拿出全力的話那傢伙就等著秒死！」被強制帶回來的五色雞頭顯然殺紅眼，很衝動地又想回去跟三角螳螂人互毆。

「等等，如果不想失血過多，你應該做的是先治療。」伊多擋在他前面，臉色凝重地說道，「你的傷口上有毒血，繼續打鬥下去對你沒有好處。」

五色雞頭哼了一聲，轉過頭，剛好和我四目交接，「漾～你怎麼也會來這裡？」可能完全沒預料到我會出現，他的眼睛瞪大，有點訝異。

「我跟夏碎學長他們來的，那你又爲什麼會在這裡？」基本上，我覺得他出現在這裡應該比我還不可能，他看起來不像是會到地底下度假的人。

眞是對不起我應該是不能出現在這裡。

旁邊的雅多鬆手，讓雷多去準備治療用品，然後自己和自家大哥先檢查起五色雞頭身上的傷勢。

「散步啊！」五色雞頭說出會讓人想往他後腦呼巴掌的答案。

「這位先生，聽說排水道在晚上會淹水，你是怎麼散進來的？」我忍下想呼他巴掌的手，然後繼續問出我心中疑問。

「當然是昨晚之前就進來了。昨天本大爺在城鎮裡跑一跑，結果不知道是哪個沒有公德心的人把水溝蓋打開沒有關回去，害我不小心摔下來排水道，後來乾脆就在裡面轉一轉，沒想到就走到這邊來了。」聳聳肩，完全不覺得自己散步範圍太大的五色雞頭如是說，「從昨晚開始大爺就啥都沒吃，餓都餓死了！」他補註了一句我覺得他接下來可能會開口要咬一口人肉的話。

「那個……我這裡有麵包，你要不要先吃一點……」從背包裡拿出早上配給的麵包袋遞過去，沒幾秒我的備用糧食就喪失在某張大嘴之下。

「雖然塞牙縫都不夠，不過總比沒有好。」意猶未盡地舔舔嘴，五色雞頭有點遺憾地說著。

不好意思我身上帶的東西讓你塞牙縫都不夠。

「我們身上都還有糧食，先幫你做暫時療傷，等等拿給你吃。」伊多拉著他的獸爪，上面有一道正在冒血的深刻傷痕，「所以請你先配合治傷。」說著，他手上出現微弱的銀藍色光球，緩緩地接觸了那道傷口。

「好！」一聽到還有吃的，五色雞頭馬上乖得連動都不動。

其實，你只要有食物就很好收買的是嗎……

「對了，那個東西是什麼？」看著還在與夏碎學長對瞪的三角螳螂人，雷多拿出個木盒子走過來，打開裡面全部都是來路不明的瓶瓶罐罐，「爲什麼你會跟他打起來？」

五色雞頭皺起眉，「誰知道他是誰，本大爺散步到一半他就跳出來擋路，我看他不爽，他也看我不爽，就打起來了。」

……眞是個好理由。

「他身上有鬼族的氣息。」一旁的水怪人突然開口，「而且是高階鬼族。」

鬼族裡面也有螳螂人嗎？

我看著那個三角形頭，突然想起來以前看過某本書說魔王手下有個叫蒼蠅王的東西，難不成鬼族裡面也有螳螂王嗎？

「那個好像是……鬼王使者。」幾乎沒發話的千冬歲殺出這句話，我們立即轉過頭去看他，「不久之前有人回報公會，有過類似的鬼王使者出現在各地。」

我聽著，突然浮出一個詭異的結論——該不會變臉人原本也長這樣吧，因爲自覺太靈異了，所以才到處用別人的臉。

嗯，很有可能。

※

「你就是昨晚來探查旅館的人。」

在我們這邊亂轟轟之際，夏碎學長清亮的聲音傳來，我們這邊馬上安靜下來，他的聲音不大也不小，但是全部人都聽見了，「感覺、氣息、身型全部相同，你探查旅館有什麼目的。」

好厲害啊，光是從魚眼看你就把他的感覺氣息跟身型全都記起來了！我突然有種很汗顏的感覺，因爲跟著夏碎學長一起看魚眼的還有我，可是我連一點可以記起來的東西都沒有，好吧，勉強說我還大約知道他鞋子底的花紋啦……

三角螳螂人黃色的眼睛看了他好一會兒又看了看我們，接著哼了聲，「原來裡面就只有幾個人……我被騙了。」他的聲音有點沙啞，感覺好像是老年人的聲音，可是又不太像。

夏碎學長瞇起眼，重新打量了眼前的三角螳螂人，「蟲首人身，我只聽過有一個鬼王手下有這種模樣。景羅天鬼王七大高手之一，蟲骨。」

其實我覺得螳螂王這個名字比較適合他，因爲他看起來完全不像蟲骨，像是接錯身體的螳螂人。

聽了夏碎學長肯定的語氣，三角螳螂人突然冷冷地笑了出來，那種聲音讓我聽著整個人都跟著毛骨悚然起來、極度地不舒服，「小娃，你見識不錯，誰教過你。」

「搭檔。」夏碎學長站直了身，氣勢不比他差。

黃色的眼睛突然掃過來我們這邊，有瞬間我整個人發麻了起來，那雙眼睛給人一種詭異的黏稠感，打從心裡不舒服，好像是被什麼油膩的東西沾到那種感覺，「你的搭檔是哪一個？」三角螳螂人發出奇異的冷笑聲，如果可以，我還眞希望他閉嘴不要笑，因爲那個聲音眞的會讓人起雞皮疙瘩。

幾個細微清脆的聲音響起，黑色的鐵鞭鞭身落地，是攻擊前的準備，「干你何事。」夏碎學長的語氣逐漸冰冷起來。

「咭咭咭……先殺了那個知道太多的傢伙再殺你，最後再殺光看見我的所有人。」黃色的眼睛快速轉動，拚命在我們身上打轉。

基本上，你還不是要殺光所有人，幹嘛那麼堅持順序！

「我會在你對其他人動手之前，先送你下地獄。」鏘地聲鐵鞭像是有生命力一般猛然震動往眼前的對手甩去，就在夏碎學長聲音落下同時，與三角螳螂人的對陣也正式開始。

不比夏碎學長的速度慢，三角螳螂人在鐵鞭打到同時伸出手臂，鐵鞭打上之際也發出了像是金屬硬物碰撞的沉重聲響，整個大石洞跟著迴盪起重響。

「小娃，你的搭檔也教過你心急嗎。」完全沒事的三角螳螂人用討厭的語氣發出嘿嘿的笑聲，「不管是你還是另外一邊那幾個小娃都算不上是我的對手，要不要乾脆一起打過來比較省時間。」

百分之百瞧不起人的語氣。就算是我，也想一槍轟掉他討厭的螳螂頭。

現在我終於知道五色雞頭爲什麼會看他不爽了，因爲他的確是隻讓人不爽的螳螂。

「我的搭檔只說過，看不順眼的先殲滅再說。」冷冷地直視前面的三角螳螂人，夏碎學長同樣不怎麼客氣地送他以上感想發言。

我好像聽到某個與五色雞頭很相像的發言。

撂下這句話的夏碎學長轉動手腕，原本已經被三角螳螂人擋下的黑鞭猛然彈起，長鞭在我們眼前畫過一道黑光，接著一圈迴旋重重地打上了三角螳螂人後腦。

我看到有點青白的東西從他的後腦勺噴出來。

像是沒有痛覺，三角螳螂人臉色連變也沒有變，只是慢慢地伸手往後腦勺一摸，還冒著不明液體的後腦傷口立即癒合，接著原本黃濁的眼睛逐漸染成黑黃的顏色，一點青光透出。

「你惹火我了。」

第三話　鬼與鬼

地點：湖之鎮

時間：上午十一點三十一分

我們都聽見一隻昆蟲發出殺人宣言。

說真的，如果他是人臉的話，現在四周一定會充滿了緊張緊張不管怎樣還是緊張的緊繃殺氣，不過很可惜三角螳螂不是人頭，所以當他發出殺人宣言時，我只感覺腦袋中浮現了四個黑色的點點點點跟幾根黑線。轉過頭想看一下其他人的反應，這才發現水怪人不知道什麼時候不見了，然後三兄弟聚在一起幫五色雞頭療傷，被療傷的那個人完全沒有傷患自覺地正在食用麵包備糧，唯一一個跟我一樣注意現場狀況的大概只剩下千冬歲。

喂！好歹這個也是很緊張的對決好嗎，你們都各自做各自的事情是怎樣！這並不是錄影帶等等還可以按重播鍵喔！

「夏碎贏不了他……」唯一很緊張盯著對決場面的千冬歲眼睛連移都沒有移開，像是自言自語地細聲說著話。

「那我們要去幫忙嗎？」我覺得我說的這句話非常合理。

千冬歲轉過頭，用一種非常奇怪的眼神看著我，「會被秒殺掉喔。」他用極度正經的臉說出非常驚悚可怕的話。

「呃……全部一起上會不會比較有勝算？」至少人多力量大吧。

據說是情報家族的下一任當家很遺憾地對我搖頭，「景羅天鬼王底下的七大高手據說實力非常高強，而景羅天鬼王本身也曾與比申鬼王、耶呂鬼王、殊那律恩鬼王合稱為四大鬼族霸王，在所有鬼族之王當中，並列為最高位。不過許久以前耶呂惡鬼王被剿滅之後，剩下的三個鬼王就突然低調起來，很久沒有出過任何事情。」頓了頓，千冬歲一臉凝重地繼續幫我解說，雖然我其實沒有聽得很懂，但是還是可以聽得出來很嚴重，「當中以耶呂惡鬼王為最凶惡、也是最具實力的領首者，不過也因為凶殘過頭才被攻滅。」

喔，這個我就知道了，之前還去參觀過他本人。

「再來殊那律恩惡鬼王排名為二，因為不喜與團眾靠近，所以幾乎都不出面干涉鬼眾。不過有許多鬼王都與他挑戰過，包括耶呂等三人在內，他僅輸了耶呂惡鬼王一戰，所以才被列入排名裡面，實際上他算是最沒有威脅性的一個。」

也就是說這位是惡鬼中的隱士嗎？我突然有種「鬼族還分類眞多」的感覺。

「最後兩人，景羅天惡鬼王與比申惡鬼王雖然實力沒有前兩名好，但是野心跟凶殘度不比耶呂鬼王低，尤其是景羅天惡鬼王頻頻有動作，直屬他手下的七大鬼王高手幾乎可以與過往耶呂惡鬼王的三大高手並論。」將視線轉移回去三角螳螂頭與夏碎學長，非常憂心的千冬歲語氣不自覺地加重了些，「那你想在這種狀況下，夏碎可能贏他嗎。」

說眞的，我倒不知道他會不會贏。因爲我腦袋中現在塞了滿滿一堆字，正在讀秒消化中，暫時不能思考贏不贏的問題。

就在我消化資訊的同時，三角螳螂人率先有了新的動作。

盯著夏碎學長，三角螳螂人伸出了人手，手掌心朝上，接著一點一點的東西從他掌心冒出來。先是像沙子一樣細細碎碎，然後逐漸擴大。

一片巨大的白霧在他手上繞著渦。

「血虺……原來這些東西就是你引來的。」夏碎學長瞇起紫色的眼，甩了下手，黑鞭安穩地收回他手上。

「咭咭，這些可是我得意的孩子。」指尖動彈，白霧就在三角螳螂人的手邊轉來繞去，「來吧，說說看你的搭檔是哪一個，我先肢解完他再來好好跟你算帳。」他還是很執著殺人的順序。

螳螂果然是螳螂，做事非常沒有效率，如果是我一定先動手把人殺光再說。

等等，我幹嘛假設我是一隻螳螂！

「血虺食人，整個湖之鎭的人都到哪裡去了。」沒有回答他的話，夏碎學長鎭定地看著他，完全無視於逐漸逼近自己的白霧。

「當然是被我可愛的孩子們吃光了。」把玩著白霧，三角螳螂人又咭咭笑了幾聲，那種聲音之刺耳，讓人很想把他的螳螂頭打落地當球踢，「不過眞不耐吃，那麼大一個鎭只夠吃一天，比我預想的時間還少，我本來還以爲可以多撐幾天，眞失望。」

「許久以前在耶呂鬼王越世時也曾發生過類似的事情，你們究竟讓血虺在一瞬間吃掉那麼多人是爲了什麼？」把問題導向到我們來這邊的原因，夏碎學長往前踏了一步，「城鎮裡有小動物的屍體卻沒有蟲，有風卻沒有風聲，這座城鎮死氣沉沉，這些全部都是缺乏自然靈魂的徵兆，你究竟在這裡動了什麼手腳？」

三角螳螂人看著夏碎學長，突然嘿嘿地笑起來，「爲什麼我要告訴你。你這小娃想套我的話，先回去秤秤斤兩再說吧！」

語畢，原本還盤旋著的白霧突然劇烈暴增，像是狂暴的雨般瞬間全部往夏碎學長的身上打。

「夏……」我連忙想要喚出米納斯幫忙，卻被旁邊的千冬歲一把拉住手。

「不要動，你一動，那個鬼王手下會把目標轉到你身上。」千冬歲瞇著眼睛，一滴冷汗從他的臉頰邊滴落。

可是，我覺得我不能不動。

「與我簽訂契約之物，讓襲擊者見識妳的絕姿。」我記得曾經有人這樣告訴我，那個巨大背影覆在我面前時，曾經告訴過我不要輕易放棄我能辦到的任務。

「漾漾！」我聽見千冬歲的大喊。

我的手在抖，不由自主地拚命顫抖。

可是，我覺得應該可以辦到。

※

其實說老實話，我也不太清楚我幹了什麼事情。

一切都發生得如此美好，就像每次有某些人迷迷糊糊去跳樓被救出時總會說自己不知道爲什麼會來到這裡，接著所有人都質疑他是被鬼牽來的那個狀況一樣。

一顆大水泡脫離米納斯小巧可愛的槍口，然後悠悠哉哉地在半空中飄浮。打個比方說，大家童年時應該都玩過一支帶有塑膠味道然後價碼爲五元或十元、更早以前還是一元的吹泡泡遊戲吧？

那顆大水泡就很類似那玩意。

所有人都看著那顆水泡，一臉錯愕活像是被鬼打到，包括我自己。

我們都有種不是看到救兵而是中場休息有個什麼東西出來緩和氣氛帶來歡樂的那種畫面的感覺。

滿打的黑線不停地從我腦袋上掉下來。

米納斯啊米納斯，妳好歹也給個驚天動地轟轟烈烈的超級大砲打爛三角螳螂人的腦袋好嗎，這樣只有一顆沒有殺傷力的水泡球飄在空中以零點一毫米的速度往前進，讓我很尷尬耶……

四周出現了三秒的寂靜。

就在完全沒有人反應過來的同時，一道銳利的風猛然削過我的耳邊，我甚至還看見有幾根頭髮跟著被削飛出去，整個非常電影化。那道風直接將白霧給颳開，瞬間原本整團的白霧像是被打散的顏料般到處散去，而被包圍的夏碎學長還站在原地，一步也沒有移動過，鎮靜非凡。

我轉過頭，出手的是還在治療中的五色雞頭。

「渾蛋！不要隨便對我家隊友出手！你這隻害蟲想害我們喪失比賽資格嗎！」完全直線性思考的五色雞頭發出凶暴怒吼，旁邊的雅多與雷多則是一左一右抓住他的手，以免這傢伙下一秒就往裡面衝。是說好像沒有說被出手之後就會喪失資格吧？

你太衝動了同學，還有剛剛你是想謀殺我嗎！從我耳朵旁邊削過去是怎樣！我就知道你想我死很久了是不是！

「夠了。」雅多兩人馬上把他往後拖。

三角螳螂人轉過頭，視線往我們這邊轉來，不過因爲中間隔了一顆大水泡球，他很快地就把視線轉回眼前的夏碎學長身上。

「不要假裝沒聽見！」五色雞頭暴跳起來，馬上又被按回去。

說眞的，我還眞希望他假裝沒聽見……那顆泡泡球還飄浮在空中，繼續用一種極爲緩慢的速度努力地向前邁進，有種非常悽涼的掙扎之感，於是它就這樣成爲了背景一角，沒有人再理會它。

「西瑞、褚，你們兩位都別出手。」完全無視於白霧血虺的威脅，夏碎學長收起了手上的黑鞭，然後抽出一張白色符紙，上面繪著一個最眼熟不過的圖案，「別輕舉妄動。」下秒，他的手上出現了銀白色的鐵鞭，上面帶著淡淡的綠色圖騰。

風符。

濁濁的眼睛盯著夏碎學長，「小娃，剛剛出手的那兩人裡面哪一個是你的搭檔。」三角螳螂人發出讓人毛骨悚然的笑聲，給我一種非常不好的預感。

「兩個都不是。」

太快的回答，三角螳螂人反而又詭笑了起來，「你以爲說謊可以嗎……剛剛第一個出手的一定就是你的搭檔……咭咭咭……」

螳螂果然還是螳螂，腦袋不知道用來幹什麼的。等等，剛剛第一個出手的……

好像是我。

「小亭！」夏碎學長的聲音馬上傳入我的耳中。

還沒意識過來發生什麼事情，只在一瞬間，我連眨眼都來不及，三角螳螂人的臉突然在我眼前猛地放大。

那一秒，我停止呼吸。

「漾漾！」就站在一邊的千冬歲反應比我快很多，一張紅色符紙翻過，銳利的彎刀從我和三角螳螂人的臉中央一刀隔開，同一時間我被人用力往後扯。

我往後摔個七葷八素，幾秒之後才看見神力無窮把我往後丟的叫作黑蛇小妹妹。

就在我視線集中之後，眼前又花了一下，耳際傳來一個極為清脆的聲響。還沒意識到是什麼斷掉的聲音，一個被折斷的刀片呼呼了幾聲旋轉破空直接插在我身邊。

我抬頭，看見千冬歲的彎刀被折成兩截，拋開刀片的三角螳螂人伸出手，指尖上有著近乎二十公分長的黑色尖銳指甲，「咭咭……你不是他的搭檔！滾一邊去！」

反射性舉斷刀要擋的千冬歲晚了他一步，三角螳螂人已經一掌重重地往他臉上拍下去，一記鈍重響聲，千冬歲整個人被打飛撞在後方的牆面上，近似能劇的面具整張碎開成五塊，一片一片掉落在地，面具後的右臉頰出現三道黑色的血痕，汩汩不停冒出血水。

「小亭，快點！」被蜂擁不絕的血虺絆住腳步，夏碎學長舞動白色鐵鞭，雖然一次打落掉整片的白霧，不過像是永無止盡一般，白色的血虺在舊的被打落之後，新的不用眨眼又補上，四周都布滿了大量的白蟲。

「後退！」接收到主人的訊息，小亭應該算是友善要保護我地用力扯住我的領子往後拋。

那一瞬間，我有種差點又上吊自殺的錯覺。整個脖子一秒被用力收緊，然後人往後飛，叩咚一聲後腦撞到堅硬的牆壁，有那麼一剎那我眼睛整個花掉，嗡嗡的聲音迴盪在我耳邊。

我懷疑這小鬼是藉機整我，非把我撞成腦震盪不可。

一個金色的圖騰在小亭的額頭展開，然後小亭發出了幾個奇異的聲響，眨眼間原本小女孩的身體轉為先前見過的金眼大黑鳥，隨著銳利的嘯聲，黑鳥猛然就往三角螳螂人的臉上衝撞過去，一點猶豫也沒有。

大概是也嚇了一跳，三角螳螂人的動作明顯慢了一拍，就在那拍之間，黑鳥的尖喙已經整個戳進去螳螂的濁眼裡，不用等他發出吃痛聲，鳥嘴已經喀地一聲又拔出來，連帶整顆螳螂眼也被她硬生生地拽下來。

我看到眼珠後面跟著牽絲，然後黑血從三角螳螂人的三角臉上流下來。

小亭小妹妹，難道妳不怕會有細菌感染還是病毒傳播到妳的鳥嘴裡面嗎？

很神勇地一嘴戳了別人的眼之後，黑鳥甩開嘴上還在滴著黑血的眼珠子。

不過她也只來得及做了這些事情——出乎所有人意料，三角螳螂人連一聲也不吭，猛地伸出手就掐住黑鳥的脖子，然後將整隻大黑鳥往旁邊牆上摔去。

我聽見小亭的身上發出不自然的聲響，然後就摔落在地，一下子爬不起來。

三角螳螂人就站在我的眼前。

※

我死定了。

我這次一定死定了。

「你就是他的搭檔？」冒著黑血的眼窩在我眼前逐漸放大，我嗅到一絲細微的臭氣。

我在發抖，全身抖個不停。

一點白光從我的眼角劃過，一左一右纏住三角螳螂人往我伸過來的右手，接著猛力往旁邊扯開。

「漾漾！離開那邊！」

以某種白線纏住三角螳螂人的右手，放下治療中的伊多和五色雞頭，分別執著線頭的雙胞胎兄弟同時對我一喝。

一聽見這個聲音，我像是解除某種魔咒，整個人立即往後連連退了好幾大步。

「鳴雷之神，西方天空鬥勇，秋之旅者破長空。」雅多拉直了線，另一邊的兄弟也跟他做了相同的動作，「雷殛之技！」轟然一聲，整條白線上發出刺耳的吱吱聲響，劇烈的白光從線上劃開空間，就往三角螳螂人身上劈過去。

通常就電影方面來說，這個時候我們應該會看見閃電俠的誕生。

不對！我幹嘛希望敵人變成閃電俠！

抹掉重來，這一下我們應該會看見漫畫中傳說的阿富羅特大爆炸頭的產生！

是說，螳螂好像沒有頭毛。

白雷閃光之後，中間的三角螳螂人震動了一下，煙霧過後，我看見三角螳螂人居然毫髮無傷地站在原地，不過他身上到處都有亮亮的一點一點，感覺好像碰到他會觸電。

「咭咭咭……這就是水族的斤兩嗎，原來也不怎麼樣。」隨著討人厭的笑聲響起，三角螳螂人不給左右反應的時間，眨眼瞬間就出現在雷多面前，「滾開！」

就像對付千冬歲一樣，三角螳螂人以著迅雷不及掩耳的速度就往雷多的腦上重重擊下，不過這次雷多的速度比他快很多，側身一閃輕鬆避開，然後轉身出手反擊，「鳴雷之神，西方天空飛流，秋之行者雷光爍。」他返身手掌按住三角螳螂人的後腦，「雷電之技！」

我看見雷多的手掌與三角螳螂後腦中間出現了白光，那個雷光整個貫穿三角螳螂人的腦袋，從他少了一隻眼的眼窩噴出。

不給喘息時間，雅多已經出現在三角螳螂人的正面，與他兄弟一樣伸手手指點住螳螂人的額頭，「鳴雷之神，西方天空狂吼，秋之王者天雷動。」一點白光迸出他的指尖，「雷爆之技！」

白光貫穿過三角螳螂人的那一秒，我看見了那顆三角形的腦袋就在他們兄弟兩人中間爆開，青白色混合著黑色的液體噴灑出來，落在地上也灑在最靠近的兩人身上。

「雅多、雷多！快把衣服脫掉！」被按著治療傷口的五色雞頭看見兩人身上沾滿了黑色血液，立即發出吼聲。

同時，我聽見細微的聲音。

轉頭看向聲音來源，剛剛黑血噴上的地面居然出現了黑煙，黑色的血把地面腐蝕出好幾個小洞，「血有毒！」立即驚覺的雅多一把扯落自家兄弟的白袍大衣摔在地上，接著也扯下自己的。兩件白袍落在地上，上面的黑血立即蝕壞衣袍，發出可怕的黑氣。

或許是袍子上的保護術法多少還是有效，袍子的毀壞沒有地面整個被腐蝕般嚴重，不過看起來大概也不能再穿了。

由此可證明，三角螳螂人的血比王水還毒。

「沒事吧。」好不容易將白霧全部殲滅，夏碎學長匆匆回到這邊，站著的雅多、雷多向他點頭確認無礙之後，他才走過去將摔在地上的小亭抱起來，「小亭，轉移身體吧。」他拿出一個之前我們看過的小偶，那隻黑鳥立即淡去顏色，一條金眼黑蛇出現然後竄入小人偶裡，沒多久活跳跳的小女娃蹦跳在地上。

「好痛，他剛剛打斷我的脖子！」一換好身體，小亭立即指著還站著的三角螳螂人身體指控。

「他的腦袋已經被打爆了。」夏碎學長隨口安撫好黑蛇小妹妹之後轉頭看往另一邊，同樣被摔出去的千冬歲已經坐起身，自行治療了臉上的傷口，「伊多，西瑞的傷勢如何？」

仍然在治療的伊多搖搖頭，「要盡早送至醫療班才好。」

「喂！啥醫療班！本大爺是不死之身，才不用隨隨便便去那種地方！」一聽見那句話，聽說應該是重傷患的五色雞頭馬上彈起來抗議，兩秒之後就被回去幫手的雅多壓制回原位。

「唉喲唉喲，有傷就應該去治，不逞強比較可愛喔，西瑞小弟弟。」還在火上加油的雷多搧搧手。

「你找死嗎！」五色雞頭像是隨時會衝出來咬人，惡狠狠地瞪了雷多一眼。

「還好啦。」非常敷衍地應了聲，雷多就繞在螳螂人少了顆頭、站得直挺挺的身體旁看，

「是說沒想到鬼王的高手這麼不堪一擊，我還以為會打得很辛苦，沒想到雷鳴就可以解決他

了。」

其實我也有這種疑問，感覺上三角螳螂人輸得很容易，等級和變臉人不太一樣。

「打死他之後湖之鎮的任務就解完了嗎？」我不解地問著旁邊走過來的千冬歲，他卻搖了頭。

那怎樣才算解完？還有別的？

雷多轉過身看向我，「其實也算差不多了，再來只要查清楚這隻螳螂用血咆的目的就……」

「雷多！快退開！」

夏碎學長的聲音打斷雷多未竟的話，不過慢了一步。

一隻手掌就在那一瞬間、無人察覺之下貫穿了雷多的左肩，黑色的血從傷口邊緣冒出。

「雅多！」另一方，伊多的治療中斷，原本輔助的雅多倒下，左肩同樣冒出一樣的黑色血液。

然後，那隻手慢慢地向後拔離，雷多的身體似乎失了重心一樣往前倒下，被解除箝制往前衝的五色雞頭一把接住。

在雷多的身體之後，三角螳螂人的手縮回，然後頸部之上冒出了許多像是皮膚構成的小泡泡，泡泡不斷往上累積，短短幾秒之後一顆三角頭重新出現在所有人面前，原本濁色的眼睛轉爲黑紅色，如同要滾落一樣幾乎整個凸出來，「你們這些不知天高地厚的小娃。」三角螳螂人發出聲音，像冰一樣冷得讓人發毛，「以爲這種小把戲就能夠對付我嗎？」

不待眾人反應過來，那雙血紅的螳螂眼直接出現在我面前，幾乎貼在我的臉上。

我忘記呼吸，然後雙眼對上血紅色的雙眼。

「先殺了你，我再一個一個慢慢殺！」

冰冷的觸感慢慢沒進我的腹部，然後是劇痛，一點一點地推進來。我痛得連一個聲音都發不出來，只能害怕地不斷發抖。

好痛、好痛……

我眼前開始模糊，血紅色的眼睛化成一灘水紅在我眼睛前飄蕩，虛幻難以捉摸。

那是什麼顏色？

我的腦袋滿滿充斥著「好痛」兩個字，其他的幾乎無法思考。

然後，往我腹部進去的冰冷突然停止。

「景羅天的手下，你想死嗎。」迷濛中，我聽見一個更冷的聲音。

勉強地聚焦後，我看見三角螳螂頭停下動作。

然後，在他身後我看見一張應該不可能攪和進來的臉。

紫袍滕覺的臉。

※

有時候我實在是不太想承認某些事情。

但是事實擺在眼前，好吧，即使是最棘手的敵人也偶爾會變成己方一小段時間，出現在我們面前的這個人剛好實踐了這段話。

「蟲骨，你要自己離開這個人，或者是立即享受眨眼成灰的快感。」

冰冷的語氣在我耳邊迴盪，讓我從剛剛的迷濛狀態返回人世間。於是我發現了用這種語氣說話的人還有一種好處，就是大清早當鬧鐘使用一定就不會睡過頭了。

因爲會被凍醒，然後還百分之百保證絕對不會再睡回籠覺。

就我認識的人之中還有一個人講話也是這種的。

在我仔細看清楚眼前是什麼狀況時，三角螳螂人已經把他的手抽出來，上面沾滿了黑色和紅色的鮮血。然後他往後退，像是對來者相當忌憚。

「咳咳……」三角螳螂人一退開，我馬上覺得所有的空氣又重新回到我的鼻子裡面，連忙吸了一大口氣。不過也在做這動作同時，肚子傳來強烈的劇痛，讓我有一種差點又把吸下去的空氣吐出來還它的錯覺。雖然已經不是第一次受重傷了，可是對於這種痛楚再怎樣多次我還是很難習慣……書上那些痛久之後就會麻木都是騙人的！

「褚！」夏碎學長不知道什麼時候出現在我旁邊，一把想要扶起我，不過卻被站在正前方的滕覺、變臉人制止下來。

我已經夠痛了，老兄麻煩你就不要找我碴好不好……

「你現在移動他，蟲骨的毒馬上就會傳遍他全身。」變臉人勾起一抹欠人賞巴掌的冷笑，無關痛癢地很直接告知我性命問題。

「……你什麼時候開始這麼好心，安地爾。」正確無誤地揭穿變臉人，夏碎學長倒是沒有眞的把我拉起來，可見變臉人剛剛說的是眞話。

根據我的經驗，這兩個人等等應該會聊到渾然忘我，所以我應該做的事情是先自救。畢竟現實不是電視劇，電視劇裡的配角不管要死還是中毒、命在旦夕還可以堅忍不拔地聽完旁邊人一邊廢話才送醫，不過渺小的正常人類如我，我覺得我應該沒有那種唉唉唉然後等等等到他們全部講完的毅力。

我要自救！

沒錯！我應該馬上自救！被毒蛇和蜜蜂咬到時應該怎麼處理？

我記得最快的方法聽說好像是撒一泡尿之類的……

不過，在場那麼多人，不管叫誰誰誰過來幫個忙好像會被海扁的感覺。

無視於地上的我正在內心掙扎，變臉人安地爾自顧自地抽出了一支非常眼熟的銀針，「當目標相同時我就會變得非常好心，所以不用懷疑。」然後，他往我這邊看過來。

我有種不好的感覺。

下一秒，那根針不知道什麼時候脫離變臉人的手，直接插在我的肚子傷口旁邊。

「哇——！」我看到黑血從我肚子那幾個手指洞噴出來。

會死會死！他想殺我！

「放心，只是幫你把毒血逼出來而已。」變臉人一副「我緊張過頭」的表情看我。

如果，這傢伙曾在你眼前用一根針插別人讓別人爆血，我想現在你應該就會跟我有一樣的反應。那根本不是什麼反應過度好不好！不然你讓我殺殺看，下一次我見到你再幫你用同樣殺你的方式療傷看你會不會起疑！

不過這次他好像是真的想幫我，銀針抽走之後，我的血洞慢慢地轉回紅色，也沒剛剛那麼痛了。我應該相信他有難得的菩薩心腸嗎？

「這樣就沒事了。」舔去針上的黑血，變臉人依舊用那種讓人起雞皮疙瘩的變態語氣說著話，然後將針收回去。

「那個，雷多他們……」既然他可以幫我放血消毒，我轉向已經被平放在地讓千冬歲和伊多合力除毒的那邊。雅多與雷多好像很嚴重，不曉得會不會有危險。

「我對他們沒興趣。」安地爾瞇起眼睛，用一種蛇的視線看我，「不過你如果想和我做交易的話，我倒可以幫忙。」

有人說過，什麼交易都可以做，包括跳樓撞火車都隨便你，可是唯獨就只有跟惡魔的交易不能做。

我立即搖頭。

「那就算了。」安地爾聳聳肩。

就在他說完這句話，被忽略的另外一邊終於開口，「安地爾，你想打斷我的好事！」三角螳螂人發出叫囂，四周的白霧重新再現。

「言重了，我對你的好事沒興趣，尤其還是這種我已經不想用的舊手法。」冷冷一笑，變臉人伸出手指一彈，靠近他的血虺群不用半秒立即煙消雲散，輕鬆到好像我們之前跟白霧搏鬥的辛苦都是假的，「不過呢，這個人類是我的獵物，也是我主上需要的人，如果你敢對他動手，我會讓你知道什麼叫作後悔莫及。」

變臉人的話好像很有效，因爲我看到三角螳螂人顫抖了一下，不敢繼續反駁，「那，我要殺其他人你就不干涉是吧！」

「那當然。」

我錯愕地轉頭看著變臉人。他高高在上地盯著我，露出冰冷的微笑。

我不應該相信他那個像是螞蟻那麼大的菩薩心腸的！

第四話　水泡泡與結界崩潰

地點：湖之鎮

時間：下午一點二十八分

石窟的天頂在震動。

一顆細碎的小石頭掉下來然後砸在我的頭頂上。

接著，是一連串的超級震動，好像是不趕快逃天花板就會塌下來那種感覺。

「對了，我忘記告訴你一件事情。」安地爾彈了一下手指，很悠哉地環著雙手，完全無視於我方一臉緊張以及敵方一臉想海扁他的各種表情，「剛剛我來的途中，看見了七陵學院的那些學生聯合其他地面上的人正在破你的大型結界。嘖嘖，那幾個年輕小孩身手眞不錯，我看估計再幾分鐘你在湖之鎮布下的封印結界就會被破壞，然後這裡會立即衝來所有袍級的參賽者，勸你要滅口的話盡快下手，不然就沒機會了。」他一臉完全就是看好戲的表情。

是說，庚學姊他們的動作還眞快，早上才在說要收集資料，沒多久就已經開始著手破壞結界了，效率眞的是非常高。

「你怎麼不早說！」三角螳螂人氣急敗壞地吼。

「你想對我興師問罪嗎？」語調揚高，變臉人一副「你可以儘管來沒關係」的態度。

然後，三角螳螂人洩氣了，怒氣沖沖地瞪著我旁邊正打算替我療傷的夏碎學長，「你們一個也別想逃！」

同一秒，四周白霧蜂擁。

「確認那些是蟲就好辦了。」意外地，搶先擋在前面的是千冬歲，他從背袋裡抽出四張三角形的符紙，「大……夏碎，你先幫漾漾療傷。」

終於有人注意到我痛得想罵髒話了。我發誓，回去之後選課，我一定要選一堂醫療自救課，不然每次都把我晾在旁邊痛半天我會想哭。

我跟你們這些耐痛外星人不一樣啊！

看著眼前往眾人撲來的巨大白霧，千冬歲非常鎮定地彈動手指，四張符紙立即飛出停留在半空中、一致地同時點燃白色火焰，「據守西方的護神，降臨於四方大地，與我相應。」三句話唸完同時，地面立即出現久違的大型光陣。

由此可見，三角螳螂人的結界好像真的開始變弱了，記得之前千冬歲要發動陣法好像都不是很容易。

「褚，你忍耐一下。」夏碎學長拍拍我的肩膀，一秒就把我的視線吸引回來，只見他伸出手，指尖成圈，「風之音、水與葉相飛映，貳貳傷回癒。」

柔和的米白色光芒出現在我的肚子洞口上。

原來百句歌也有治療的，我也不管傷口，連忙拿了筆記先抄再說。

同一時間，我聽到某個有點大的碰撞聲，湧上來的白霧像是撞到牆壁，整個被隔絕在千冬歲十步遠的地方就過不來了，地上的光陣微微轉動著閃出銀紫色的光芒，完全不為所動。

變臉人就如他所說，眞的完全不出手就站在旁邊看著，且嘴角還噙著詭異的笑。

「幾個小娃，以為玩這種小把戲可以抵擋得了嗎。」三角螳螂人又咭咭地笑了起來，「我沒太多時間跟你們玩……」說著，他伸出手拍在千冬歲做出來的結界上，一個奇異的聲響傳來，我看見平空居然出現了一道略微金色的裂痕，然後慢慢展開。

千冬歲的臉上落下一滴冷汗。

裂痕逐漸擴大。

就在我們都以為千冬歲應該擋不住的同時，一道細微的聲音從三角螳螂人的身後響起。

「與我簽訂契約之物，讓攻擊者見識你的剽悍。」

銀色上繪刻著紅色的圖騰，一個槍尖從三角螳螂人的胸口突出，準確無比地穿過他的心臟，硬生生竄出皮肉。

地面上，移送陣的光陣正在緩緩轉動。

救星，我看到了那顆傳說中最閃亮的救星。

※

「你們這幾個傢伙怎麼全都搞成這副德行。」

不知道從哪裡蹦出來的學長瞇起血紅的眼睛，一手握著槍柄，另外一手詭異地拋出一顆半腐的人頭，叩咚一聲滾了兩圈，然後馬上被白霧湧上吞噬。

變臉人吹了聲口哨，「不錯，動作挺快的。」

當場，學長立刻注意到他的存在，「又是你！」

「沒錯，又是我。」安地爾聳聳肩，很自然地回答。

就在兩人交談之間，沒死的三角螳螂人突然整顆頭一百八十度向後轉，對上學長的臉，「咭咭，送死的又來一個……」

「送你去死！」講話還是非常爽快俐落，學長一巴掌啪地一聲居然把螳螂頭給打轉回去原本的正前方，「千冬歲、伊多，馬上把所有受傷的人都傳出去湖之鎮入口，醫療班已經在那邊等候。眞是太誇張了，他們竟然被擋在鎮外沒有跟隨比賽隊伍進來！給我搞笑出包是吧！看我解決完事情之後怎麼跟他們算帳。」短短幾秒之間，學長已經把整個狀況掌握住，果然不是普通的強者外星人！

夏碎學長收回了手，我看見我肚子上的傷口已經全部消失，連一個痕跡也沒有。

眞是太神奇了傑克，我回去絕對要好好練習這條百句歌，我深深相信我絕對有用到的一天。

石窟又狠狠地震動了一下，掉下了更多細石。

「千冬歲，這裡。」收回手的夏碎學長沒有停頓，他結出幾個手勢接著一掌拍上地面，散著紅光的大型陣法乍然出現，是我沒有看過的陣型。

一聽他這樣說，千冬歲與伊多立即將受傷的雙胞胎兩人扶進陣型當中。

「西瑞！」五色雞頭惡狠狠地瞪了三角螳螂人一眼，才心不甘情不願地被拖進去。

我想留下來看。

「褚，你跟他們一起出去。」夏碎學長這樣告訴我。

「我……」該怎麼辦？

「誰都別想走！」三角螳螂人的動作比我們快很多，下一秒就擺脫了學長的長槍、衝破千冬歲的護符，伸出變形的手掌直直地往這邊衝過來。

當機立斷，夏碎學長一把抓過我往後跳，同時紅色的陣法與上面的人全數消失，「小亭，保護褚。」一聲令下，黑蛇小妹妹立即重新變成大黑鳥飛過來，在我的頭上打轉。

三角螳螂人撲了個空，我幾乎可以看見他的三角頭上在冒煙。然後，他轉過身，血紅的眼睛瞪著夏碎學長和學長，大概是忌憚變臉人，所以他連看都不看我一眼。

黑色的鐵鞭發出清脆的聲響落地，旁邊是銀色的槍尖。

與方才處處顧慮不同，夏碎學長站在學長旁邊，面具後的紫色眼眸充滿了相當的自信。

「我知道了……咭咭……我知道了……」三角螳螂人笑了幾聲，兩手指尖竄出像是尖刀一般的長甲，上面折閃的是黑色的陰森光芒，「你的搭檔。」

「沒錯，他是我的搭檔。」夏碎學長完全不否認，很直接地回答他。

「景羅天七大高手之一蟲骨排名倒數第二，前數第二爛，這種貨色你還跟他折騰這麼久。」完全無視三角螳螂人，學長冷哼了一聲看著夏碎學長。

「有點原因……」

「該死！你說誰倒數！」很明顯，學長一句話剛好戳中三角螳螂人的死穴，他馬上暴吼了起來打斷夏碎學長未竟的話，原本人類的兩隻腳猛然撐高轉爲巨大，一下子變爲像是鐮刀一般的昆蟲腳利刃。打比方來說，想知道正確型態的人請去看星×戰將這部電影，那種腳到處都是，還可以殺人肢解加上用餐，用處之大，讓人嘖嘖稱奇。

「你啊，不然還有誰。」學長很自然地就指了差不多要抓狂的三角螳螂人，「跟另外一個鬼王的第一高手相比，你看起來的確比較像渣渣。」

學長……爲什麼你這麼喜歡隨便挑釁……

紅眼看過來，狠瞪了我一眼。好，我知道，我不該隨便亂想，我現在馬上反省。

站在旁邊的安地爾勾了笑，繼續看他的好戲。

「對了，根據我這兩天在排水道的搜查後大概可以知道這隻鬼螳螂的目的了。」站在原處看著眼前的敵手，學長一點也沒有居於下風的弱勢，反而有壓倒性的氣勢，「黃色的血虺破壞，白色的血虺食人，被食的人猛然乍死時靈魂會馬上被這隻鬼螳螂吸收，這就是他的目的。」

吸收靈魂？

等等，我突然想起某件重要的事。來的時候我聽說以前耶呂鬼王時代也曾發生過這類事情。後來，鬼王降臨據地後開始四處獵殺精靈、人類和四方種族，重點是，他會……吸食靈魂。

「景羅天的手下蟲骨，你收集這麼多靈魂，難道是你家主人準備再次重複耶呂鬼王的野心嗎！」學長說著然後甩出一樣東西，是一顆黑色的水晶球，「這是你們之間的傳信器，不好意思，我在另外一處石窟找到就順手毀掉了。」

水晶球落在地上只發出一點聲響，接著不到半秒立即碎化成粉末。

湖之鎮的謎底，在此揭曉。

※

三角螳螂人在顫抖。

那是一種憤怒至極的表現。

「你們幾個小娃，眞是找死……」他抬起頭，雙眼已經變成深沉的黑紅，石窟四周產生了不自然的劇烈震動，「該死！」那瞬間，我看見三角螳螂人身體迸出許多刀般的刺腳，接著他整個人扭曲變形，化成了蜘蛛身體螳螂頭的詭異東西。

「火焰之契、冰冽之息，我是你的主人，你服從我命令。與我簽訂契約之物，展現你隱藏冰冷之後的炎之面容。」長槍放横，學長唸出了一段我沒聽過的吟句，「烽云凋戈，重現殛火。」

銀色的長槍猛然燃起了熊熊的火焰，我看見猛烈奔騰的烈火當中銀槍熔燬，接著自中央重新拉出一條長線。以火焰之色爲形，冰冷爲騰，帶著火紅金屬光澤的優雅長槍重新飄浮空中，槍身刻畫了銀色的圖騰，與先前截然不同的造型，氣勢凜然。

「晝光之名、夜影之型，我是你的主人，你聽從我號令。與我簽訂契約之物，展現你隱藏黑夜之後的光之面容。」與學長做了相同動作，夏碎學長手上的黑鞭猛然形體扭曲，「冬翎甩，重現光域。」在扭曲之後出現的是銅金色的鐵鞭，上面有著蛇般的咒語黑紋，與學長的幻武兵器幾乎要成爲同款相輔。

原來……原來幻武兵器還有二檔！

話說回來，學長他們的兵器好像是換成另一種混合屬性，不過我家的米納斯好像只有一種屬性……也就是說，她永遠只有一檔嗎？

我悲傷地看著還浮在空中的泡泡，心中充滿了無限悽涼。

「兩個小娃，以爲把兵器反屬性就可以贏嗎。」三角螳螂人冷笑了好幾聲，接著把他的尖腳從地上抽起來。地面被他碰過的地方開始出現了黑色的腐蝕痕跡，濃濃的黑煙爬出細絲四處飛竄。

「不，把兵器反屬性，就一定會贏。」學長將紅色的長槍在頭頂大刺刺地甩了一圈，金紅色的火焰像是有生命一般畫出了美麗的圈迴，然後並未熄滅就飄浮在空中，「看看是你再生快，抑或是我們幫你火葬快。」

語畢，兩方幾乎是同時有動作。

眨眼，學長與夏碎學長一左一右地出現在三角螳螂人巨大的身軀旁邊，紅色的長槍揮舞，就是那麼一瞬間，一隻大腳切面平滑地被截了下來，還沒完全落地，熊熊的金火就已經將整隻斷腳燒作灰燼，一點灰也不留。

夏碎學長同時舞動長鞭，啪啪的幾聲，已然抽斷了好幾支三角螳螂人身上長出的利刺，落地之前同樣被飄浮著的火焰燒盡。

三角螳螂人的臉色不變，可能沒有預料到反擊來得如此之快。失去了一隻腳之後，重心瞬間不穩，整副巨大的蜘蛛身軀猛然就往我這邊撞過來。

小亭的動作比他快很多，一把扯了我的衣領把我往後摔開好一大段距離。

金色的火焰在燒，原本瀰漫整個石窟的白霧漸漸消失，最後連一點也不剩。

「你們這些小娃……該死！」三角螳螂人發出劇烈的怒吼，四周震得更加厲害，好像隨時都會倒塌一樣。

然後他轉過頭，氣瘋的紅眼對上我。

不是吧？等等，這位老兄，你不是會怕變臉人嗎？

我連逃跑都來不及，三角螳螂人已經爬起來，整個人就往我這邊衝撞過來。

我閉上眼，準備等死。

三秒後，慘叫聲響起——不過不是我的。

叫聲實在是太過難聽和悽慘，所以我偷偷睜開半隻眼。

原本打算衝撞我的三角螳螂人整張臉很爽快地正面撞破飄浮在空中的凝眼泡泡，泡泡皮還黏在他的臉上。

泡泡中的液體全部灑在他臉上，然後……冒出白煙。

三角螳螂人發出尖銳的慘叫聲，一隻手按住臉，沒按住的另外一邊很明顯地已經被強烈腐蝕，就連表皮裡的肌肉白骨都暴露出來，黑色的血水跟白煙不斷。

我看著被撞破的泡泡皮，有那麼一秒心中充滿驚駭。

那個好像是傳說中比王水還要毒的東西，居然連三角螳螂人都會被腐蝕掉。

我應該對米納斯另眼相看了。

⁂

四周有著某種靈異的臭味，然後傳來不斷向下腐蝕的聲音。

那隻三角螳螂用一種極度怨恨的目光看著我。我幾乎可以從他的臉上讀出「我詛咒你八輩子不得好死」之類的那些訊息。

人不是我殺的人不是我殺的……明明水泡泡在那邊做自我掙扎和無意義飄動，你沒事幹嘛自己撞破它……那是你自己活該怪不得別人。

下意識倒退了一步，然後，我看見臉不斷被腐蝕的螳螂人一步一步往我這邊走過來。那種感覺就好像是看見了某種喪屍復活正走往你要索命一樣的感覺。如同電影定格一般，我四周的時間和聲音好像慢了下來，我看到三角螳螂人走了一步一步，然後停了下來、全身顫動。

有一支細針從他的胸口突出，三角螳螂人錯愕地回過頭。

原本站在我旁邊的變臉人不知道什麼時候已經站在他的後面，手上的黑針直直穿透三角螳螂人的背後從前方貫穿而出。

「安……」螳螂人用一種極度錯愕的表情看著他。

「我說過了，不要對我的獵物下手。」表情是冰冷不變，安地爾緩緩地抽回手上黑針然後折成兩段，任由黑針落地發出細微的清脆聲響，「任何人都一樣，想抱怨的話……嗯，我看你也沒辦法抱怨了。」

就在他話語完畢的那秒，三角螳螂人突然整個人像是粒子一樣猛然分解崩潰，黑色的血液噴滿了四周地面，像是砂一般他整個垮掉散落在地面，但是卻連一點皮肉都沒有完好留下。

我往後退了一步，黑色的血在我腳前腐蝕掉地面。

三角螳螂人消失的瞬間，原本殘餘的白霧也全部崩解。

我看見四周突然浮出很多青白色的火焰，像是電視上那些鬼火一樣幽幽地發著冷光，數量越來越多，幾乎把整座地下洞窟都填滿。

「這些應該就是湖之鎮的所有靈魂了。」看著四周，夏碎學長向學長點了點頭。

……眞的是鬼火。

「你們的什麼比賽結束了，現在可以離開了。」指尖拈了一簇青白色火焰，安地爾勾起冷冽的微笑說著，然後那抹火焰就消失在他的手上。

「你想玩什麼把戲。」收起了幻武兵器，學長瞇起血紅的眼睛看著他。

「沒什麼，你們兩位都在，看來我要帶走我想要的人可能還要費點力氣。」安地爾聳聳肩，「還不如待會兒趁你們不注意時再偷偷把人搶走比較保險一些。」

他就在我面前直接說要怎樣擄人勒索……現在依照正常反應，我是不是應該開始想要怎樣逃走了。

「你以為你還有時間做那種事情嗎。」學長笑了，就在同時，以他為中心的地面出現了一個白色的法陣，然後圓形陣法啓動，慢慢繞著圈子。就在陣法移動同時，青白色的火焰開始逐漸減少，一片一片的，直到整座地下石窟都變回原本的空曠。

「送魂，你擔心我把整個湖之鎮的靈魂都吃光嗎？」環起手，安地爾與學長對視，「放心，我對雜食沒什麼興趣。」

「我知道，因為你剛剛吃的那個人，就是湖之鎮唯一的白袍。」一秒不差地接了他的話尾，學長同樣冷冷地回話。

安地爾突然笑出來，「你還眞是人才，如果不想與我們作對的話，我還挺歡迎你過來加入成為我的搭檔，我眞的很喜歡你呢。」

我偷偷瞄了一下學長的正牌搭檔，夏碎學長的面具底下不知道會有什麼樣子的表情。

「這種話由你這種已經脫離公會的人來說還眞奇怪，我以爲你投入鬼王之後，就忘記這種想法。」學長冰冷地看了他一眼，「鬼族也有搭檔的意識？眞是讓人發笑。」

公會？

學長口中的公會應該就跟我現在腦袋裡面想的一樣吧？

我所知道被稱爲公會的就只有一個，聽說好像是袍級的什麼聯合公會之類的，我們學校很多人都出自那邊，而且學校本身也與公會有簽訂什麼約定和合作之類的。

變臉人又是一笑，似乎學長冷然高傲的態度完全沒有影響到他，「你眞的知道太多了，我還以爲這件事情應該早就被封口了，沒想到無殿出身的人果然與一般袍級都不同。」他的眼睛猛然一變，冰冷地盯著學長看，「你究竟知道多少！」

紅色的眼睛一點害怕也沒有，學長抬手制止了夏碎學長欲抽出兵器的動作，「該知道的都知道了，我的情報來源不是公會，而是無殿。所以包括你曾是醫療班最高領導同時雙具黑袍資格，後來反叛投入耶呂鬼王旗下的事情我全部一清二楚。」

變臉人曾經是公會的人？

我錯愕地看著那個神情還很悠哉的人。

他是雙袍級？

等等，他後來投入耶呂鬼王的麾下？可是我記得這傢伙好像是比申惡鬼王的第一高手不是？

我有種錯綜複雜的頭暈感。

「耶呂鬼王一黨被殲滅之後，我不清楚你爲什麼會變成比申惡鬼王的手下，不過你是公會的第一要犯、同時也是反叛者這是無庸置疑。」學長看著他，以最後一句話做結論。

就在同一秒，安地爾已經出現在學長面前，黑色的針抵著學長的額頭，白色的額上滾出了一滴血珠，「這些事情你如果透露出去，你應該很明白我不會再留一手陪你玩了，可愛的後輩。」

學長瞇起眼睛，不閃也不躲，連害怕的表情都沒有，「你也會害怕被知道過去嗎？」

「我和你這位連眞名都被封印起來的小後輩不同，袍級身分是我的恥辱，也是無聊的象徵，我挺討厭跟那些自視正義的東西扯上關係。」見學長一點也沒有動搖，安地爾無趣地收回黑針，指尖揉去那滴血放在唇邊舔噬，「不過如果你要加入我們陣營，我倒十分歡迎。剛剛就說過，我眞的很喜歡你，不管是過去或者是現在，你很有讓人想納入己方的價值。」

「少開玩笑了。」學長露出嫌惡的表情。

「並沒有跟你開玩笑，而且我也肯定，這個未來必定存在。」不知道打哪來的自信，安地爾說出了這種絕對把握的話，「時間之流是掌握不住未來，可能性必定存在。」他開口，是另外一種飄渺語言，卻讓人整個不舒服起來。

愣了一下，學長立即狠瞪了他一眼。

「那也要你能躲過這一劫再說。」就在學長語音剛落同時，地面上同時出現好幾個移送陣的光圈，下一秒在我眼前一次出現了眾多袍級與無袍級者。

其餘比賽隊伍在此同時到達。

※

有人把我扶起來。

我轉過頭一看，看到七陵學院的祭服，不過這個人的臉被帽垂飾遮住，實在分辨不出來他是哪一位，「呃、謝謝。」對方也跟我點點頭，退後了兩步回到他同伴的身邊。

下意識地抬手擦汗，我才驚覺不知道什麼時候開始，我全身已經滿是冷汗。

到場的人數不少，七陵學院的全部到位，蘭德爾、庚、萊恩和重新回來的千冬歲以及正牌滕覺原本的黑袍搭檔。整個場面立即變得殺氣騰騰，尤其是滕覺原本的搭檔更是殺意濃重，然後我很像是某個路過的路人甲，除了完全狀況外，根本一臉來插花的。

照這種狀況來看，依照電視、電影的劇情來演，如果變臉人現在想逃走抓人質的話，我應該是最衰的頭一號目標。

「安地爾，你的身分已經透過即時傳訊傳送出去了，現在全世界的人都知道你就是比申惡鬼王第一高手，你還要繼續用那張臉皮嗎？」看來已經沒有事的千冬歲手上飄浮著與夏碎學長用過的一樣的眼球。

我想，應該還不至於全世界都知道啦……我們那個世界一定就不知道……

變臉人冷冷一哼，然後右手掌覆蓋臉上，手掌拉下之後他的臉已經全變回先前我們見過的那張面孔，黑藍色的髮照樣束在他腦後，整個人一點被識破的慌張也沒有，反倒很乾脆就露出自己的眞面目，「全世界都知道，那又怎樣。」他說話的語氣好像是完全不關他的事，輕鬆得很。

「那就賠命來！」正牌滕覺的搭檔血刃猛然一出，幾乎是在眨眼瞬間就往安地爾的腦袋橫劈過去，動作之凶狠猛戾，很像變臉人是殺了他家十三代的高級凶手。

不閃不躲，安地爾手上彈出了根黑針。

空氣中畫出一點擦火的流光，接著血刃被硬生生地彈開出去，「你雖然很厲害，不過在我眼中看來，我隨隨便便都可以弄死你，要上的話還不如全部一起來還比較有意思。」安地爾環著手，冷冷勾起一笑。

他在挑釁！他眞的在挑釁！爲什麼我認識的這些人不管是好人還是壞人都喜歡做一些火上加油的事情，你們乖乖地直接打到完不行嗎！

「韋天，麻煩你先將我們隊裡的褚送出去好嗎？」學長看著我旁邊的七陵學院代表隊伍，其中一個衣服比較不同、看起應該是隊長的人走出來，「褚，不好意思，不過接下來你不適合在現場了。」

我明白……我一切都明白……因爲我是傳說中那顆絆腳石。

不小心路過就會把人絆倒的那種終極版無用石頭。

「如果你想在現場看血噴來噴去、皮肉掉來掉去、人頭滾來滾去，你可以繼續留下來沒關

係。」學長的口氣立變。

我馬上轉過頭看向那個七陵學院的隊長，「不好意思，一切都麻煩你了。」

我個人覺得我應該還沒有那種勇氣，畢竟我只是一介平民，不太適合太衝擊的事情。

七陵學院的隊長點點頭，下一秒我的四周圍立即產生了微弱的光芒。

這個我很熟悉。

果不其然，眨眼之後我四周的景色馬上轉變，巨大的太陽出現在我的頭頂上。

我的前方出現了應該說熟悉也不太熟悉的景色，湖之鎮的小鎮入口。

入口處聚集了好幾個藍袍，裡面有我熟悉的人。

「漾漾！」那個人抬頭之後馬上看見我，衝著我就是大大的一笑。

「輔長。」我快步跑上去，非常意外會在這邊看見土著輔長，「你怎麼會在這邊？」他還穿著正式的醫療班藍袍，整個氣勢看起來就是不太一樣。

「我是支援隊的老大，當然會在。」輔長用力地揉了一下我的頭，有一秒我覺得我的頭皮好像會被他拽下來。

……原來你就是很誇張被擋在外面那些醫療班的老大。

是說，為什麼我會被傳到這邊來？

第五話　綠水晶

地點：湖之鎮

時間：下午兩點二十三分

就在我思索的同時，醫療班後面的民宅裡走出一個人。

「漾漾。」正在用白布擦拭手掌的伊多走過來，「太好了，剛剛情況緊張沒看見你跟著出來，我還一直在想你有沒有順利脫出。」他鬆了一口氣。

「剛剛七陵學院的人把我送出來的。」看見他沒事，我也稍微鬆了口氣，「其他人勒？」我沒有看見五色雞頭和雅多、雷多兩兄弟。

「西瑞受的傷比較嚴重，現在正在加強治療；另外雅多和雷多已經沒事了，稍微休息一下就可以活動。」與輔長等人打過招呼，伊多這樣告訴我。

「嗯。」我用力點點頭，如果都沒事就最好。

就在我們兩個完全沒話題之後，猛然傳來的拍掌聲打破寧靜，「好了，有時間的人馬上將乾淨的床位、藥品和結界全都整理出來，現在才要開始忙！」大聲喝話的是輔長，不過他的說話對象不是我們，是其他的醫療班人員，「兩個人一組，馬上動作！快！」

我現在才發現，醫療班來的人數好像比之前大會報備的還要多。出現在我眼前就將近八個的藍袍在跑動，在幫其他人治傷的不知道還有幾個。

是因爲發現鬼王手下所以才緊急調派嗎？

「漾漾，你可以先去休息，剩下的就是我們的工作了。」輔長一邊說著，一邊叫來了幾個人，低聲對他們不知道吩咐什麼之後，那幾個人馬上原地蒸發消失在我眼前。

說眞的，學長他們整群都在下面，我怎麼休息得下去。

我有種很想再回去確認他們安全的衝動。

旁邊猛然有人拍了一下我的肩膀，我抬頭，看見伊多輕輕地對我搖了搖頭，他完全知道我在想什麼，「就算回去，我們還是幫不上忙，你知道嗎？」他的語氣有點沉重，我只好點頭，「有時候有些事情仍是可以做，太過於艱鉅的任務不適合自己，但是在某些地方一定需要自己，例如只有你才可以做到的事情。」

說眞的，有那麼一秒我還不懂伊多說的意思。

「例如祈禱，如果你希望，我也可以教你水妖精的祈禱法術，雖然說不是絕對靈驗，不過倒也挺有效就是。」

……原來我只能做到祈禱。

我的臉上立刻掛了五條黑線。我知道伊多完全是好心，不過祈禱……那個感覺還頗像……咳咳……算了……

「怎麼做？」當然，人家好心你還是不可以隨便潑冷水，不然等後面那兩隻跟屁蟲起來之後，我就慘了。

伊多從小背包裡拿出一枚大約只有拇指大的白色小水晶，「先在掌心上畫下簡單的祈禱咒文，然後把水晶握著。」他在手掌上畫出了一個很簡單的三畫圖案給我看，然後雙手握著水晶，「閉眼、在心中祈禱，然後鬆手。」

我看見從伊多鬆開的掌心中散下了白色透明的細碎粉末，白色的水晶已經不在。粉末落在地面微微發著光芒，下秒我看見有隻很像鳥的東西從粉末中出現，猛地展翅往天空飛去，一下子就消失。

「祈願之咒，很容易。」伊多重新拿出一枚白水晶給我。

看著掌心上的水晶，我依樣畫葫蘆地在掌心上畫下了很簡單的咒文，握著水晶。

如果說要祈禱，我希望大家都沒事，誰也不會死，然後順利地結束這場比賽。

就在那一秒，我的手掌裡突然滾燙異常，比上次戴老頭公的手環還要燙，整個就很像是會被燙出水泡掉一層皮的感覺。爲了避免手被燙穿，我吃痛地直接鬆手。

這種熱度伊多居然沒感覺！

我的手整個都紅起來，落下的水晶粉靈異地飄浮在半空中。轉過頭，伊多用一種被鬼打到的表情看我。不對，他的表情已經不是被鬼打到可以形容的了，整個就是震撼到不像是他會有的表情。

人不是我殺的人不是我殺的………！

飄浮在空中的粉末猛然唰地一聲整個擴展開成爲老鷹般大小的鳥，發出了巨大的嘯聲整個往天上衝去，嘯音響遍天際，連在準備中的醫療班都抬頭起來觀看發生什麼事情。

過了十幾秒之後大鳥消失。

我戰戰兢兢地轉過頭看伊多，「請問……這個代表什麼意思？」代表水晶被願望嚇到所以加速逃逸嗎……？

伊多看了天空半晌，表情有點複雜，「我想應該是你的願望能夠順利實現。我也是第一次看到這種的變化。」

你也是第一次？

該不會眞的是加速逃逸吧……我開始越來越不安起來，總覺得好像會發生什麼不好的事情。

「別太緊張，鷹嘯是破邪的聲音。我想或許是你的祈禱改變了某些本來被決定好的結果吧。」伊多拍拍我的肩膀，微微一笑，「如果能因此替所有人都帶來幸運就好了。」

「嗯。」點了點頭，我也只能如此想。

如果能改變什麼的話就好，希望這次眞的能夠順利結束。

「來了！」

就在我們還各自思考水晶粉的異常時，猛然傳來一個吼聲。

醫療班附近浮現了藍色的陣法，不用一秒，上面就出現了三個人，兩個是藍袍、也是剛剛消失的人之一，另外一個則是最眼熟不過的……

「庚學姊！」我看到那兩個人架著渾身是血的女性出現在陣法中，庚學姊好像失去意識，雙眼緊閉、臉色蒼白如紙，重點是她的左腕整個削斷了。

「別擋路！」架著她的兩個人語氣不善地直接轟開前方的其他人群，氣勢洶洶地直接衝往屋內。

看見認識的人，我急忙跑了兩步，然後又停下來。

我去的話只是擋路，什麼忙也幫不上。也許伊多說的沒有錯，現在我能做到的真的只能幫他們祈禱……

「漾漾，放心啦，只要是還有呼吸的我們都救得回來。」輔長走過來，用力拍了拍我的肩膀，「不然醫療班的招牌我就摘下來給你砸。」

我點點頭，「好。」

「還眞的好哩！臭小鬼！」一巴從我背後拍下去，我差點重傷吐血。「九瀾！」

一個穿著普通白色外套的人走過來，那個白夾克人有長長的黑色頭髮，蓋滿了整張臉，前劉海外還有一副厚眼鏡，看起來還眞像把眼鏡放在黑色仙人掌外面的那種感覺。

他看起來眞的很普通，幾乎比我還要普通。

「九瀾是醫療班裡的驗屍含解剖等等的分析部門。」輔長很簡單地把那個人介紹給我們，然後轉過頭繼續和那人交代事情。

驗屍？

我突然想到一件事情。

「手指可以驗嗎？」我想起來昨天跟學長在某商店看見的東西。

原本在商量事情的兩個人猛然轉過頭看我，連伊多也是。

「可以。」戴著眼鏡的黑色仙人掌先開口，「連一滴血都可以驗。」他說的是最標準不過的中文，讓我突然有種家鄉懷舊感。

「漾漾，把事情和地點說仔細。」輔長隨後追問我，於是我把我記得的大概全說給他們聽。

聽完之後，戴眼鏡的黑色仙人掌不用半秒就撂下一句話消失在我們面前，「我馬上回來。」消失之快，眨眼就不見人影。

眞是個很有行動力的仙人掌。

「忘記跟你說，九瀾是戀屍癖。」輔長隨後補充一句話，「他還會幫掛掉在外救不回來的學生做標本，風評非常好，如果你們也想做可以提早預約。」

我和伊多動作非常一致地搖頭。

我想，以後還是要稍微和醫療班的人保持一點距離比較好，因爲他們眞的都很奇怪。

然後，另一端努力工作的醫療班又傳來吼聲。

「來了！別擋路！」

※

醫療班的動作開始變得更加忙碌。

一切都會沒事的……看著他們的動作，我只能在旁邊擔心。而伊多就一直站在我身邊也沒離開，不說什麼也不做什麼，就是與我一起站在旁邊等待。

我們的擔心很快就結束了，至少比我預期的還要更快。

在醫療班把默罕狄兒和萊恩前後拉出來之後沒多久，底下傳來劇烈的震動之後，四周起了大小不一的移送陣。

看到那個東西，我就知道結束了。

第一個出現的是學長跟夏碎學長，兩人的衣服上都有傷痕，隨後零零散散出來的幾個人也全都同一個樣子，不過看起來好像就沒有太嚴重的傷害；反倒是比較早被帶出來的庚學姊和萊恩三人嚴重很多。

「萊恩在哪裡？」千冬歲一從移送陣出來，還沒管手上的傷就先揪著一名藍袍詢問，在對方帶領下很快消失在我的視線內。

看著學長收起兵器，輔長很不怕死地走過去直接搭著他的肩，「吶，收穫如何？」

學長的紅色眼睛瞪了他一眼，「被逃走了。」

「啥？被逃走了？你們一堆黑袍紫袍特級者什麼的，居然還會被一個鬼王手下逃走？」輔長用一種極為欠扁的語調說話，「喂喂，該加強了。」

我很肯定他會被扁，非常肯定。

果然下一秒，學長動作極為迅速地抓住他搭在自己肩上的那隻手，轉身運勁就來個極度凶猛的過肩摔，直接把輔長摔出去到街道的另外一頭還撞毀了一些街物。

可能很習慣這種場面了，一邊的醫療班完全無視地繼續忙自己的事情。

「你要不要也去找醫療班？」一邊接過藍袍遞來的藥用毛巾擦拭著手，蘭德爾走到學長旁邊這樣問。

學長搖搖頭，「不礙事。」

我巴巴地看著學長。人家說有傷有病要及早治療才不會老了後悔莫及之類的……

「褚，剛剛勞動完，我懶得扁你。」學長連頭都沒有回過來，直接給我一句冰涼涼直達零下三百度的話。

……我明白了。

學長就站在離我不遠處脫下掌上的黑色手套，從我這個角度正好看見他的雙手不知道為什麼是紫黑的顏色，看起來有點可怕。

中毒？

夏碎學長拿下面具走過去和他講了幾句話，只見學長同樣搖搖頭，然後將手套收回口袋，甩了兩下手之後，他手上的紫黑顏色居然慢慢開始變淡，一點一點、一層一層地緩慢逐漸消失。

就跟我之前看見的一樣，我發現學長好像會自行消化毒素。

兩個人走離我有點距離，不知道低頭在商量些什麼，沒多久夏碎學長又走開了。

四周藍袍遠比我們還要忙碌，從地下出來的學院傷者夠他們忙碌好一會兒。

「漾漾，你先去找夏碎他們，我有事情要先離開一下。」旁邊的伊多像是思考什麼事情一般，突然對我這樣說。

「欸？你要去哪？」我第一個反應是大大的疑問。

「我去植入最後的水晶。」伊多揚揚手上的東西，我看清楚之後，發現那是比賽時他和雙胞胎兩兄弟一直丟在各處的綠色水晶，「這是情報、傳送用的一體水晶，功能很強，不過有個壞處，就是要放十處以上才能算一組，不然無法完全發揮功效。」

一體水晶？

我用力思考之前上課的東西，好像曾聽過、又好像沒聽過。糟糕，我把東西全都還給老師了，萬一下次課堂上被抽問……我覺得我幾乎可以先預想悲慘的未來了。

我們課堂老師鬆散歸鬆散，但是整起人來是完全不留餘力的。

「只剩剛剛的地下洞窟沒有來得及放下水晶，所以我回去一趟。」伊多聳聳肩，打斷了我開始悲哀的思考，「一會兒就好了。」

我左右看了一下，大家都在各忙各的，好像我在這邊也沒什麼事情的樣子，「那個……」

「？」正要喚出移送陣的伊多頓了下，疑惑地看著我。

「我可以也一起去嗎？」

勾起了微微一笑，伊多點了頭，「那我們走吧。」

移送陣立即就出現在我們腳下。

※

我一直不曉得他們剛剛究竟是怎麼打的，可以打得傷勢那樣慘重。

不過現在我大概可以猜到了。

與伊多在之後重回現場，我有種錯愕的感覺——整個地下窟被夷爲平地，原本的排水道與石窟全都消失了，取而代之的是一大片一大片寬廣的地下廢墟，到處都是落石崩塌，一些比較危險的地方也被用了類似網子的東西搭上補強以免塌得更加嚴重。裡面有幾個人在走來走去像是在搜尋證物之類的樣子，四周還是光亮的，所以很清楚可以看見他們一半是不知從哪邊冒出來的紅袍、一半是醫療班藍袍。

環視整個地下大廢墟，我有種不知道應該讚歎還是該冷汗的感覺。

打成這副德行是怎樣！這根本就是異形大戰恐龍才會出現的戰後世界了吧！

「這裡就可以了。」伊多隨便找了一個地方把水晶拋下去，然後水晶立即自己生根爬到底下，大大的眼球翻過來看我們，「這樣就可以收集到更多資料，能夠當作以後的參考。」

「參考？」

「嗯，因爲亞里斯學院是天文學院，所以在資料收集方面相當注重，例如地質或者城鎭設計等等也都在我們的收集範圍。」伊多拿出一本小冊子翻開其中一頁，然後拿到我眼前，那個是一面空白頁，不過上面卻有十個綠色的光點。就在水晶下去不久之後光點突然開始像是蜘蛛網一樣密密麻麻地連結起來，接著紙上浮現了一個大的城鎭平面圖形。「十枚水晶布滿之後，有效範圍是一百公里，這裡面水晶捕捉到的資訊會全部傳送回來給我們。」

這個好方便！超級方便的！

不知道老張的店有沒有賣這個，下次拿到學校撒我就不用擔心上課時常常迷路的問題了。

「伊多！褚冥漾！」廢墟裡突然有人喊住我們，然後遙遠的一方出現白白的一點，沒有幾秒那個白點出現在我們面前。

是那個聽說要去撿手指不過不知道爲什麼會出現在這裡的戴眼鏡戀屍癖黑色仙人掌。

伊多很禮貌地向他微微頷了首打招呼，「九瀾先生。」

穿著白色夾克的黑色仙人掌也回了禮，然後轉向我，「你說的手指是不是這個？」說著，我的臉前突然多了一隻人類手指頭。

「哇！」嚇我一跳！

我整個人往後倒退了一大步，雙眼瞪著那隻手指看，「對……對，就是那個。」可是麻煩不要拿到我臉上好不好，我跟那類型的東西一向沒有太大的交情啊！

「那就沒錯了。」黑色仙人掌長長劉海下露出的嘴巴微微一勾，然後將東西收回口袋，「我剛剛聽說這下面挖出很多骨頭，所以順路繞來看看。」

也就是說有死人的地方你就會第一優先就是了吧……等等，很多骨頭？

不是聽說湖之鎮的人都死無全屍嗎？

「怎麼回事？」顯然有相同疑問的伊多先提出這個問題。

「還不確定，不過挖出來的人骨深埋在石窟的地下兩百呎，如果不是因爲打鬥破壞了整個地下建設，可能不會發現。」黑色仙人掌從另一邊口袋拿出一本小小的筆記本，「不過目前可以知道的是這應該是古戰場，挖掘出的骨頭裡目前已知有一些是鬼族、一些好像是其他族類的東西，正確的情報要等到分析完之後才會公布。」然後他啪地一聲收回筆記。

古戰場？

一聽到這種名詞相信大家一定跟我一樣非常地好奇。一個已經開發過的城鎮下面居然有古戰場，而且在全鎮被殲滅之後才發現這件事情，這可眞奇妙。

在這個世界中居然有沒人知道的古戰場，這只代表一件事情，就是這場戰爭如果不是發生在很久之前，就是沒人知道發生過這事情。

可能和我有一樣的想法，伊多環著手偏著頭不知道在沉思什麼。

「你們可以過去看看。」黑色仙人掌指著一堆人聚集的地方，率先提步往那走，「現在還在開挖，起出了不少有趣的東西。」

我與伊多對看一眼，連忙跟了上去。

那群人包圍的地方出現了一個非常大的窟窿，是那種掉下去差不多摔十幾層樓的高度，整個地面土塊被往上翻，樣子看起來就是被炸開然後又被挖開的感覺。重點是，窟窿下面挖開更深之處露出的地方被人搬出了許多零零碎碎的枯骨，一看就知道年代久遠，而且數量非常多，整個下面全部都是。另外就是些以前的用品，像是大戰中一定會有的盔甲兵器，還有一點類似生活用品的玩意，例如破碎的甕還是瓶。

「看樣子這個古戰場當初應該爭鬥得非常激烈且突然，所以屍體來不及安葬移走或是地底崩塌，才會全部混在一塊，連隨身物品都丟在一起了，一般來說應該將屍體分開按照級別分葬才對。」把旁邊人推開讓我們走到最前面觀看，黑色仙人掌還順便當導覽人員講解，「不過也眞奇怪，這麼大規模的戰爭居然沒有人知道，還蓋了一座城鎭在上面是怎麼回事？」

誰知道怎麼回事啊……

「會不會是因爲此場戰爭突然，又地底崩塌埋住雙方戰兵之後才會沒有消息傳出？」伊多看著底下挖出越來越多枯骨，皺著眉思考。被挖開的土越多，出現的骨頭就越多，感覺上埋在這邊的人應該不在少數，其中還挖出了很多奇怪的破碎兵器或者其他我看不出來的特殊物品之類的東西，大部分也都有破損；另外有些看起來比較完好的就被一一收拾到一旁去整堆放著。

不知道爲什麼，看著地底下的枯骨，我突然有一種很奇怪的感覺。

眼前猛地一秒像是昏了一樣整片變成黑色，然後閃過了幾個奇怪的畫面。

那是什麼畫面我沒有看清楚，只是花花的瞬間飄過，不到半秒鐘就全部消失了，然後我眼前又恢復剛剛的景色，啥黑暗都不見了……不會又是人生跑馬燈吧？

等等，我現在沒有遇到任何危險啊！

「九瀾！挖到奇怪的東西！」

※

那一秒，黑色仙人掌突然整個人往窟窿的高斜坡跳，直直地滑到最下方，非常神奇地站穩沒跌倒。

就在搬開好幾個枯骨之後，下方出現了一塊巨大的石板片。幾個紅袍挖掘得更深一點之後，才發現那不是什麼石板片，而是一塊非常大的長方形、類似石棺的東西。排除旁邊障礙之後，那幾人將石棺合力扛了出來放在一邊。

石棺上有幾個奇怪的東西，看起來異常眼熟，我彷彿在哪看過這種又像圖又像字的刻畫。

黑色仙人掌等到石棺抬上來之後先是研究了半晌，然後又與下面幾個藍袍、紅袍聚在一起不知道說了些什麼。

看其他人對他的態度，我想黑色仙人掌在公會中的地位可能不低。

不曉得爲什麼，看見那具奇怪的石棺出來之後，我的眼皮狂跳，感覺那個好像是某種……不知道該怎樣形容的東西。

我的心跳加快了，有點期待、卻不想要石棺被打開。

有種奇異的聲音迴盪在我耳膜，它在鼓譟著，可是我卻無法捕捉到一絲讓我能懂的話語。

「漾漾？」旁邊的伊多發現我的異樣，猛地拍了一下我的肩膀，我整個人馬上回過神。

「呃、我沒事。」盯著那具石棺，不知道爲什麼那玩意一直給我莫名的古怪感，好像裡面裝了什麼不得了的物品。

下面的幾個人說完之後，兩個紅袍走過去，然後分別抽出銀色的彎刀猛地插入了石棺的蓋縫層，然後唰地一聲左右抽出。

石棺上蓋微微移動，一旁的黑色仙人掌突然伸腳用力踹翻了石棺蓋。轟然巨響傳遍了整座地下廢墟，原本還在附近搜查的幾個人立刻靠過來看看發生什麼事情。

是說那個應該是古物吧，古物不是應該小心翼翼不讓它受傷地打開它嗎！你們就這樣兩三下直接硬是打開它是怎樣啊？還用腳踹咧，這樣眞的不會損害文化價値嗎！

一陣煙霧過後，四周慢慢安靜下來。

那眞的是一具石棺。

在煙霧之後，我看見了那裡面裝的東西——一具完整的枯骨，而且它還穿著整套保存完整至極的奇異服裝，一點都沒有因時間流逝而破損；黑色的大長袍上有著許多奇形怪狀的圖案，整個給人感覺非常不舒服。枯骨空蕩黑色的眼眶仰望著天頂，像是四周的喧譁都不能對它造成任何影響，它仍舊沉靜地在那邊不爲所動。

它所躺的石棺看起來好像是匆忙間弄好的，因爲裡面連一個陪葬的東西都沒有，只在下面墊了一塊質感看上去很好的白色毛料而已，另外側邊刻了許多看不懂的文字，與剛剛蓋上是一樣的圖字型。我覺得我眞的應該曾看過那個字型，可是一時間卻想不起來在哪邊看過。另外，那具石棺裡的人骨眞的給我一種很奇怪的感覺。

一種詭異的熟悉感……我應該沒有認識已經變成骨頭的人吧？

黑色仙人掌突然抬頭，然後朝我們招招手。

「漾漾，你臉色不太好，要下去嗎？」伊多有點擔心地望著我。

「沒關係。」不知道爲什麼，我覺得我好像應該下去。

有個聲音告訴我必須下去親眼看。

爲什麼？

我一點頭緒也沒有。

「好吧，你搭著我的手。」我照著伊多的話搭住他的手臂，他反手過來拉著我，然後就往下滑，沒有幾秒的時間我已經很穩地著地。

在下面看，四周都是枯骨，整個感覺又更陰森。好像所有的空眼眶都往這邊看過來一樣，底下涼颼颼的，馬上讓人發寒。

黑色仙人掌朝我們招手，我們快步地走到石棺旁邊。就在那一秒，我突然聞到非常噁心的臭味，外加四周發寒整個人發昏，接著眼前猛然黑成一片，一股巨大的壓力重重搥到我身上。我立即倒地，雖然我知道四周全部都是人，可是我完全沒辦法克制自己。

意識是最清醒不過，可是整個人像脫線的木偶，一動也動不了。

「漾漾！」我聽見伊多的聲音。

「別碰他，他只是身上的護符失效，先重新幫他在周身打下新的結界再說。」黑色仙人掌的聲音同時響起，然後有幾個腳步聲。

時間過得非常緩慢。我看見的全都是黑色，耳朵聽見了咒語的聲音。

那瞬間我突然非常害怕，感覺好像四周全部都是敵人，整個人發毛起來。

他們要殺我！

我感覺到頭皮不斷發出陣陣疼痛，好像被人揪住一樣，可是我連叫都叫不出聲，四周都是詭異的敵意，讓人幾乎喪失理智。他們要殺誰？

我聽見我手錶的電子聲響。

忽然身上的壓力一點一點地退去，像是被什麼解放了一樣我也慢慢輕鬆了起來，然後黑霧散去，微弱的光線重新出現在我眼前。

「褚冥漾，看清楚了嗎？」一個熟悉到不行的聲音傳來，我立刻用力眨眨眼睛。先是一點模糊的光，然後是幾個影子映入，接著慢慢清晰了起來。

鬼娃的臉就在我正上方放到最大。

「看、看見了。」我愣了好大一下，然後發現臭味、壓力什麼的都已經消失了，現在又變得和剛剛一樣沒什麼特別感覺。

鬼娃伸出長長的袖子在我面前，我下意識一拉，被一股輕飄飄的力道從地上拉起來站好，「你身上的護符壞了。」

被他這樣一說，我連忙拿出千冬歲給的三角護符，如他所說，護符整個碎開，又翻出幾個，也是一樣。

「沒事了吧？」黑色仙人掌站在我旁邊，這時候我才發現一大群醫療班圍在我身邊，整個丟臉的感覺都浮上來了。

我用力搖搖頭，「沒事了，不好意思。」不過說也奇怪，沒想到學長加工過的東西也會壞掉，難不成保存期限已經到了？

……不可能吧。

「我們剛剛要幫你重造結界時瞳狼大人突然冒出來，算你運氣好。」黑色仙人掌站在旁邊用力揉揉我的頭頂。

鬼娃搖搖頭，「不是吾家，是他手上的老頭公重塑結界。」

被他這樣一說，我立即看著手上的手環，上面隱隱約約發著黑光，大約幾秒之後才漸漸消退。

「不過真奇怪，剛剛我們的人靠近也是這樣，所有保護的屏障在一瞬間被破壞，看來我們應該是找到一個大人物了。」看了一眼石棺，黑色仙人掌這樣說著：「只有大人物才會有這麼強烈的破壞力，即使他已經不存在這世界上了，但是滲透骨中的力量猶然存在。」

我也跟著看著石棺，有種發毛的感覺讓我全身發抖。說真的，我並不怕石棺裡面的人骨，只是那個骨頭一直給我很奇怪的感覺，讓我整個人不明所以地發毛。

「這個是……」看著石棺裡的人骨，鬼娃瞇起的眼瞬間變得相當銳利。

「好像是古代精靈文字。」伊多這樣一說，我馬上想起來，之前校外教學時曾看過這種字，學長充當翻譯。

「你們看得懂？」黑色仙人掌立即轉過頭。

伊多搖搖頭，「不，只知道幾個單字，但是沒有辦法明白上面的意思。」

「吾家對古代精靈文字並無深入研究。」這是鬼娃的答案。

「要找學長來，學長可以看得懂！」

我插入一句話，全部的人立刻轉頭過來看我，「呃……僅供參考。」我立刻補上這句話。

「去找冰炎殿下過來。」黑色仙人掌轉身對某個藍袍這樣說，然後後者瞬間就消失在我們視線當中，接著他又轉回來，「伊多，你先帶褚上去休息，他整個臉都發白了。」

我的臉發白？我自己怎麼沒感覺？

「漾漾，先上去吧。」伊多朝我伸出手，我搭住後眨眼已經回到剛剛的上方處站著，「還有沒有哪裡不舒服？」

看著他，我搖搖頭。

「我們先去旁邊休息一下吧。」說著，伊多就領著我找到一處比較平坦的地方，讓我坐下來稍微休息。不遠的人群處持續傳來吵嚷聲。下方那具石棺讓我很介意，非常非常地介意，總覺得我應該再去看看……

就在我想對伊多提出再過去看看的時候，我的眼角瞥見了一個綠綠的東西在我身邊。綠水晶反身的大眼就在我的位置旁邊盯著我看。

奇怪，剛剛伊多把水晶放在這裡嗎？我怎麼覺得應該是更遠一點的位置？難不成因爲到處都在挖東西所以把它給挖出來了？

「伊多，你的這個……」我伸手去握住那枚水晶，一瞬間，整個水晶突然發出極度詭異的黑色光芒。

「褚！快放手！」

我聽見學長的聲音。

第六話　水鏡的破碎

地點：湖之鎮

時間：下午四點零九分

我的眼前猛然一片黑暗。

這次我很清楚不是自己的問題，是四周眞的變成一片黑，像是我被丟進大黑空間一樣；一反剛剛挖掘的吵雜聲，這個空間安靜得詭異至極。

這是哪裡？

「想要找機會跟你好好說句話還眞不容易。」一道聲音在我背後響起，我的雞皮疙瘩整個浮起來，頭皮跟著發麻，整個人有種浸到冷水底下的感覺。

我幾乎不用看，就可以知道說話的人是誰。

一張人臉慢慢地浮現在我面前，我立刻從地上跳起來頻頻後退。四周整個都是暗黑的，我看不見應該退走的路、也看不見還有沒有往前的路。

這裡全都是黑暗。

「別擔心，您是比申需要的人，我不會對你下手。」站得筆直的安地爾微微一笑，兩手舉起表示他沒有想動我的意思。

問題是這位老兄，不管你有沒有想動我，我就是覺得你非常可怕。

「你……你把我……拿到哪裡……」我的辭彙好像很怪，可是我現在整個人都很抖，不知道應該怎麼辦。

這裡是哪裡？剛剛我明明有聽見學長的聲音，還有伊多呢？爲什麼他們都不在這裡？

「放心，這裡是第三空間，只有我們兩個人。」

就是只有我們兩個我才會怕！

「爲什麼我會在這裡？」

就在我詢問的同時，安地爾手上出現了一個很眼熟的東西，俗稱一體水晶的東西。「你們這些小東西可幫了我的大忙，我只要在其中一個加工讓你觸碰，你就會自動傳送到我手上了。」他轉著手上的綠水晶，跟我撿到的那個一模一樣。

我連忙把手上的水晶丟到旁邊。

「好了，別浪費時間，否則你那位學長又會來破壞我們的好事。」一步一步走向我，安地爾伸出手，「來吧，讓我們一起去見比申鬼王。」

我倒退了一步。

「你不是很想知道你擁有的是什麼力量，只要見過比申之後，你就可以將你所困惑的全部解開。」他的語調不高也不低，像是在說一件最理所當然不過的事情。

我的力量？

我疑惑，不知道應該如何應對。一直困擾我的是那個奇怪的衰運，不過進到學院之後就好像脫韁野馬有得控制般逐漸地平穩下來，我已經很久很久沒有像以前一樣處處受傷。

我不明白到底是爲什麼，和我所謂的力量有關係嗎？

從來沒有人告訴我、我會有什麼力量，就連學長都不曾直截了當地打破我的疑惑。

對於變臉人的話，我有點動心。可是，那個比申鬼王……

「對吧，其實你是很想知道的，現在已經沒有其他的雜音，你好好地想，難道你眞的打算讓你的力量成爲一個謎嗎？」我看見變臉人走過來，意外地我居然一步也沒有後退，就這樣看著他慢慢接近我，「你該知道，你的力量有多麼巨大……任何人都無法取代……」

我迷惑了。究竟，我應該有的是什麼力量？

還是……我眞的應該跟著他們去、了解我所不了解的事情……？

我……想知道。

就在我幾乎要認同他的話時，安地爾突然收回手，表情猛地冰冷起來。「眞是的，想要片刻安靜都很難。」短短兩句話馬上讓我清醒過來。

我好像被誰潑了一桶冷水，整個人往後退了一大步，背後全都是濕的。

爲什麼剛剛我會有跟著他去的想法？

我不要命了嗎我！

幾乎是在下一秒發生的事情，有個銀色的東西像流星一樣在我和安地爾中間畫出一條線，迫使他往後了幾步。那東西撲空之後落在地上，發出細小的聲響。

「漾漾。」有人擋在我身前，仔細一看，居然是不知道怎樣跟上來的伊多。「不要聽他亂說，鬼王第一高手安地爾善於撩撥人心。」他就站在我身前，隔開了我和變臉人的距離。

「我有沒有亂說，最明白的應該是你們這幾位一直繞在他身邊的人，不是嗎？水之妖精的先知之鏡守護者、伊多．葛蘭多。」勾起微笑，安地爾環著手冰冷地說著，「另外，最有資格知道自己事情的就是本人，你們這樣處處掩蓋事實，真的好嗎？」

掩蓋事實？

我疑惑地看著站在我前方的伊多，他們知道什麼事情？

而且伊多的明明是先見之鏡，為什麼安地爾會說先知之鏡？

「那已經是過去的事情，精靈大戰時水之妖精因為受到拖延來不及前往救援，破壞了約定，現在我們就要彌補未實現的諾言。」伊多伸出手，瞇起褐色的眼，「與我們簽訂契約之物，讓掠奪者體會你的冰冷殘酷。」

一點光在伊多的手上拉出直線，浮出的不是向來後援使用的盾，而是另外一柄我沒有看過的兵器。像是雅多與雷多兵器的綜合，前後兩端都是西方的長劍利刃，中間則有一段柄手，上面雕畫著與雷多兩人兵器相同的圖騰。

「水之妖精的族人，你很明白你不是我的對手。」完全不將對手放在眼中的安地爾仍是一派

輕鬆模樣，「若想全身而退，就馬上離開我的視線，否則就別怪我。」

我的眼皮猛然跳動。

好像有一種不好的事情即將發生。

※

鏘然一聲巨大的撞擊在我眼前擦出金色火花。

「漾漾，你快點傳出這個空間。」伊多拋了一樣東西給我，然後往後躍去，幾根黑針從他的長劍旁邊落下，叮叮噹噹地躺在地上。

我接住他丟過來的東西——是一個顏色較深、且小很多的深綠色水晶。

這個也可以和其他空間對連？

我突然明白剛剛伊多是怎樣進來的了。

「沒用，這裡我已經布下大結界，進來的人絕對出不去。」好整以暇地抽出新一批黑針，安地爾看了我一眼，猛地出手。

黑暗的空間當中幾乎看不見他的針。

動作同樣迅速，伊多轉動劍柄，幾簇金色的火花同樣擦亮，於是落下的聲響傳來。

他居然看得見！

不過就如同安地爾所說，伊多幾乎完全敵不過他，幾次進退之後，他身上的白色大衣已經逐漸染上新的血痕。

就在這個時候，我腦袋中突然浮現了一件我之前完全沒有注意到的事情。從什麼時候開始，伊多對我的稱呼從褚同學變成漾漾了？

「住、住手！」在我看見安地爾的黑針即將貫穿伊多的後腦時，一個喝止的喊聲從我的嘴巴脫出。

黑針立即停住。

安地爾轉過頭，「你要我停手嗎？」

我立刻點頭。

「那你要與我去見比申鬼王嗎？」

呃……這個不知道可不可以考慮一下。

「不可能。」伊多直接幫我代答了，「他只是個普通的學生，不要把他牽扯進去過去的恩怨當中。」

「我問的是他，不是你，別忘記你的命還在我手上。」收回了黑針轉動了一圈，安地爾勾起詭異的笑容看著我，「你說如何？」

我倒退了一步，感覺背脊一陣發冷，「我……」幾乎能夠很明確地知道我壓根不想跟著他去，可是如果不點頭，他就不會停手。

伊多是好人，我不想他或者其他人都出事。

「漾漾，不用跟他廢話，鬼族不會說話算話的。」就在安地爾還想說些什麼的同時，伊多猛地閃身就已經擋在我面前，巨大沉重的兵器鏘然落地，直直地插入了地面，「我是見證未來預知的守護者，奔雷是我的使役、殛電是我的僕人，水是未來之鏡，驅走黑暗、指正光明。」

一點銀光從伊多的手中浮現，四周也逐漸浮起銀藍色的水珠，一點一點地到處飄浮，整個黑暗空間逐漸被點亮起來。

「先知之鏡眞是個麻煩。」安地爾皺起眉，語氣也逐漸越加地冰冷，「光是要讓你用不成就浪費我很多力量。」

聞言，伊多詫異地看著他，「原來矇蔽水鏡的黑影就是你！」

安地爾聳聳肩，不否認。猛地，他一彈指，四周的銀藍水珠立即綻放更耀眼的光色，「如何，解除箝制力量之後，你看見什麼。」

我總覺得應該不會看到什麼好東西，從伊多的表情來看，就是有這種感覺。

先見之鏡的守護者不說話。

伊多究竟看見了什麼，誰也不知道。

時間過了很久很久，幾乎慢到讓我聽見自己的心跳聲逐漸轉大。

我不曉得伊多究竟看見了什麼，他的樣子讓人害怕。

他緩緩地轉過頭，用一種很複雜的表情看著我，好像想說什麼、也好像不能說什麼。那副表情讓我覺得好像不是什麼能講出口的好事。

不自覺地，我倒退一步。

「漾漾，我……」伊多把到嘴的話又吞了下去。

他想說什麼？

「你看見什麼未來？」切入我們中間，安地爾勾起冷笑，「說說看，水之妖精，你看見的是怎樣的未來？」

伊多倒退一步。

我第一次看見他居然示弱，那個未來究竟是什麼？

「未來是可以改變的。」瞇起眼，伊多張開手掌，四周的銀藍色光點立即猛烈地旋轉起來，像是許多流星在周圍劃過一樣，慢慢地燃起了銀色的流火。「就算是再怎樣的絕望，只要願意，什麼都能夠隨之改變。」

他的話，好像是說給我聽。

未來是可以改變？

銀色的火焰熊熊燃燒，四周的黑暗空間逐漸被吞噬。

「只要在這邊殺了你就可以改變！」

伊多的話像在宣示，立即感覺不對的安地爾晚了一步。就在話語落下同時，銀色的火焰狂燃，自地面捲起，眨眼間就將安地爾吞噬。「漾漾，我現在把你送出第三空間。」銀色的火焰壯麗狂燃，他把握機會推著我，然後接過深綠色水晶，一點光芒在水晶中心湛開。

「好。」我緊緊抓住伊多的手臂。

我的眼皮一直在跳，怎樣都平息不了。

如果可以祈禱，我希望什麼事情都不要發生。

※

時間好像暫停下來。

一根黑針插在水晶上面，深綠色水晶粉碎成塵屑。然後，一點一滴的紅色落在白色的大衣上，落在我的手上，最後掉進了黑色的地面。無聲無息，彷彿聲音都被吸走。

我睜大眼睛，伊多的動作停止，紅色的血液從他的唇角不停漫出。

他倒下來，我接住他。

細長的黑針沒入他的頸後，詭異的暗黑色在他的後頸皮膚爬出蜘蛛絲一樣的紋路，無聲地逐漸擴大。

「伊多、伊多……」我抱著伊多跟著坐倒在地上，他很沉，整個人都壓在我身上，一動也不動。

別這樣，如果雅多和雷多看到，肯定發飆。

四周的銀火不知何時平息，太安靜的空間讓人窒息。

猛然，我身上的重量消失，在視線當中我看見安地爾一把抓住伊多的手臂將他拽起來，「水妖精的先知之鏡會是比申計畫裡的最大麻煩。」他說的話很冷，冷得像是吐出冰霧一樣，「雖然可惜，不過也不能留下。」

所有的事情都在我眼前發生。

安地爾張開了右手，手指展出銳利的黑甲，詭譎的暗色隨著他的動作發出微弱的光澤。

我知道他要做什麼。

四周的空氣很沉重，壓得我動彈不得。

不要這樣！

我想叫出來，張開嘴卻一點聲音都無法發出。整個喉嚨像是被人掐住一樣乾澀緊縮得發痛，幾乎要崩裂開來一樣。

「很快就會結束了。」輕輕地撫著白色大衣覆蓋的背脊，安地爾勾起了微微的笑，視線落在我身上，「所以，你就在那邊等到結束吧。」

那瞬間，黑色的尖銳長甲在我眼前猛地貫穿了伊多的後背，深沉的紅像是無止盡般噴濺而出。我看見原本已經半失去意識的伊多瞪大了漂亮的眼睛，瞳孔擴張失神；我聽見細弱的哀鳴，微小得幾乎像錯聽。

白色的長衣染成濃暗的紅，妖艷得讓人不敢多看一眼。

我只能眼睜睜地看著他動。

時間像是過了很久很久，於是安地爾從容地慢慢抽出手，染了血的手掌張開，一顆銀藍色的小球飄浮在其上。

我知道那是什麼。

「先知之鏡，果然不是選中的守護者就無法發動。」安地爾微微挑了挑眉，看了一眼已經完全無法抵抗且失力的伊多，他鬆開手，任由伊多摔在地上，染成血紅的長衣展開，刺眼不已，「留著挺麻煩，一道處理。」

他的手掌在我眼前收緊，我看到銀藍色的光球逐漸黯淡，就在安地爾猛然用力一握同時，一道微小的破碎聲響突然傳來，銀藍色的細粉從他的指間散出、隨後消失在空中。

倒在地面的伊多狠狠地震動了一下，睜大的眼睛看著銀藍色的細粉在他面前消散。

安地爾蹲下身，寬大的手掌放在伊多的頭顱上，語調輕柔像是在哄小孩一般。「現在覺得很像全身被火焚？連結水鏡的靈魂被撕扯疼痛不堪嗎？」他輕輕一笑，卻讓旁邊的我全身發麻，「放心，你很快就能得到救贖。」

我什麼也做不到，只能看著。然後，我跟伊多的視線對上，他是不是真的看著我？我無法確定。

可是他笑了，很淡很淡的一個微笑，像是我們初識時，那抹貴族般優雅的微笑。

然後，伊多張開口，無聲——

「別害怕，沒事的……」

＊

「米納斯！」

我不確定是不是我喊的，等我發現時，一個聲音已經這樣蹦出來。

水霧湧起，連我的視線都被遮蓋住，然後劃破空氣的聲響傳入我的耳中，我看見原本放在伊多頭顱上的那條手臂整個給轟爛。

沒想到會突然被攻擊的安地爾錯愕地轉過頭，看著我。

什麼也想不到……我不知道現在應該怎麼辦。

伊多究竟是不是還活著？米納斯爲什麼會在我手上？

我什麼都不知道。

四周的聲音像是有許多人在喧譁一樣亂哄哄地一片，到處都好吵……有誰在講什麼話，可是我全部都沒聽懂。

銀藍色的槍在我的手掌上，漫起的水霧飄浮在空中，濃濃的血腥氣味揮之不去。

我頭昏。

爲什麼一個原本好好的比賽會變成這樣？

爲什麼我會站在這裡？

我的手在顫抖，然後槍口對準安地爾的腦袋，「離開他，不然我就開槍。」生平第一次，我這麼想置人於死地。

他應該死。

所有的事情都是因爲他出現才開始，原本一場好好的比賽也因爲他扭曲。我們應該已經要結束比賽了！

接下來只要傳回學院，頒獎完，所有人都可以回到日常生活了不是嗎？

不是這樣嗎？

我……只是在等著看完所有人回到平常生活之後，就像往常一樣那樣說說笑笑的……這樣而已。

安地爾站起身，退後兩步。

我慢慢走過去，然後在伊多的身邊蹲下，他一動也不動，就躺在我眼前，汩汩的血液在地上畫出了一個大圓，黏稠刺鼻。

「伊多、伊多。」我伸出手，輕輕搖著伊多的肩膀。

他的眼睛半閉無神，連一點反應也沒有，任由我搖晃他也不理會我。

雅多和雷多說過，伊多對他們而言很重要，因爲伊多是第一個對他們好的人。

所以，別睡了。

「先知之鏡與守護者的靈魂相連，去掉一半靈魂的人怎麼能活，你不用白費力氣了。」安地爾的聲音從上方傳來，我抬頭，看見他冰冷的笑容，「爲了他好，你最好現在馬上幫他結束生命，不然靈魂撕裂的痛苦遠遠超過你想像。」

結束生命……結束誰的生命？

我伸出手，槍口指著安地爾，「伊多不會死。」

他眯起眼，看著我，「你很自信，不過他必死無疑。」

「我說他不會死，他就一定不會死。」然後，我扣下扳機。如預期的，這槍並沒有打中安地爾，他幾乎是很自得地避開，連根髮都沒有傷到。

安地爾笑了，那種像是聽見什麼笑話般地放肆狂笑，「好、很好，你就堅持你所想的。現在的你還不夠火候，我可以再等待，直到你成熟的那一日到來。」倏然斂起了笑意，他銳利的目光看著我，「然後，你會成爲我們的助力。」

「不會有那一天。」我完全不想和他們打交道，更別說是幫他們忙。

安地爾聳聳肩，然後朝著我微微一彎身，「不管你願不願意，那一天都會到來，那麼，就讓我們在那一日來臨時暫且小別吧。」

不讓我再有說話的機會，他轉身，走入黑暗之中。

在安地爾消失同時，我幾乎是整個人虛脫跪倒在血泊當中。

水霧飄浮在我身邊，然後慢慢凝結成形，巨大的蛇尾優美地在空中翻滾，然後環繞在我身邊，「不用哀傷，妖精前往的最終之地沒有痛苦，只有美麗的草原與涼爽的風，他們不再有責任，能安穩地躺在大地的搖籃中。」

我抬頭，看見米納斯美麗的臉龐，「我不想伊多死。」而且，他還有呼吸。

還有，他想告訴我的話還沒有說完，我不懂他在看過水鏡之後想說些什麼、想告知些什麼，他還有未完成的事情。

所以他不能死掉。

「不管是妖精、精靈或者人類，直到結束的那一日都會前往最終之地，你爲他哀悼，你替他哀傷，但是卻不能阻止他的靈魂回歸原始。」她伸出手，水聚成的指尖擦去我的眼淚，「我是你的所有，你所希望的，我會盡力替你達成。」

然後，水霧在我面前消散。

「放心吧，一切都會沒事的。」米納斯朝著我微微一笑。下一秒，就消失在空氣當中，陪伴我的只剩下黑色空間和濃濃的沉重血腥氣味。

時間不知道過了多久。

我抱著伊多逐漸冰冷的身體，慢慢聽不見他的呼吸。

黑暗的空間出現了銀色的裂縫，如同被打破的蛋殼一般崩裂，我聽見了吵雜聲響像是由很遠很遠的地方傳來，很多人，聽不懂在說什麼。

太過明亮的光源令人刺眼。

一個震動隱約地從地底下傳來，然後黑暗乍然毀滅，亮起的光像是會刺傷人的眼，所以我用力地閉起眼睛，整個腦袋疼痛不已。

水聲、人聲，交織成一片。

我不想聽。

第七話　約束

地點：湖之鎮

時間：下午五點二十一分

我只想等著有人來告訴我這些全部都是一場夢。

對，一場惡夢。只要我醒來，我會發現其實我根本不在什麼湖之鎮，而是在黑館的房間中。

四周很冷。

冰冷得像是要把人凍結一樣。

「褚，鬆開你的手。」我聽見有人這樣說，然後，眼前映入一張面孔，應該是很熟悉，但是我卻覺得再陌生不過。「凱，把提爾找過來，還有立即發出緊急通知給琳婗西娜雅。」血紅的髮在我眼前晃動，像是一絲一絲的血液一般妖艷。

有個人蹲在我面前，猛然賞了我一巴掌。

劇痛之後我才看清楚，那個直接給我一巴掌的人是面無表情的學長。

「褚，鬆開你的手。」然後，他又重複了一次我剛剛聽見的話語。

我低下頭，看見伊多蒼白的臉，不過才幾分鐘前的事情馬上全部回到我的腦袋，幾乎快像惡夢一樣不切實際的事實。

「學長、學長……」我好想哭，很想很想。

我怕伊多眞的死掉。

「我知道，放心、沒有事，所以你先鬆開你的手。」學長的聲音很難得地稍許柔和，在我鬆開緊緊抱著伊多的手之後，他的雙手手掌朝下覆蓋伊多的胸口，淡淡銀色的光球溫柔地在其中散發出光芒。

我用力吸了吸鼻子，讓伊多躺在我手上，不敢亂動。

四周浮起了許多銀色的小光球，不知道什麼時候整個地底下的醫療班都就地坐下，手掌成圓，每個人的身下都出現一樣的圓形陣法轉動，銀色的光球照亮了整個地下洞窟，像是銀河一般熠著光芒。

九瀾走過來，蹲在我們身邊，「冰炎殿下，他的傷勢太重，我怕這邊所有醫療班的人傾了全力還是難以拖延。」學長收回手，看著他，「伊多的身上有鬼族的氣息以及毒，而且依附靈魂的水鏡完全消失，我怕很難……」

紅色的眼睛瞇起，學長轉回過頭，「水鏡……嗯，我將他的傷以及毒全部轉移到我身上，讓醫療班鎭住伊多的靈魂，等提爾和琳婗西娜雅到了之後立即替他舉行返魂儀咒。」

「轉移？不可以！」

九瀾的聲音慢了一步，動作更快的學長單手貼在伊多的額上，他的口中唸著我聽不懂的咒語，一個金紅色的光陣出現在我們正下方，四周的醫療班看見光陣起了騷動，四處傳來細微的低語聲響。

就在學長的手上出現第一道黑色的傷口同時，有人從旁邊一把抓住他的手腕，猛然終止了已經發動的陣法。

「別給我們增加工作。」出手制止的是及時趕到的輔長，「傷患已經夠多了。」

學長抬起頭，看了他一眼，然後抽回手，「至少把毒全都轉移到我身上，這樣你們返咒時會少一樣阻礙。」

「好。」輔長站起身，不再阻止。

再度伸出手，不過這次速度快了很多，我看見伊多傷口上的黑色一點一滴消失，學長的手卻逐漸染黑，直到完全轉移之後，他才收回手。

「褚冥漾，你先迴避一下吧。」九瀾蹲下身，接過伊多的身體橫抱起來，這樣告訴我。

「好。」我想爬起來，可是腳有點發軟，整個狀況就是很困窘。

旁邊的學長毫不客氣地直接出手把我揪起來，「放心，鳳凰族的首領已經在趕來的路上，馬上就會到了。」

聽著學長說話，我好像有點安心下來。

四周的銀色光芒維持著沒有減弱，點點地不斷持續著眩人的光暈。

把伊多放直在地面之後，輔長與九瀾一左一右正姿跪坐在地面上，兩人動作一致手勢畫出半圓，然後結出複雜的手印，嘴中吟唱著我聽不懂的歌謠，低低沉沉的。

「褚，你也受傷了？」就在我緊張盯著那堆光看著的時候，旁邊傳來學長的聲音。

欸？有嗎？

我好像沒有感覺。

學長伸出手直接往我額頭戳，這次我有感覺到很立體的刺痛了，「你的腦袋差點被開一個洞。」他收回手，指尖有一小塊破碎的石頭。

什麼時候插在我頭上的？

就在我疑惑時，不遠的地面上出現了移送陣的陣圖。

是那個鳳凰族首領？

出現在我們面前的，卻不是我所想的那個人，而是一大票聞訊趕來的人，其中還混了兩個絕對會把這裡給掀掉掀掉再掀掉的人。

「伊多！」及時趕到的雅多與雷多見到被銀光包圍著的兄長，雙雙一愣，不敢置信地睜大眼睛，然後錯愕地站在原地，我幾乎可以從他們的臉上讀到震驚以及不敢相信。

「發生什麼事情？」四人中唯一沒有跟著錯愕的千冬歲走過來，這樣低聲詢問：「爲什麼會這樣？」

旁邊較靠近的人對他搖搖頭，什麼也不清楚。

學長看了我一眼，「這件事情，要由褚來說。」

我看著所有人，突然感覺到自己還在顫抖。我……我該怎麼說？

「伊多到底發生什麼事情了！」雷多搶了一步過來，猛然拉住我的手臂，整個憤怒的表情陌生到讓我害怕。我的手好痛，他的手指幾乎掐入我的肉裡面，可是我不敢出聲，「快說啊！」

雷多憤怒的表情讓我害怕。

「你這樣要別人怎麼說話！」千冬歲搶進了我們兩人之間，把雷多逼退了好大一步。

看著他們，我有種好像自己不存在這邊的虛幻感。

「你就照實說。」站在旁邊的學長聲音很低，低得讓人不曉得是否他眞的有開口說話。

吞了吞口水，我慢慢地、小心翼翼地把剛才那個惡夢描述一遍。因爲還是很害怕，從我口中說出來的句子斷斷續續，有好幾個細微的地方漏掉。

可是，我不知道應該怎樣完整形容。

我的害怕、伊多的無力，還有安地爾的霸悍，這些言語都形容不出來。

就連一點點的掙扎我都無法做。這些要我怎麼告訴他們、說給他們聽？

一聽完簡短的敘述，雷多立即轉頭，「我去殺了他！」

「站住！」旁邊的五色雞頭一把用力抓住雷多的手臂。

雷多轉過頭，雙眼是之前我見過的赤紅，像是發狂的烈火般熊熊燃燒，「我去殺了他！」

從頭到尾一字不吭的雅多慢慢地走到伊多身邊蹲下，同樣已經轉成血紅的眼睛微瞇，什麼情緒也看不出來。

他伸出手，又收回來，像是不想打擾輔長兩人進行治療，然後豁然起身，「雷多，走。」

又一個要去殺安地爾。

千冬歲擋在他們兩人正前方，「現在伊多重傷成這樣，你們兩位不要再追上去做無謂的事情，如果同樣受傷，會增加所有人的負擔。」

他說的非常實際。

雷多伸出手，一把將千冬歲推開，「不用管我們！要死要活由我們自己決定。」

「你們現在去能做什麼？何況安地爾的行蹤誰知道！」千冬歲也出手去推了雷多一把，擋在前面就是沒有讓開。

「我們自然會把他抓出來，滾開！」整個憤怒情緒都寫在臉上，雷多幾乎暴吼出聲。

「不要跟他多說廢話。」冷冷地繞過千冬歲而走，雅多連看也不看他一眼。

我應該做什麼？

腳不由自主地邁開，我快步地跑到雅多面前，「那個人很危險。」

雅多的紅色眼睛微微瞇起，看著我，「所以，你才什麼也不做？」

我愣住，不知道應該說什麼。雅多的口氣很冷，冷得我完全無法反駁。

第一次，我被人這樣正面指責。

「雅多，你別太過分，大家都知道漾漾剛進入這個世界沒多久、幾乎就是尋常人類，鬼王第

一高手的力場之大，普通學生根本連站在他面前都不能，更何況要抵抗他！」反言相斥的是千冬歲，好幾個紅袍紛紛攔住他，可卻不管用。

「那又如何？」雅多看著千冬歲，衝突立即一發不可收拾，「他只是普通人又如何，伊多在他面前被殺，他只開了一槍？那一槍又有什麼用！只是一個普通人就可以眼睜睜地什麼都不做嗎！」

我倒退了一步，雅多的怒氣直接又冰冷地砸在我身上，幾乎讓我喘不過氣來。他說的都沒錯，都是我害的……

「我無法接受這樣。」表情第一次劇烈變化，雅多掐住我的肩膀幾乎是要吼出來，紅色的眼睛有著悲慟與憤恨，「如果伊多不在，我也沒有存在的必要……你懂嗎……」

愣愣地看著他，有那麼一瞬間我覺得我看見雅多好像哭了，可是他的臉上是乾的，什麼也沒有。

「雅多，別跟他們說這麼多。」旁邊的雷多完全不耐煩，直接扯了他的雙生兄弟就走。

就在所有人都充滿了火藥味而我也不敢上前再度阻攔的同時，一個冷清清的聲音傳來，「西瑞小弟，阻止那兩個妖精。」

幾乎是同時動作，跟他們一道來的五色雞頭立即站在兩人面前，右手抽成獸爪，然後表情後知後覺才出現驚訝，「老三？」他擋在兩人面前，錯愕的表情對著發話的九瀾。

啪地一個小石塊正中五色雞頭的額頭，差點把他整個人打翻。

「叫三哥，沒禮貌。」與輔長同步救人的九瀾冷哼了聲。

老三？

三哥？

還來不及想這兩人有什麼關係，個性衝動的雷多與五色雞頭猛然就開始大打出手。

「不要再擋我的路，不然就殺了你！」氣紅了眼，雷多抽出爆符，黑色的長劍出現在他手上，一劍又凶又狠地打在五色雞頭的獸爪上，擦出細微的火花。

「來殺啊！本大爺很早就想好好跟你幹一次架看看了！」同樣馬上認真起來，五色雞頭甩開左手，左臂立即抽成獸爪，左右避開了攻擊，與雷多對峙起來。

轟然的巨響在地下不斷傳出，兩人一個是失去理智打得凶猛，另一個是手下完全不留情，同樣卯起來狠命地打回去。

我還能夠做什麼？

旁邊的雅多顯然不想多做糾纏，雷多與五色雞頭一動起手之後，他轉過身，地上出現了移送陣法。我想也不想直接跑過去，站在雅多面前。有一句話我應該要說，而且一定必須得說，「雅多，對不起。」我用力閉上眼睛，隨他要打要罵都可以。

雅多沒有說話，就站在我面前。

我偷偷睜開眼睛，看見他舉高手，「伊多重傷，你也有責任。」

「我知道，所以，你要打要罵都可以，可是不要去找安地爾。」我怕，很怕安地爾又會傷害

我認識的他們。

我……不要他們又受傷。

雅多看著我，「這是你說的。」

我點點頭，看見雅多身後的學長，他皺起眉。

那個……學長，如果可以的話麻煩請你不要出手。

我知道學長聽得見。

半晌，他微微點了下頭。

雅多的表情很冷，眼睛像血一樣極紅。

這讓我想起來在大賽之前，有一次伊多受傷時，他也是這樣。那是在惡靈學院比賽之時，他將一個女選手自中間剖開，完全不留情。

他的手慢慢地平放在我的頭頂上，我怕得連四周的聲音都聽不見，只聽見心臟怦怦跳動的聲音。

然後，我的右手小指突然發熱起來。

我記得，在惡靈學院時，也曾發生過這種事情。

雅多的手停了下來，看著我的右手，我則是下意識抬起手，右手小指上有個藍色的東西環繞了兩圈，微微發著光。

「不管怎樣，我們永遠都不會對朋友動手。」然後，他說了話，一段陌生又熟悉的話，就這樣看著我，「相信我、就打勾。」

我伸出手，小指上纏著的是深藍色的蛇型圖騰。

看著藍色蛇紋，雅多伸出手，「我，不會對朋友動手。」

我看了看蛇紋，又看看雅多，他後面的學長對我點了點頭，於是我怯怯地把小指伸出去，前方的雅多也伸出指，輕輕地勾動微晃一下才收回。

抬起頭，雅多的眼睛已經變回淡淡的褐色，「伊多不是笨蛋，他會保護你一定有他的理由，我……必須順著伊多的選擇而走。」他頓了頓，表情似乎還有點複雜，但是已經不像剛剛那麼激動了。

然後，他轉過身，直接切入雷多與五色雞頭的對決當中。

訝異於他會突然闖進來，雙方立即收手，餘勁震開旁邊一帶的石頭碎片，細微的煙霧揚起之後半晌才漸漸平息下來。

「雅多，不要阻止……」話未竟，擋人的雅多直接揚高了手，啪地一聲清響之後，雷多錯愕地看著打了他一巴掌的雙生兄弟。

「伊多還活著，你不想看他清醒嗎？」在兄弟要回給巴掌前，雅多冷冷的語調讓雷多愣了半晌，才跟著平靜了下來。

過了片刻之後，雷多的眼睛才逐漸轉回原來的色彩，然後看也不看五色雞頭一眼，就快步地走向伊多旁邊，站著不再說話。

見衝突暫時告一段落，自始至終都沒有出手的學長才緩步走過來，「冷靜下來了？」他這句話是直接對著雅多說，後者慢慢地點了點頭然後撫著自己也紅起來的臉頰，「那很好，現在我要問的是水鏡破碎，水之妖精有辦法重鑄水鏡嗎？」

雅多微微蹙起眉思考了一會兒，「就我所知，先見之鏡是以特殊材料以及水之神靈的神力鑄造而成，若是要重新鑄造一模一樣的鏡，是完全不可能。更何況伊多的靈魂與水鏡相連，不管怎樣重新鑄造，都無法取代。」

聽了這些話，學長沉思了片刻，「如果使用原來的碎片呢？」

「若是使用碎片，須要將碎片帶回水之神靈的靜幽所，也就是水之妖精的神靈山谷，或許伊多自己就會有辦法。」看著昏厥的兄長，雅多吸了吸口氣，讓自己鎮定下來，「但是，水鏡碎片遺落在第三空間當中。」

掉在安地爾的黑色空間？

我突然想起他捏碎的那些藍色碎片。

「若要重鑄水鏡，必須把碎片一個不漏地全部找回來。」雅多堅定地說著。

可是，那麼細小的碎片要怎麼找？

學長打破了第三空間，第三空間就在地下廢墟當中。

我環視了整座地下廢墟，有一種不知道應該從何找起的感覺。

「用收集術法行不行得通？」千冬歲提出意見。

雅多搖搖頭，「水鏡本身就有反術作用，一般的術法搜尋不到它的存在，而再過不久整個地下就會淹沒，水中更難找尋，我看……重鑄是……不可能。」他用力咬牙，閉了閉眼，幾乎絕望地說。

就只能這樣了嗎？

我轉頭，站在另一方的雷多也只是直直看著自家兄長，什麼也說不出來。

就在所有人都沉默之際，一滴水珠浮現在我眼前。

我聽見了像是鈴的聲音。

巨大的蛇身翻滾在空中，原本以爲又有狀況而準備行動的紅袍停下，看著四周浮起的水珠，交雜地混在銀色的光球當中。水色的面容在一片靜默中出現，眼睛睜開。

「只要是你的願望，我就會替你達成，你不希望妖精之死，這就是我爲您做到的成果。」米納斯優雅地站在我面前，無視於所有人看著她的目光，她伸出水做成的手掌，緩緩地張開，上面有著許多細小的藍色碎片，微弱地發著光芒。「但是，大量消耗你的精神力就是使用我的代價。」她伸出手，放在我的額頭。

那瞬間，我像是全身都被抽去力氣，整個人差點軟倒，旁邊的千冬歲見狀馬上拉了我一把。

米納斯看著旁邊的雅多，然後手掌浮出一個水氣泡，將碎片包圍住，緩緩地送往雅多的手上，「先見之鏡的碎片，這是你們遺落的。」

雅多伸出手，水氣泡就停在他手上。

轉回過頭，米納斯溫柔地看著我，「只要是你希望的，我都會爲你達成。」下一秒，她消失在空氣當中，所有的水珠化成氣泡，破碎消散。

我看著已經回到手環中的藍色幻武兵器，用力閉上眼睛。

謝謝。

眞的，很謝謝妳。

於是，我睜開眼，看見雅多與雷多微微地對我點了一下頭，旁邊的千冬歲拍拍我的肩膀。我不曉得是什麼意思，但是，卻安心了很多很多。

如果沒有米納斯，水鏡一定就沒有重鑄的方法。

我現在覺得能擁有米納斯眞的太好了。

「你的兵器眞的很特別。」千冬歲的聲音從旁邊傳來，「特別過頭了，你很幸運。」

嗯，我眞的很幸運。

不管是米納斯也好，或是其他事情也好，十多年來，我第一次覺得其實我的人生並不倒楣，而且幸運過頭。眞的，不管什麼事情都是。

幾分鐘之後，我稍微恢復了點力氣，謝過千冬歲之後小心翼翼地走到雅多身邊，他回過頭看我，雖然還是面無表情，可是和善了很多。

「那個……雅多，我、我以後，一定不會再什麼事情也不做。」我伸出手，看著他，「所以，可以相信我嗎？」

他看著我，半晌，同樣伸出手，「這是你給予你自己的約束，我相信你，而後、相同。」

勾起的手指在那一瞬間傳來燙熱，綠色的蛇紋攀爬在我們兩人的手上，過了幾秒之後才漸漸消失。

「我不會忘記今天的話。」我對雅多發誓，也對自己發誓。

雅多微微點了點頭，然後伸出手拍拍我的肩膀。

時間就這樣流逝，直到有人喊出了聲響劃破了寧靜。

「鳳凰族首領到了！」

※

四周掀起了大風。

我好像聽見了奇異卻不刺耳的美麗鳥嘯，高昂地響遍了整座地下洞窟。

一聽見那個聲音，四周的醫療班像是訓練有素般很快地讓開了一處空地，而正在治傷的輔長兩人並沒有因爲騷動而停下，依舊專心著眼前的傷患。

就在眨眼不到的一瞬間，原本什麼都沒有的半空中猛然竄出了巨大的貓體，氣勢洶洶地轟然踏上了碎石地面，四周沙石跟著被衝擊的風勢掀得四處亂飛。

我看見了一隻和喵喵的貓王很像的大貓，體型大得很像，但是長得完全不同。眼前的大貓有著極爲美麗的體型與面孔，金紅兩色不同的雙眼高傲冷靜得讓人不敢靠近觸碰；不同於喵喵的貓王，牠是隻白色的長毛貓，細軟到幾乎像是會飄動的長毛散著微微的光點，四周也跟著明亮起來。

這是鳳凰族首領的坐騎？

我想起了喵喵曾說過貓王與鳳凰族的淵源。

「琳婗西娜雅，時間不多了。」學長直接走到大貓身邊，這樣說了話。

大貓的周圍幾乎是在同時出現法陣，不用數秒的時間立刻就在陣上傳來了新的一批人，全部都是穿著藍袍的醫療班，每個人的表情看起來都非常嚴肅且難以靠近。

「隸屬醫療班首領的直屬醫療團。」我聽見千冬歲在旁邊這樣說著。

空氣像是被凝結似地，我看見白貓上躍下了一個人，是背對著我們的，金色的長髮微微地帶鬈，就如同大貓的長毛一樣也給人會發光的錯覺。「提爾、九瀾，馬上轉換成返咒陣式，所有人開始準備，時間不夠、就地舉行。」很簡短直接的幾句話飄蕩在空氣當中，清清冷冷的卻讓在場所有醫療班都開始了不同的動作。

然後，她轉向了學長，「你、幫手，另外兩個血緣兄弟攜著水鏡在旁等候我指示。」

雅多跟雷多立即點了頭，被一旁的醫療班領開。

「還有一個人……藥師寺夏碎是最後一個人選。」一點也不客氣地朝學長下命令，那個人甩動了金色的髮說道。

「嗯。」異常聽話的學長立刻就走開了。

我看著那個人，她緩緩地回過身，一張美麗到近乎銳利的面孔對上我的視線，金紅色的眼睛冷靜到讓人害怕，「你，站到旁邊。」

她在跟我講話？

「漾漾，快過去。」一旁的千冬歲推了我一把，我才意識到她眞的在跟我講話。

我連忙跑過去她指定的那個位置，離學長和不知道什麼時候出現的夏碎學長很接近。

「褚冥漾……」我聽見她唸出了我的名字，然後緩緩地勾起了一抹笑，「我期待看見你力量的表現。」

力量？

我能夠有什麼力量？

第八話　鳳凰族與返咒

地點：湖之鎮
時間：下午五點四十分

「我的名字是羅林斯．琳婗西娜雅，在場的各位應該全都知道我。」

那個大姊一開口，四周立即安靜了下來，她環著手說著，聲音在整個空間中迴盪，非常有魄力地傳入每個人的耳中。「我是鳳凰族也是醫療班的首領，也有人喚我凰秀。目前狀況大家都清楚，我們現在應該做的是舉行返魂咒陣，你們應該全部都了解返魂咒陣的困難度以及危險性，所以不要把這次的事情當作兒戲！有力量的就給我全力配合，沒用上你的就給我好好保護這裡不要讓外人入侵，聽不懂的人就給我滾出這地方不要造成妨礙，知道嗎！」

那……我是不是該滾了……因爲我完全不知道他們說的那些返魂陣到底是怎麼回事，我連我可以出什麼力量都不曉得，我不想再扯其他人後腿了。

「褚，你只要配合琳婗西娜雅所說的話就可以了。」像是看出我的心聲，一旁的夏碎學長取下臉上的面具，微微勾起了一笑，「放心，不會有事的。」

可是我怕……

千冬歲跟五色雞頭等人已經退出好一段距離了。

在那個大姊的安排之下，她與黑色仙人掌、輔長三人站成三角，雅多、雷多兩人在旁，我和學長他們在另外一邊，四周是其他醫療班圍繞而成的牆，錯落得像是排好了位置一般。

伊多安靜地躺在中間，臉色蒼白得像是睡著。

「每個人的生命都有限制，註定在什麼時候到達盡頭就會一秒不留。返魂咒陣會將正要通往安息之地路上的靈魂召醒重新回到這個世界上繼續他未竟的任務。但是，這是違反世界的舉動，你們能付出什麼代價？」站在所有人中間，琳婗西娜雅看著眼前的雅多兩人，「與安息之地交涉的你們，敢付出什麼代價交換他？」

「不論妳需要什麼代價，我們都敢付。」連猶豫的時間也沒有，雅多立即開口，「包括我們的性命都拿去也沒關係。」一旁的雷多隨即點了頭。

琳婗西娜雅勾起了一抹笑，很冷，卻也讓人感覺到溫柔，「很好，你們就抱持著這樣的想法一直到他完全康復吧。」她猛地彈指，地面上自她腳下開始往外延展出圖騰，像是鳥兒展翅般的金色大型法陣不斷地張開，遍布了所有人的四周。「返魂咒陣能將靈魂喚回，但是卻無法重組被消滅的靈魂，他會恢復得比任何人都還要慢，所以、你們要這樣等著他。」

「不管等多久都沒關係。」雷多看著她，堅決地說著：「開始吧。」

就在他們短暫交談之間，我突然想到另外一件奇怪的事情。

剛剛她說她叫羅林斯·琳婗西娜雅，另個名字是凰秀……那麼，她跟輔長是什麼關係！

「琳婗西娜雅是提爾的姊姊，現在是整個鳳凰族和醫療班的首領。」旁邊的學長橫了一眼給我，「咒陣要開始了，你不要再想那些有的沒有的東西。」

我知道……我只是突然想到輔長的名字而已……

站在原地，我的腳下出現了一個圓形與其他人相連的圖騰陣，金色微弱的光芒不斷閃爍著，感覺美麗卻不刺眼，讓人有種暖暖舒服的柔和感。

我在這裡幹什麼？

其實，我一點都不懂。

「祈禱吧，如果你們只能在旁邊看著。」我聽見那個聲音，看見四周的人交叉著雙手在胸口，垂下頭，「傾聽我吟誦的聲音，安息之地的亡者，鳳凰族之首獻上敬意。」輕輕的像是吟唱般的聲音在琳婗西娜雅的口中響起，四周立即安靜了下來，法陣隨著微弱地轉動著，一點點金色的小小光球慢慢地浮在其上。

不過感覺上好像不是很順利的樣子，那些小小的光忽明忽滅，感覺好像一下子就會熄滅。

「傳遞消息的風之精靈，請將我的聲音遞往寧靜之地。」注意到光點不怎麼亮，琳婗西娜雅微微挑起眉，仍然吟唱著。

話說，如果一直這樣要閃不閃地下去……不知道會怎樣。

「服從於精靈王之大氣精靈，傳遞而震動的風，聽從我的命令將消息捎往安息之地。」意外地，接在琳婗西娜雅之後的是學長的聲音，「走往最後之地的靈魂即將回歸原點，承鳳凰族之首領有所訊息，在此闢出通道。」

我看見學長的手上出現了某種銀色亮亮的光球，不用多久時間光球整個四散開來，接著地面上的閃閃小光突然整個亮了起來。

「聽我命令，維持暫時通道。」

就在語畢的同時，整個地面的陣型好像被解放了一樣，炸出巨大光亮，讓人有點睜不開眼。

琳婗西娜雅對學長比了一記拇指，然後轉回過頭結開了好幾種手印，「返魂咒陣，以我鳳凰族之血爲道路、精靈之聲爲引領，啓動。」她在指上咬破了一個口，不是紅色而是金色的血液從皮膚下冒出來，一點一滴地掉進了地上的整片亮裡面。

那瞬間，我突然聽見某種聽不懂內容的歌聲，四周的醫療班唱起了不知名的歌；聲音很低、飄蕩在整個地下空間裡。

一股淡淡的香味傳來。

不曉得什麼時候開始，光亮的底下竄出了一朵一朵不明的白色花朵，莖很長，一動一動地搖曳著然後陸續往外擴展。

吟唱著的歌聲在結束一個段落之後反倒變得有點像是誦經般的唸聲。

「褚。」就在我對著腳邊白色花恍神的時候，某個東西突然朝我的腦袋這邊砸過來，我連忙七手八腳地把那個東西接住，仔細一看，是張捲起來的牛皮卷。「請認眞一點，誠心誠意地把這個唸完。」把東西丟過來的學長看了我一眼、說道。

誠心誠意唸完？

我翻開那卷紙，上面寫了密密麻麻的字體，幸好都是可以辨認的中文字。上面大致上好像是有點像什麼往生咒文的內容，字體很小，小到如果沒注意好很可能就會唸錯行還是重複唸那種。

「如果你唸錯行，這個陣法就會失敗。」一旁的學長補上了會讓我想要把東西丟回去的宣言。

這到底是什麼東西啊！爲什麼我會聽到好像沒弄好就會被全部人分屍的重點！

「將靈魂自安息之地召喚回來的時候需要有些指引，例如聲音。那上面記錄的是完整的引導之詞，在與安息之地交涉未完之前都不能中斷，否則就會失敗。」

學長，你明明知道很重要就麻煩不要一直給我心理壓力了。

我突然好怕會唸壞。

「沒有什麼事情是能絕對成功的。」紅眼看著我，冷冷地說，「但是，你希望伊多平安無事吧？」

伊多……

在那麼一瞬間，我像是又看見了安地爾出現時那種什麼也做不到的恐懼。

我可以的，我想……我絕對不會唸錯。

「很好，那就做給我們看吧。」

※

四周的花像是有生命一樣層層疊疊地將整個地下空間全部覆蓋。不屬於這邊的清淨氣味瀰漫在空氣當中。

我用力地做了一個深呼吸然後攤開那張紙卷，這是把靈魂帶領回來的咒文。

爲什麼我會站在這裡？

因爲我希望伊多能平安地回到雅多與雷多他們的身邊，堅定得不容許任何人懷疑。

「開啓安息之地的通道，我等鳳凰之族爲此交涉。三名王族之血、兩名血親之身、一名傳誦者引領之路，要求將前往安息之地的水之妖精貴族、伊多·葛蘭多返回世界。」琳婗西娜雅轉了手指，上面多出了短短的刀片，她面不改色地直接在掌心上畫下一刀，金色的血馬上大量地落下地面，「三名王族之血，金色是洗淨歸來之路。」語畢，她將手上的刀片往旁一拋，落在學長的手中。

「三名王族之血，銀色是攀附在其身上的罪惡昇華。」同樣在掌心上畫下一刀的學長冷眼看著大量的血液落下。

銀色？

等等，我看見學長的血明明是紅的，爲什麼他要說是銀的啊？

「三名王族之血，紅色是證明生命的證據。」最後接下刀片的是夏碎學長，與前面兩人一樣地畫破掌心吟誦著。

就在夏碎學長的血一落地，整個地面上的白花馬上轉爲透明的色澤，劇烈地震動著。

「兩名血親之身，守護、而支持歸返之人。」琳婗西娜雅繼續著未竟的陣法，就在她誦唸之後，一旁的雷多、雅多突然同時跪倒在地，髮遮了他們的臉，看不出來狀況。

我有那麼一瞬間很想跑過去看看他們有沒有事情。

猛然，紅色的眼睛瞪著我，讓我又不敢隨便亂動。

「一名傳誦者引領歸來之路。」金色與紅色兩隻不同顏色的眼對上我，那瞬間，我突然知道我應該做什麼了。

立即將紙卷拿好，我注視著上面的文字，開始唸誦。其實眞正開始唸之後反而不覺得難了，那些字好像會自動提醒你唸到哪邊似地一個一個發著小小的光，很難會出差錯。

不知道爲什麼，我直覺這應該是學長弄出來的小把戲。

四周其他人的聲音突然安靜下來了，我只聽見我的聲音在空間裡飄蕩。

地上的花朵花瓣都捲起來變成一朵一朵的花苞，然後又綻開吐出了金色的小小光暈，一次一次地直到整個地下空間都是亮光點。

「提爾、九瀾，身體機能狀況如何？」過了好一陣子，琳婗西娜雅才對另兩個仍然在伊多身邊的人這樣問道。

「隨時都在最佳狀態啦。」輔長豎起了手指，這樣說著。

「很好。」勾起了一抹微笑，琳妮西娜雅結開了一個漂亮的手勢，「歸返的靈，請重新回到結束之點，以鳳凰族之名，返靈！」

就在她話語結束之後，地面突然整個起了巨大的強光。

那種感覺就好像是看見有顆炸彈在你眼前炸開一樣，猛然強光刺得眼睛完全沒有辦法張開、刺到連腦袋都在發痛；下意識我整個人馬上閉起眼睛。

有個奇怪的尖銳鷹嘯聲竄入我的耳朵，感覺好像不是這裡應該有的聲音。

等等！我還不能停止唸咒才對啊！

猛然一睜眼，那個光還是花或者是地上的法陣都已經消失不見了，眼下出現在我面前的是那個什麼都沒有的地下空間。

不是失敗了吧？

早知道就算被刺瞎眼我都不能停才對。

猛然一個力道拍上我的肩膀，我整個人嚇了一大跳，回過頭看見了學長不知道什麼時候已經站在我後面了。

「褚，都結束了。」

他這樣告訴我，「返魂咒陣已經結束了。」

結束了？

我看著手上的紙卷，全都結束了？就這樣？

「不然你以爲還要多久！」砰地一聲我的後腦突然被人用力砸下去，有那麼一瞬間我看見熟悉的黑暗跟眼花，「回神！都沒了，已經完整結束了！」

所以說完整結束的意思是？

「褚，成功了喔。」另一邊直接坐在地上的夏碎學長勾了微笑，朝我比了一記拇指。

四周的人全都倒的倒坐的坐，看起來完全就是累癱了。

成功了？那伊多呢？

我立刻轉頭看向剛剛的中心，輔長跟黑色仙人掌已經掛在一旁仰躺在地。倒在地上的雅多與雷多幾乎是同時撐著地面爬起，直接撲倒在自家兄長旁邊。

「伊多？」雷多伸出手，在他肩上搖了搖。

過了好久好久，那個躺在地上的妖精貴族才慢慢地偏過頭，睜開了淡顏色的眼很勉強地勾起微弱的笑容，「我回來了……」

一旁的雅多看著他，然後揉揉眼睛。

「歡迎回來。」

※

「各位小朋友們！不要現在就給我鬆懈了！」

就在四周的感動氣氛維持不到三十秒，某個大剌剌的聲音直接打破了溫馨畫面，一腳踩上聽說是她弟現在是左右手輔長的肚子，完全無視於被害者哀號的琳婗西娜雅喊著，「現在靈魂返體情況還未定，馬上送回醫療班本部做進一步治療，動作快、別偷懶！」

被她這樣一喊，都還癱在地上的其他人幾乎是立刻跳起身動作，這讓我完全明白鳳凰族首領有多強悍。

「你們兩個還在地上，給我起來！」順腳踹了聽說是她弟的輔長，琳婗西娜雅完全不客氣地吆喝著。

其實剛剛應該不是輔長想躺在地上而是被妳踩在地上吧……

「老妖婆。」輔長一邊抱怨一邊從地上爬起來。

砰地聲他又被踹回地上，旁邊的九瀾則是發出怪笑閃遠，「小弟弟，不尊重首領的下場你應該很想領教吧。」琳婗西娜雅挑起眉，一金一紅的眼瞇起，然後露出冷笑。

「不、不用了，謝謝。」我幾乎可以看見輔長的腦袋上出現三條黑線。

就在鬆懈之後，不知道為什麼我突然覺得頭昏目眩得整個人軟腳坐倒在地上。

「漾漾！」千冬歲的聲音很快在我後面響起，然後托著我的肩膀才沒讓我整個趴在地上，「辛苦了，接二連三地耗費精神力。」

精神力？

喔……傳說中那種可以許願然後打擊敵人理智的東西嗎……

……

我想到哪裡去了啊……

「雅多？」

一個聲音把我注意力拉回，就在輔長把重傷的伊多整個人抱起來準備前往醫療班時，一旁的雅多反倒又跪了下去，可能也嚇了一跳的雷多馬上蹲在他身邊，「不舒服？」

雅多搖搖頭，「沒事。」

「可能是剛剛在法陣時力量消耗太多，你們也一起到醫療班本部接受治療，好好休息。」琳婗西娜雅這樣說著，散發不容許他們有更多反駁的氣勢。

點點頭，雷多才將雙生兄弟給扶起。

幾道亮光之後，好幾個人同時消失在移送陣當中。

其實……這樣就結束了對吧？

我看著那片空出來的地面，不知道爲什麼整個鼻子突然很酸很酸。

終於可以結束了。

一雙腳出現在我眼前，我微微仰起頭，看見那雙金紅色不同的眼眸。

琳婗西娜雅在我面前蹲下來，長髮微微在空氣中顫動了一下。「挺不錯的嘛小朋友，通常擔任傳誦者在結束之後沒躺個一兩天力氣是不會恢復的，看你精神這麼好，睡一晚應該就不成問題了吧。」

躺個一兩天？

說眞的，我現在的感覺只有跑完八圈耐力跑那樣，全身除了脫力就是痠痛，大概躺兩三個月都還不會好。妳太高估我了吧大姊！還一晚咧！

「對了，這是你的吧。」琳婗西娜雅轉動了手，我看見一個隱約的形體出現在她的手臂上棲息著，有點眼熟，好像是鳥的形狀……

「啊！」我馬上就知道那是什麼東西了——那個加速逃逸的祈願咒！

鷹型的形體衝著我鳴叫了兩聲，然後徹底消失。

「這個孩子剛剛一直在附近看到最後喔，也出了一些力量，不然不會這麼順利結束的。」琳婗西娜雅勾起淡淡的笑，這樣說著。

出了力量？

隱隱約約，我覺得那個聲音跟剛剛在強光之際聽見的好像。

「越是強烈的渴求，祈願咒就會越強。」千冬歲在我身後這樣說著，「心願結束之後，咒文就會消失。」

原來牠不是加速逃逸。

我突然對那隻鷹產生了感謝之意。不好意思之前是我誤會你了，感謝你的幫忙。

「好，既然事情都結束的話這裡也應該清場了，相信情報班還要繼續做分析才對。」琳婗西娜雅站起身，這樣說著。

意思就是要離開這裡囉？

「漾漾。」千冬歲站起身，然後朝我伸出手；我馬上握著他的手，讓他把我拉離地面。因爲腳步還有點不穩，千冬歲很直接地就讓我靠著他走路。

「那麼，湖之鎮的任務到此就全部告一段落了，請還留在地上的所有人撤回學院吧。」與夏碎學長一起走過來的學長這樣交代旁邊的五色雞頭。

「喔。」聳聳肩沒多加反抗，五色雞頭很快就消失在原地。

「小朋友們，你們先轉回去學校做初步治療吧。」轉過身，這樣對學長他們說著，琳婗西娜雅又看了我一眼，沒有再多說什麼。

「任務完成，那就先這樣了。」學長拿出了一個很眼熟的東西，「這是由大賽開通的通道，怎麼來的就要怎麼回去。」他轉轉手上的鑰匙，這樣說著。

我突然有個疑問，如果沒有用那個回去會怎樣？

「會被當成從比賽逃走。」很乾脆地這樣回答我，學長冷哼了一聲。

聽完，我深深覺得還好我沒有自行偷跑回去。

「欸？不用等其他人嗎？」我看學長的意思好像是現在就要走了，那麼留在這邊的其他人要怎麼辦啊？叫他們自己步行回去？

紅眼瞪了我一眼，「你忘記來這邊一共是五支隊伍嗎！」

被他這樣一說我才想起來，扣掉伊多他們，應該還有其他三個人有鑰匙可以回去喔……

「那就走吧。」

※

就如同最初到達湖之鎮一樣。

我們穿過了鑰匙之後出現的門，一陣光亮後四周安靜了下來。

再度睜開眼，看見的是一整片黑色卻充滿閃亮星星的天空。

周圍有著涼涼的微風。

我睜開眼，映入眼中的是最熟悉不過的保健室建築。

剛剛還身處在湖之鎮的事突然好像變成夢一樣，整個突然感覺不切實際，可能我也從來沒有去過那裡。

「到了。」

不知道是誰先說話的，一回過神，我已經被千冬歲拖著走進去保健室裡面了，「看來我們是第一批到的人。」他衝著我笑了一下，「不然這裡應該會擠了別的隊伍才對。」

他這樣一說又把我招回現實了，然後我想起來除了去湖之鎮的隊伍之外，另外好像還有去其他地方的比賽隊伍。

整間保健室空蕩蕩的沒有別人，看起來好像眞的還沒有其他隊伍來到。

不對！有可能是別人根本沒受傷啊！

「你們兩個先在這邊休息吧，我們要先過去做大賽的回報。」走在後面的夏碎學長這樣告訴我們，「等等琳婗西娜雅會過來，你們兩個不要隨便亂跑。」

「喔、好。」我點點頭。基本上依照現在脫力的狀況，我應該是想亂跑也亂跑不到哪邊吧？

「如果七陵學院的人回來了，將這個拿給他們，隨便一個人都可以。」學長拋了一個藍色的水晶給千冬歲，匆匆忙忙交代完之後跟著夏碎學長好像是要投胎的人一樣馬上就消失在原地。

千冬歲轉轉手上的藍水晶，沒有多說什麼就收下來了。

那是什麼東西啊？

我突然很好奇，可是又覺得不好意思詢問。算了，按照經驗，等到他們覺得可以告訴我的時候應該就會自己說了；要是不能說，問了也白問。

就在我做腦部活動同時，地上出現了移送陣的陣型，沒有兩秒琳婗西娜雅就出現在我們面前，「兩位小朋友，先喝一點補充的飲料如何？」還沒等到我或千冬歲回應，她就逕自走到小冰箱前拿了一個裝滿不明液體的水壺出來。

在她忙碌期間，我偷偷看了一下時間，現在是夜晚十點四十來分……等等！

十點多？爲什麼我記得返咒之前才五點多？

那個返咒前後給人感覺應該不超過一個小時吧！那麼中間空白的時間我是被外星人帶到哪邊去了嗎？

好可怕。

有時候我真的會覺得在啓動一些陣法時很可怕，因爲時間會比自己想像的流逝更多，該不會有一天我也這樣啓動法陣然後原本還是個年輕人出陣之後就變成老年人了吧？

一個杯子遞到我面前，下意識地接過之後我才發現這個飲料是上次在鬼王塚之後賽塔拿過來的那個飲料。

「喝吧，然後稍微休息一下。」琳婗西娜雅朝我們眨眨眼，自己也拿了一個杯子坐到旁邊的桌面上。

看了旁邊的千冬歲一眼，他看了那個杯子好半晌才開始喝……難不成他之前沒有喝過這種東西？應該不可能吧，大概是我想太多了。

把飲料喝完後，我整個人稍微舒服一點了，至少沒有那種又痠又痛又想撞牆去死的感覺了。

早已放下杯子的琳婗西娜雅偏頭聽了半晌，「看來差不多應該都到了。」

就在她話說完的同時，保健室的門給人踢開，某人氣勢洶洶地直接衝進來，「哇哈！本大爺第一個到終點站！」

基本上這裡並不是終點站，還有你把我們三個都自動忽略成裝飾品還是死人啊？

「嗨，漾漾。」隨後進來的庚學姊臉色還有點蒼白，但是看來精神好很多了。然後她轉過頭，也向琳婗西娜雅打了招呼。

「漾～你居然又拋下我自己偷跑！而且還是跟個書呆跑！我有哪裡對不起你的地方嗎！」一

路直接飆過來的五色雞頭奪過我手上的飲料，然後發出意味不明的指控抱怨。

「呃，應該是沒有……」看著他把我的飲料整個喝乾，我無言了。

「你是狗嗎，還要跟著人跑是吧。」推推眼鏡，千冬歲發出冷言。

「哈！本大爺不跟一隻四眼青蛙計較。」

「你說什麼！」

一如往常，戰火馬上引燃。

陸陸續續進來的是其他人，蘭德爾學長、萊恩，還有其他學院的人。

就像最開始一樣，只是缺了亞里斯學院代表。

「你這個不良少年，恩恩怨怨今天一併解決！」

「求之不得啊！你這個四眼青蛙，本大爺讓你變成青蛙乾在屋頂上晾乾！」

「兩位小朋友，通通給我滾出去打。」琳婗西娜雅直接把某兩人轟出室內。

整個保健室裡熱鬧了起來。

就跟最開始一樣，只是有些人已經分開。

十幾個人將室內擠得熱鬧非常，都在討論以及交換情報，一時間是安靜不下來了。

我坐在旁邊看著這幅景色。

於是，比賽就這樣、正式畫下句點。

一切都結束了。

第九話　謝幕

地點：Atlantis

時間：上午六點整

某種擾人好眠的聲音響起。

一種不明的謎之聲音，生動到好像有幾百種動物在房間奔跑。讓我有種好像夢到南非動物群奔跑的錯覺。

好吵，真的超級吵的，什麼爛動物園啊！

我用力蓋住耳朵，偏偏那個催人魂的聲音還是拚命響起。

……等等，我房間什麼時候有動物園了？該不會又是什麼什麼入侵吧！

意識到這件事我立即從床上翻起身，這才發現那個詭異的聲音來自於那支不斷電的神奇手機。

清晨六點整，根本沒有設定的手機自己詭異地發出謎一般的聲響把人吵醒。

我連忙爬過去把手機鬧鈴給關了，發了一下子呆之後才清醒過來。

對了，這裡是黑館……昨日湖之鎮淹水之後我們就全部撤離現場直接回到學校來，而雷多他們與輔長他們被移送到醫療班去。回到學校時已經很晚了，所以大夥兒在聽完簡短說明之後就自動解散了。

聽說，黑柳嶺那一組在之後沒多久也回來了。

嗯……最終競賽終於結束了。

我啪地一聲倒回床上，有種全身無力想要賴床的感覺。

就在我打算繼續瞇一下的時候，那支會自己叫的手機突然又大肆作響起來，不過這次不是動物狂奔聲響了，我懶懶地伸手過去接——

「你睡死了嗎！」一接通，對方馬上傳來極度不友善的語氣。

明明我就知道他也看不見，不過身體還是不由自主地立刻跟著有反應，整個人瞬間清醒過來，馬上從床鋪跳下地面，「呃……學長早，我醒了、我醒了。」要死了，學長很少會打電話給我。通常他會直接走到我房間外面踹門，而且有時候明明就有上鎖還眞的會被他踹開。

「今天要舉行謝幕儀式。」

學長冷冷的口氣給我很震驚的消息，讓我有那麼一下子反應不過來，「嘎？爲什麼那麼快？」昨天才剛回來今天就謝幕，會不會太匆忙了一點啊？

這個感覺就好像今天死了明天馬上被火化掉一樣，連家屬都不通知般地迅速。

「因爲鬼王的突發事件，所以要把各校代表都先送回所屬學院以策安全，而且後續動作因爲挺麻煩的，所以大會方面需要更多時間，才把三天後要進行的謝幕儀式改到今天。」

原來如此。話說這次因爲突發事情還眞是改了很多規定咧，多到可能破紀錄了吧我想。

就在我想問點事情時，我突然聽見從手機那一端傳來某種很熟悉的轟轟聲。「學長，你在機場？」我聽到飛機起飛的聲音。

……等等！學院裡面應該不會有飛機起飛的聲音吧！你到底是跑到哪邊去了啊？

「我在出任務，等等就會趕回去。」不耐煩的聲音在飛機起飛之後傳來。

你在出任務……你居然在出任務！

昨天才剛回來你居然連夜就跑去出任務！

不是聽說剛做完陣法會很累很累然後累到沒力嗎你爲什麼還去出任務！

我只能說，黑袍果然個個都不是人，「呃……那我要做什麼？」一大清早把我弄醒，我想學長應該不是只要告訴我他在飛機場出任務的事情吧？

「今天的謝幕儀式全員都要出席，在吃過早餐之後你要趕快趕到選手休息室集合，聽見沒有！」

「喔，我知道了。」

「那就這樣了。」

啪地一聲那邊很爽快地直接切斷通話。

我看著掛斷嘟嘟嘟的手機，有三秒鐘腦袋是呈現完全空白。

喔，就這樣啊？

說到出席，不知道伊多他們……算了，還是別想太多比較好。

現在又有一個問題來了，如果學長不在的話，我又要去跟誰借浴室用啊？

好麻煩。

※

結果最後我是跟安因借了盥洗浴室使用。

畢竟，整個黑館大概除了學長之外就剩下他房間是正常的，蘭德爾的房間我是連去都不敢再去了，其他不認識的人就更不用說了。

到達選手休息室之後大概是七點多，一打開門，裡面的人已經都來得差不多了。

「早，漾～」五色雞頭朝我揮揮手，他坐在桌子旁邊，眼前的桌面上堆滿了燒餅油條加米漿，非常正常的早餐，不正常的是上面堆滿了大概有十幾人份，看起來有點像是某種鐵胃比賽的現場。「你要吃早餐嗎？」他完全不像昨天才受過重傷的人，整個就是非常活跳跳，連一點擦傷都已經看不出來了。

生命力驚人除了蟑螂之外大概就是形容這種人。

「你一大早又在想什麼蟑螂。」跟在我後面進來的學長嫌我礙路，一腳把擋在門口的我往前踹兩步。

「沒、沒有。」我連忙往前跑，等到安全距離之後才敢回頭陪笑。

一看就知道他現在心情極度不好，最好少招惹爲妙。

「嗤！」看來是忙了一晚的學長懶得理我，只白了我一眼之後就往他的沙發王位一屁股坐下去不搭理任何人了。

旁邊原本在看書的夏碎學長闔上手中的書本，「終於結束了……」他發出像老頭曬太陽一樣的感嘆。

「嗯……嗯啊。」對於不明的發言，我愣了一下然後跟著點頭，完全不曉得要怎樣答腔。

「唉，又要開始變無聊了。」五色雞頭把油條塞進嘴巴裡面，發出讓人想忽視他的感嘆。

其實說眞的，我覺得你個人生活應該是一點都不無聊，看每次追在他後面被惹怒要殺人的人就知道了。

就在室內逐漸恢復安靜的時候，門外又傳來敲響聲。

所有人都把視線一致看向我。

好、我知道，我不但離門最近而且還是個打雜的，所以我去開門總可以了吧。

順手打開門之後，外面站了兩個出乎我們意料之外的訪客。「哈囉，Atlantis學院的各位選手。」第一個映入我眼中的是巴布雷斯代表的菲西兒，她笑得很愉快，給人的感覺一樣很舒服，「一段時間不見了，各位這次旅途愉快嗎？」

我愣了一下，往後退，她很理所當然地就走進來，好像這裡是她們家的休息室而不是我們的。

「兩位早安。」夏碎學長迎上前，禮貌性地打了招呼，「聽說黑柳嶺一役兩位表現非常精采，只可惜不能親眼目睹，看來得等到收到影像球之後才能一睹風采了。」

「那當然，我和登麗怎麼可能讓人大出風頭呢。」菲西兒爽朗地笑著，「除非對象是Atlantis學院代表的各位，那我們只好認囉。」她聳聳肩，又笑，一點也沒將上次的事情放在心上。

說眞的，其實整個比賽裡除了已經認識的伊多等人，我覺得搞不好就是她們最好相處，因爲菲西兒的性子挺直的，看起來沒什麼心機。

「這次前來，是因爲頒獎與謝幕之後我們要直接回巴布雷斯，所以先提早來向各位道別。」隨後走進來的登麗微微一躬身，語氣仍然是沉穩，「這次學院競賽讓我們見識到各方高手，學習到相當多寶貴的經驗，眞期待下一屆仍能再與各位交手。」

「彼此彼此。」不知道什麼時候已經出現在我身後的學長也跟著回禮，「我們也相同，非常謝謝妳們。」

我退開一步，感覺上他們講得挺樂，我應該閃遠一點。

「對了，那位是褚同學吧。」就在我正想向後轉全力落跑的同時，菲西兒的聲音直接從我後面響起，我只好又回過頭陪笑，「上回也有看見您，那時候的你和現在有些不太相同，看來您在比賽當中也獲得很多喔。」

那時候的我和現在不同？

有嗎？我疑惑地上下左右看著自己。

應該還是地球人吧？我沒有變成火星人的感覺。

啪地一聲學長直接一巴往我後腦打下去，「他改變也不多，等到有一天晉級了再誇他也不遲。」他眼睛是對著菲西兒，可是我覺得他好像是在跟我講話。

「相信在冰炎殿下與學院教導後，下回再見面應該也是袍級了。」登麗微微一笑，然後走到我面前，伸出手，「讓我們爲彼此未來之路獻上祝福。」

我看了學長，他對我點點頭，我連忙也伸出手與登麗相握，「呃……祝福您一切順利。」我聽見五色雞頭噗了一聲。

有什麼辦法！我哪知道什麼祝福獻上有的沒有的！

完全不在意的樣子，登麗緩緩地彎下身，「祝福您也能一切順利，避禍、得到、智慧、光明，主宰幸運的雪國之靈會保佑您。」

嗄？原來祝福是這樣講的？

我開始思索，我是不是應該跟她講希望玉皇大帝還是媽祖、如來佛會保佑妳……

怎麼聽起來好像等級整個就差很多？

後面的學長突然伸出手，把我的頭整個往下壓。

會斷會斷會斷啦！

「祝福巴布雷斯學院同樣順利，剛直、淨潔、正心、無憂，主宰無限的精靈之神將照耀雪國妖精之路。」學長在我耳朵旁邊輕聲地說，我連忙跟著照唸。

「謝謝兩位的祝福，僅代表巴布雷斯學院與所有的雪國妖精感謝兩位。」登麗又是一笑，然後與旁邊的菲西兒同時彎身向我們一禮。

幾秒之後，學長才鬆開手，我連忙往旁邊一退，很怕他又掐我的頭。

「那就這樣囉，時間也差不多了，我們先回去準備，等等謝幕儀式見囉。」菲西兒勾著登麗的手臂往外走，還很熱情地向我們揮手道別。

「下次見。」

✱

謝幕儀式是九點正式開始。

為了學院形象等等因素，這次學長與夏碎學長兩人並沒有穿袍級代表的大衣，而是跟我一樣換上了學院代表隊的衣服，就連五色雞頭都被勒令禁止穿他的台客裝和夾腳拖鞋。

雖然他抱怨很多，但是後來在學長的淫威之下還是屈服了。這讓我再度明白了學長的地位遠高於五色雞頭，就連他都不敢衝著學長造反。這還眞是一個好現象，至少有人可以踩在他頭上而不是沒有。

看著旁邊的學長，其實他穿代表隊的衣服也不賴嘛，不過比賽比到最後謝幕了只見過他穿了

這樣一次，感覺還挺可惜的。

「你欠揍嗎？」懶洋洋的一句話飄過來，我馬上就不敢繼續亂想了。

隨著傳遍整學院的巨大聲響打破了寧靜，我與學長他們並肩走出了第一大型競技場。

「三年一屆、學院聯合大型競賽謝幕儀式，現在正式開始！」

四周的喧譁聲響像是久違一般直接竄進我的聽覺當中，整個地板都因爲巨大的觀眾歡呼聲而震動，我抬頭，環繞在競技場外的是滿滿的觀眾，到處看到的全部都是人。從一開始到現在出現的所有播報員並列在空中，不同的翅膀上都有著不同的彩光，看起來非常華麗漂亮。

「今天仍然由我琳綺爲大家主持最後的謝幕儀式，請大家多多指教。」有著銀色翅膀的播報員代表了其餘所有播報員向觀眾招手，立即引來巨大的鼓掌聲，「本屆大型聯合競技賽中參賽學院之多，隊伍也達歷年來數一數二踴躍，但是因場地有限，所以以前十名參賽隊伍代替參加此次謝幕儀式，其後手續，會再與各學院一一交辦。」

一邊聽著播報員的話，我一邊偷偷亂瞄。果然謝幕儀式所有人都沒有穿上袍級大衣，全部都是穿著代表自家學院的衣服。

蘭德爾學長那隊連千冬歲他們也是。

不過同樣都是同一個學院，千冬歲他們的代表服又與我們的有點不太一樣，顏色和樣式都有點差別。唯一沒變的大概是七陵學院代表隊的衣服，他們從一開始到最後都穿得一模一樣，連一點飾品都沒有缺少。這讓我越來越覺得他們眞的是很神祕的一支隊伍，連個眞面目什麼的也沒人知道，從頭蓋到尾。

「接下來，請我們的裁判代表講評此次競賽中所有評分標準與審核。」播報員交棒，我看見鏡董事從評審席走出來，四周響起了相當一致的掌聲。

我繼續往另一邊看，亞里斯學院那邊果然沒有看見伊多他們的影子，不過好像有代表前來，是我沒有看過的幾個人，大概是同學院找來的替代吧？

說眞的，我稍微有點失望。

「本次大競技賽中，評審的評分標準就如同之前所公布一般是由技巧、臨場反應、領導、配合、能力與團隊精神等等下去分析與評分。」鏡董事的聲音擴展到全場，剛剛原本還有點吵鬧的觀眾席立即安靜下來，一秒就鴉雀無聲。「在這其中，我們也看見了許多團隊無法順利配合或者是個人表現的優缺點等，希望在本次競賽中，各位選手能夠自行體會到此點。畢竟，在未來，不管是哪一種標準，對於個人或者周遭人們來說，都是相當重要的。爲了避免時間被我們拉長太久，評審們的話就僅到於此。」

然後，四周立即又響起了整齊劃一的鼓掌聲響。

琳綺飛往場正中央，高高舉起手，「讓我們再一次謝謝各位評審在本次競賽中的辛苦，以及所有配合比賽出動的藍袍、紅袍兩級團隊。」說著，觀眾席即刻熱烈地歡呼起來，「接下來，就是所有人最期待的、名次宣布！」

一語下，四周馬上靜得連根針落下都可以聽得清清楚楚。

「本屆名次獎項一共有以下數樣：冠亞季軍、也就是前三名。個人優異獎項，團隊優異獎項，新人搭檔優異獎項，搭檔優異獎項以及各隊表現突出選手選拔前三名。」琳綺大聲地宣布著，「個人優異獎項獲得者，Atlantis學院第二代表隊的黑袍、冰炎殿下。」

歡呼跟某種疑似吹口哨的聲音到處傳來，學長微微一笑，然後向觀眾輕輕地一鞠躬。

「團隊優異獎項、亞里斯學院代表隊的白袍、葛蘭多水之妖精三兄弟伊多、雅多與雷多。但是因爲在最後一戰中代表隊受創，目前正在靜養當中，所以獎項由同學院的代表受領。」我看見站在亞里斯學院的那個陌生人同樣向觀眾彎腰行禮，「新人搭檔優異獎由Atlantis學院第一代表隊紅袍雪野千冬歲、白袍萊恩．史凱爾共同獲得；同樣搭檔優異獎項由巴布雷斯紫袍登麗與菲西兒受領。雪野千冬歲與萊恩．史凱爾爲新銳雙人搭檔，未來請大家同樣期許兩人的表現。」

看著千冬歲和萊恩高興的神情，我跟著四周的掌聲一起用力鼓掌。

我覺得他們會得獎眞的是理所當然，看他們兩個每次配合那麼好就知道了。

「接下來，是各隊中優異的選手，我們在眾多優秀的選手中評比選出了前三名，但是因爲部分已經得到個人獎項，所以名單中就請他們稍微退讓一下，將此份殊榮也分享給其他選手。」琳綺微笑地說著，然後不知道是不是我的錯覺，我注意到她偷瞄了一眼學長。「優異選手前三名，第一位Atlantis學院第一代表隊黑袍密西亞．D．蘭德爾選手，第二位七陵學院代表隊韋天選手，以及第三位Atlantis學院第一代表隊使用蛇眼暢行自如的庚選手！本次優異選手中有兩位都是無袍級，請大家爲他們鼓掌！」

奇怪，我還以爲明風學院裡面那個默罕狄兒應該會入選，因爲他在跟學長一戰時用的兵器很強，雖然好像還是沒有學長強就是了。

「因爲明風學院沒有察覺滕覺被替換，又帶著冒牌者參加比賽危害其他選手，所以這次競賽評比被扣分扣得非常嚴重。」站在前面的學長看了我一眼，這樣說。

喔，那我明白了。說得也是，不管變臉人再怎樣厲害，混在其中參加比賽且跟他們同進同出好一陣子居然還沒有被發現，我覺得明風學院被扣分還是有那麼一點道理。

畢竟連不是同學院的學長都知道他是冒牌的，他們自己沒發現就有點丟臉了。

「另外惡靈學院應該就是比賽中手腳頻頻，聽說到黑柳嶺之後他們還一度妨礙比賽進行，證據被維護隊當場拿出，沒有被強制退出比賽已經是萬幸了，所以這次名次角逐應該都沒他們的份了。」看了一眼整場中唯一好像會製造黑暗空間和冒鬼火的惡靈學院，學長這樣說著，「黑柳嶺中除了巴布雷斯之外的隊伍聽說表現都平平，所以看來巴布雷斯隊伍在那一戰當中應該是領先各隊許多。」

「喔。」原來如此，我偷偷瞄過去，剛好也看過來的菲西兒笑臉燦爛地偷偷跟我揮了手，我連忙也點頭致意。

「接下來就是各位最期待、本屆前三名的角逐，究竟會獎落誰家呢！」琳綺用著吊人胃口的口氣說話，然後一彈指，手上出現了金色的卡片，她用很慢很慢的速度去翻，那個速度慢到幾乎觀眾席都疑似有飲料瓶會摔出來的感覺，然後，她倒吸一口氣，「呀！這次比賽一定跌破大家眼鏡，出乎我們意料之外的，本次比賽的第三名爲——天文之所、亞里斯學院！」

我聽見場面上的叫好聲，代表伊多他們的選手歡呼然後用力抱在一起。就算他們並非參賽者，但是學院晉級了比賽名次，還是非常讓人高興的吧？

「接下來，亞軍有兩隊，在這次比賽中最讓人看好的兩支隊伍同時並列亞軍名次，那就是我們的地主隊雙隊，Atlantis學院第一代表隊、第二代表隊！兩隊分數相同、以著相當高的分數遙遙領先所有隊伍！」

亞軍？

我愣住了。

不知道是高興還是其他情緒，其實我一直以爲依照學長他們的表現，應該會是……

好像跟我有相同疑問，場上的歡呼聲並沒有那麼熱烈，取而代之的是很多疑問的聲音。

「接下來，是所有人最注目的冠軍隊伍。」

無視於滿場疑問的聲音，琳綺看到了卡片上最後一個名字，「從來未曾出席大型競技比賽，首次列名就拿到最高優異殊榮，在所有評比條件當中取下綜合最高分數的祭咒學院！跌破開場之後所有人的眼鏡，以著數分之差登上寶座，本屆大型學院聯合競技賽的最終冠軍是——」

七陵學院！

四周都安靜下來了。

一點聲音也沒有……或許大家也跟我現在的心情一樣，完全不明白爲什麼一點戰績都沒有、且是第一次參加比賽的七陵學院會一舉奪下最高獎座，而萬眾矚目的我們學院卻只是亞軍而已。

偷偷瞄過去看著學長他們的表情，卻發現他們一點意外也沒有，甚至連五色雞頭都是那種果然如此的表情。

難道七陵學院眞的比我們學校還要強？

看著那一隊眞面目不明的隊伍，我心中還是存滿了疑問。

「或許大家會對於第一名感到意外。」打破了沉靜的是播報員，不輕不重的聲音讓眾多沉默的觀眾們再度將注意力投回其上，「但是請大家仔細回想，當各隊伍前往地點執行任務之時，大家在此看見的畫面上如何，加上七陵學院代表隊在先前的傑出表現，大家應該就不難理解爲何本次首位爲七陵學院。」

「綜觀技巧、臨場反應、領導、配合、能力與團隊精神等各種項目，評審們一致認爲，本次首位由七陵學院取得是最適合不過的！」在琳綺之後，露西雅開了口，「請大家爲我們大競技會最高之首歡呼！」

語畢，四周立即響起了遲來的歡呼與掌聲。

或許我不太清楚，但是我想，之後追加的影片看完應該也可以理解了吧？

從正式大賽開始一直到現在的幾位播報員高高舉起手，整片天空同時迸出美麗的七彩火花，瀑布一樣刷洗了整個競技場的周圍，壯觀得讓人移不開視線。

火花久久未停，天空不斷炸出煙火，轟隆隆的爲這次緊張的比賽畫下最後的句點宣言。

「接下來爲頒獎儀式，本次大會將發出本屆各得獎者的該得之物。而首位之獎因爲無法公開贈與，將在稍後由公會黑袍們親自運送至七陵學院，請大家再給予本屆所有辛苦的隊伍們最熱烈的掌聲。」在整片的喧鬧之下，播報員的聲音好像與煙花的聲音交雜在一起，有那麼一瞬間其實我聽得不是那麼仔細。

轉過頭，我看著學長像在注視著上方煙花。

然後，勾起唇、微笑了。

第十話　平靜？

地點：Atlantis

時間：下午三點五十四分

儀式一直舉辦到下午才結束。

雖然中間有午餐時間，不過幾乎都站在大操場中間聽人家的宣言跟感言外加各種閉幕表演，一整場下來到結束之後，我只有一個感想……

下次誰再叫我參加大賽我就把他處死刑！

「漾～你的腳在抖喔！」站了一整天完全沒事的五色雞頭很礙眼地從我面前晃過去，讓我非常想舉腳從他屁股踹下去，不過因爲站了整天，我的腳已經又麻又痛，連舉都舉不起來……不知道晚點可不可以跟輔長要點類似肌樂之類的東西。

所以我說參加大賽的都不是人，因爲好像除了我之外，全部人都沒有半點事情。

午後近四點，儀式完之後所有隊伍和觀眾就地解散。原本打算直接回到黑館睡他個天荒地老，不過偏偏就是有人要打壞我的如意算盤，硬將我拖到校園餐廳裡面聚會。

「吃一個補氣飯糰就不會抖了。」把我拖過來的元凶打開他的專屬飯糰盒，然後拿出一顆青藍色且散發出謎樣旋轉氣體的米飯糰遞給我。

如果我敢吃才有鬼！

「不用了，謝謝。」我立刻謝絕萊恩的好意，因為我不想拉肚子也不想中毒而亡。

萊恩聳聳肩，當著我的面把那顆驚悚的飯糰給吃下去。

瞪著他，我考慮要不要倒數看看他幾秒會中毒身亡。

「東西來了！」隨著幾個借過的聲音響起，我看到一疊高過一疊的食物被千冬歲和喵喵兩個人神力無窮地送上桌。

我說明一下現在的狀況，大會結束之後，原本要各走各的同時，向來腦筋動得很快的千冬歲把兩隊的人都喊住，說要來個結束大會的餐茶聚會，所以除了我們之外，兩隊Atlantis學院的代表隊全部到齊了，還外加一個陪同主人參加的管家尼羅和一個從醫療班來湊熱鬧的喵喵。

整間餐廳的人都把注意力放在我們這一桌上面。

「為我們得了獎的個人團體乾杯。」庚學姊拿起一個很詭異、正在冒著白色煙霧的馬克杯，很豪氣地高高舉起。

「乾杯！」

杯緣對著杯緣碰撞的聲音不一響起，當我把混亂中拿到的杯子放下之後，我突然有點後悔了——杯子裡面漂浮著綠色的海藻……看起來應該是海藻，然後我不確定這是能喝的還是因為杯子太久沒洗所以長草了。

「這是飲料，喝了死不了人。」坐在我旁邊的學長拿著一個透明的高腳杯，裡面的藍色飲料不停冒泡泡，感覺也是喝了會死的東西。

我想喝正常一點的東西、眞的！

叩地一聲，一個裝滿透明白開水的馬克杯被丟到我面前，「夠正常了吧。」正在喝看起來好像會死飲料的學長冷冷哼了聲。

看著白開水，我用力點頭，總比海藻水好。

拿起杯子，無色無味，看起來好像眞的是白開水。可是，在我們學校裡面白開水絕對不只是白開水這麼簡單，尤其看起來越正常的東西越要小心注意。我開始懷疑，這個應該是眞的白開水吧……

「不過眞可惜，只是拿到第二名而已，我還以爲這次穩坐第一名寶座了說。」庚學姊搖晃著手中綠色液體的寬口杯，發出聲音，「僅以數分之差，沒想到保留實力多年的七陵學院越來越厲害了。」

保留實力？

說眞的，七陵的選手從開始到最後都蓋著臉，害我一直很好奇他們的長相。

對了，說到七陵學院，我好像有好一陣子沒有看見然，他不知道跑哪邊去了。在比賽之後我一直想找他道謝的，可是到七陵學院的選手休息室想問人時，才發現七陵的選手不知道什麼時候離開了，直接撲了一個空。總覺得好像有點遺憾。

「唉……好想找他們打一場。」五色雞頭的發言直接被所有人忽略過去。

一抹血色流光劃過我的視線，同樣在搖杯子的蘭德爾沒有說話，不過一臉若有所思的表情，然後可怕的不是他在發呆、是他手裡那杯東西。我總覺得好像有個圓圓像是眼睛的東西在裡面若隱若現地漂動著——

還是不要隨便亂猜對我比較好。

「不過最讓人意外的應該還是褚。」我聽見有人提我的名字，轉頭，看見夏碎學長笑笑地看著我，「冰炎說要把你當作候補時我還眞的嚇了一跳，想說應該很快就會被秒殺換人，沒想到褚的生命力還挺強、出乎意料之外。」

……你確定你是在誇獎我嗎？

爲什麼我聽起來好像是在說另外一種東西？

「同意！」一堆聲音此起彼落附和。

你們這些人不要隨便亂同意！

「喵喵本來以爲可以很快地在醫療班見到漾漾說，害我期待落空了。」喵喵用一臉很可惜的表情說。

請問妳在期待什麼！請不要隨便期待別人會掛掉好不好！

「不過這次比賽眞的很驚險，還好重傷的人不多。」她接著說話，席上的人都微微安靜了下來，「不管是黑柳嶺的人或是湖之鎭，幸好大家都平安歸來。」

我看見所有人都默默地舉起了杯子。

「爲我們的平安乾杯。」

※

我有一種他們會鬧很久的感覺。

看著滿桌子都在討論兩方比賽的事情，大部分都是我聽不太懂的法術術語等等還找來了紙筆寫寫畫畫的，大概坐了一會兒之後學長和夏碎學長有事情就先離席了，追在他們之後我連忙藉口要去廁所也跟著逃走。

走出餐廳之後，天色已經挺晚了，手錶上映著六點多的字樣。

大概因爲今天是假日也是比賽的最後一天，一出餐廳就看見學院裡點起了很多漂亮的小燈，較大型的庭院空間全都亮得像是白天，到處都可以看見很多人在聚會，有的還是其他學校的學生，大家都有徹夜不歸的打算。

我站在一片光海當中，一時之間不知道應該何去何從。

「很漂亮對吧。」輕輕的聲音在我旁邊響起，我偏過頭去看，不知道什麼時候管理宿舍的賽塔已經坐在我附近不遠的庭石上對我招招手，另外一邊站著的是行政人員安因，兩人中間有小石桌、上面擺著飲料和點心，看起來好像也在這邊坐了有點時間了。

環顧了一下，我才發現我不知道什麼時候走到花園一帶，不過這裡沒有什麼人，比起其他的地方安靜許多。

我不自覺地走過去石桌邊，驚覺時已經在旁邊站定了。

「精靈的邀請向來很難讓人拒絕，尤其是在美麗的夜景之下。」安因衝著我笑了笑，然後拍拍旁邊還空著的石椅，「休息一下吧，有時候坐下來才可以看見未來的路。」

所以我說他們很神，連我在迷惘時都可以很清楚知道。我在那個空位上坐下，桌上立即冒出新的空杯，杯子從底部開始冒出飲料，是之前我喝過的精靈飲料。

「好不容易今晚特別批許能夠暫時放下瑣事休息，何不好好地欣賞景色、留滯腳步。」賽塔衝著我微笑，然後我也不自覺地跟他微笑，「褚同學，你看的是景色呢，或是你看著的不是景色。」

我愣了一下，有那麼一瞬間我不知道應該怎樣回答起他的問題，「呃……應該是都看吧？」偷偷瞄了那個應該是在打啞謎的精靈一下，我不曉得回答對或是錯。

賽塔與安因對看一眼，兩人都帶著淡淡的笑意，「世界的啟示錄中，神給了我們能看見的景色與不能看見的景色，眼前所見的不一定是心中能見的，但是心中能見的，卻會影響眼前所見，所以神要我們洗淨心靈，審視你想見的景色，也洗滌矇蔽的黑暗。」

安因講著很模糊、有點像傳教的一番話，聽得我有點霧煞煞。

「在未知的時間中，精靈王教導我們須盡力而用心地面對，體會吹來的微風有什麼意義，側聽著流水聲帶來的訊息，你會知道充滿在空間當中的聲音有多麼重要。將來面對一切困境，讓心靈沉澱下來，就能藉由所得開闢新的道路。」像是在彼此交換心得也像是在說給我聽，賽塔看著滿天星子，這樣說著。

或許是我的理解力不太夠，我總覺得他們兩個應該在傳達什麼，可是又講得模模糊糊、似是而非。

「褚，你想知道爲什麼第一名是七陵學院所得嗎？」綠色的眼睛看著我，賽塔輕輕微笑著問著。

我點點頭。說眞的，我一直覺得七陵學院的人好像並沒有很活躍，但是出乎所有人意料之外，他們就是拿下了大會的冠軍。當然，我相信一定不會有偏私的評審，畢竟這個世界的規則跟我們那世界不一樣，要是作弊被知道了大概會死得很難看。

在這種情況下，我眞的非常好奇七陵學院奪冠的理由。

「同樣是湖之鎮，同樣是群體對上了鬼王高手，爲什麼七陵學院的人在破解封印之後又交手，卻沒有明顯地受傷呢？」端起飲料搖晃著杯子，安因發出問語。

對喔，我好像眞的沒有看過他們受大傷，頂多是一些小傷口之類的。

「沒有任何袍級的七陵學院能夠順利參加大賽且進入決賽更奪冠，眞不曉得這是他們學院最頂尖的高手或者只是眾多高手中的其中一環。」聽著安因的話，我仔細回想起來，七陵學院的人眞的都很有一手，就連碰巧遇上的然都一樣深不可測。

可是話又說回來，他們不是什麼傳說中的祭咒學院出來的都是法師之類的嗎？按照常理來說一般法師應該是很弱要站遠遠然後一不小心被打到就會掛的那種吧！

爲什麼他們會很少受傷？

完全理解不能。

「若你想知道關於七陵學院能夠獲勝的事情，相信下一個花園轉彎處的解答能夠稍微替您解決一些疑惑。」賽塔伸出手，指著花園最末端的長廊轉角。

解答？

長廊上一個人也沒有。

「不好意思，那我先告辭了。」我相信賽塔應該不會隨便拐騙我，如果是其他人就算了。但是因爲說的人是他，所以我相信那個地方應該會有他們所說的答案。

「請便。」

※

轉角有什麼？

說眞的，我根本不知道。

走過長長的花園走廊之後，四周的燈越來越暗，這裡沒有別人，整個感覺就是陰森到不行，現在如果突然衝出個什麼東西來的話應該是算很正常的。

不過現在只有我一個人，所以拜託各位老大……不要整我！

我一邊走一邊開始發毛，然後按著手環準備要是有啥東西突然衝出來就先給他個致命一擊再說。這裡一個人影也沒有……

「你自己明白這次團隊會輸給七陵學院原因是何嗎？」轉角之後，我突然聽見小小的聲音，像是有人在對話。我立刻煞住腳步，轉角之後看見的居然是那個藉口說有工作要先走的學長在不遠處，旁邊的長廊欄杆上坐著鏡董事，然後地面上還拉出一道長長的影子，不過從我這個角度看不到那個人是誰。

發話的聲音不是學長也不是鏡董事，應該是那個陌生人。

「知道。」學長半是靠在欄杆上，看來是放鬆的狀態，可見那個人應該也是他的熟人。「七陵學院的選手太團結了，連放棄資格都是同進退，就某方面來說，他們的確在能力上、判斷、思考與團結等各項總結後，我認爲取得首冠是理所當然的事情。」

……原來他們在開賽後檢討，我突然覺得我應該不能偷聽。

可是我的腳又黏地板黏得很緊，潛意識就是想聽看看這次比賽的優缺點。

「七陵學院這次來意並非首冠，但是在此種狀況下他們還是脫穎而出，的確是歷年來罕見的隊伍……嗯，應該說幸好七陵學院並非我們的敵手。」鏡董事支著下巴，稚氣的面孔上勾了微笑，「能與他們結盟算是很幸運的事情，畢竟七陵學院幾百年來從來不跟外人打交道，難得他們會主動與我們學院結盟，小冰炎你可要當好中間人喔。」

學長皺起眉，「可以去掉那個小字嗎，我已經不小了。」

雖然聽過好幾次，不過每次聽見學長用敬語跟人家說話我都覺得很怪，那種感覺要怎麼形容……就好像有一條海參掉在你頭上一樣，整個不自在。

鏡董事站起身，雙手扠腰，就某方面來說還算是很可愛的動作。「哼哼，跟我們三個人相比，你算是小到不能再小了，小～冰炎！」她還刻意加重那個小字。

說眞的，我很少看見學長吃癟，不過眼前就一個。

「別玩了，鏡，我們這次來的目的只是監督比賽的進行，回返無殿之後還須商討相關事宜。」那個陌生人開口，很沉靜，幾乎讓人不知不覺跟著沉澱下來的聲音，並非很嚴肅而是令人能平靜的感覺，「除去耶呂之外，其餘的兩大鬼王都已經開始有了動作，這代表你揹負的任務會更加吃緊。」

看著另一人，學長點點頭，「另外，殊那律恩鬼王那方面……」

「這你不用擔心，殊那律恩目前還在休隱狀態，且你應該也了解依照他的個性絕對不會參入其中，所以你們可以安心對付景羅天以及比申，後續處理我們會再告訴你。」陌生人的聲音很淡，有時候要很仔細才能聽見他的聲音，「殊那律恩與其他鬼王不同，你不須要特別提防他。」

「我明白了。」學長頷了頷首，沒再發出相關詢問。

「對了，你與烽云凋戈契合度如何？我們接收到烽云凋戈以及冬翎甩二次變化的波動，但是你應該記得烽云與冬翎是不同的，太過著急使用的話，只會提早引來不必要的麻煩。」淡淡的聲音又起，這次變成武器詢問。

「對付安地爾，若不將烽云凋戈解除第二變化，很難能平手。」看著那個人，學長的表情變得有點嚴肅，「但是已經那麼多人聯手還是讓他脫走……」

「這就是你們團體能力不夠，對上安地爾時，你們是各打各的、或是全體配合，你仔細回想看看就知道了。」冷淡的聲音依舊沒有起伏，可是我聽的感覺卻有一點寒意，「安地爾的實力眞的有那麼強嗎？就我們而言，不管是鏡、扇或者是我來說，他連聯合對付都不需要，而你，是我們三人直傳的出身，你雖非拜鏡、扇爲師，但是也學習了他們不少東西。在這之後，你回想起與鬼王第一高手交鋒時刻，他眞的有你們想像中那樣強嗎？」

「我認爲竭盡全力，應該可以勝過他，但是每次交鋒時都處於不佳的狀態，感覺好像是他刻意挑選時機。」學長環著手支著下巴，像是突然想到什麼。

猛地，鏡董事一拍手，「小冰炎，你說到重點囉，耶呂鬼王的第一高手安地爾曾經是醫療班出身，他會刻意挑時機來對付你們也是正常的，你想想，在你最佳狀況時候有受過攻擊嗎？」

學長搖搖頭。

等等，耶呂鬼王的第一高手？如果沒記錯，我記得變臉人應該是比申惡鬼王的第一高手吧？是我聽錯還是他們說錯，爲什麼好幾次都好像聽見他在說是別人的高手？

「不管是不是最佳狀況，只要是輸了就沒有其他藉口，判斷敵人實力與結合能力對付，你應該很早就學過，所以這次學院競技之後，希望你可以好好地重溫這一點。」

「是的。」學長低下頭，微微一抱拳，「謝謝鏡董事與師父的指教。」

師父？學長的師父？

我超好奇他是誰！

就在我想更探出一點頭偷看時，猛然從後面出現一隻手摀著我的嘴巴把我往後拖。

出現了！學院裡面的特產XXX！

我一把想要抽出米納斯，後面立即有一隻手壓住我手腕放置幻武大豆處，「褚同學……槍可不要亂開。」

熟悉的聲音？

被拖了有一段路之後對方才放手，我一回頭，果然看見俗稱會計部小氣鬼、盡量少靠近的夏卡斯先生一位。「你如果在學校裡面亂開槍打壞東西，嘖嘖嘖，那個金額可能會把你吸乾喔。」他露出詭異的笑容，開始數著手指。

我一秒把手環藏到背後。

是說，怎麼今晚走到哪裡都會碰到維持學院運作的人員？

你們是工作完畢所以被集體放風了嗎？

「那個……有事嗎？」我不太明白他幹嘛突然把我拖走，是想玩鬼殺人遊戲嗎……

「沒有，不過剛剛路過時有人叫我順便把你帶開，因爲在那邊偷聽太久對你來說也不是什麼好事，畢竟、有些事情只要知道該知道的部分就夠了，剩下的就還給人家師徒一個清靜的空間吧。」聳聳肩，傳說中盡量少靠近的小氣鬼這樣告訴我。

被他這樣一說，我才想起來一件慘事。

完了，剛剛我一邊偷聽一邊想，學長絕對老早就發現我在偷聽了。

現在黑館還可以回去嗎？會不會被殺掉啊……

「對了，你說有人叫你來把我帶開？」知道我去那邊偷聽的人不多，尤其這裡還滿偏僻的耶。

「喔，一個精靈和一個天使在路邊花園喝茶，等等一起過去吧，他們說如果你知道答案了，就剛好可以回去享用剛烤好的蛋糕，配合精靈的茶水是最美味的東西。」夏卡斯聳聳肩這樣告訴我，「還有，閉幕的煙花秀快開始了，繼續在這邊耗時間你就會錯過喔。」

是說，我除了知道答案外，現在多更多的東西叫疑問，不過另外一個東西先吸引我的注意力了。

「煙花秀？」今天放的煙火還不夠多嗎？

我有種好像會空氣污染的感覺。

「是啊，慶祝大競技賽順利結束的傳統煙火。」

就在夏卡斯話語落下同時，像是印證他說的話一般，一抹流火從黑暗的天空中劃開，然後一聲轟隆巨響，我看見漫天彷彿打翻星子一樣散開無以計數的亮光。

「開始了！快給我跑！」

「啊啊——！」

於是，那一晚學院的天空特別燦爛，轟隆轟隆的煙花秀直到凌晨時分才停止，壯觀得令人讚歎。

大競技賽，結束了。

一切、所有的一切……包括那些令人不快的……

第十一話　挑戰者

地點：Atlantis
時間：上午十一點零八分

競技賽正式結束之後，我的生活就重回原本的平靜……大概是。

想想，基本上就算原本不怎麼平靜，在經歷過大賽之後，小小不怎麼平靜的生活突然就變成最平靜不過的生活。這個故事就是告訴人要知足，等你被狠整之後重回平日，你就會感謝老天原來你平常生活是這樣可愛了。

我再也不覺得上課上到一半門口突然傳來尖叫聲音是很奇怪的事情了。

果然，人類的習慣是一件非常恐怖的事。

糟糕，該不會下次等我回到原來世界之後打開門沒聽到尖叫聲反而會覺得怪異吧？我必須想辦法矯正回我原來的感覺才對，不然我遲早也會變成外星人！

四周的討論聲斷斷續續地一直傳入我耳中。

週三的時間，大家空堂都沒事幹。難得我們班的不良老師會出現在班級上閒逛，「各位同學，快要學期末了，老師現在把調查單發下去你們把學生資料填一填順便寫一些學期感想。記住，如果給我亂寫的話，當心老師會很客氣地好好招呼你。」

……眞的是好和平的生活，眞的、非常和平。

一張表單發過來，我仔細看上面，很正常嘛，都是些基本資料，翻過來背面就是學期感言。

我這學期有什麼感言啊？

麻煩大家不要再把我拖著跑讓我用兩腳走路好嗎？

「漾～你寫怎樣？」位子應該不是在我前面不過不知道爲什麼會坐在我前面的五色雞頭回過身，把他的單子大剌剌地放到我桌上，完全無視於我們班同學對我投過來的異樣眼神。

好、我知道，他是人人都怕的殺手，我知道很久了。

「這位同學，感想不要找人討論好嗎。」班導不知道什麼時候出現在五色雞頭後面，一把抓住他的頭往回轉，「你如果很喜歡討論，等等老師可以陪你聊個過癮。」

「嘿，用手聊好不好。」五色雞頭很不知死活地還回這句。

他的單子抽回去之前，我很明顯地看見上面寫了一句感言：沒殺到半個不順眼的傢伙！

老師，謝謝你把他轉回去！

「同學，我看你手不夠應該手腳並用吧。」完全不在意對方挑釁的班導很快地挑釁回去。

「哼哼，一隻手就夠了，本大爺從來不欺負弱小。」

五色同學，基本上我個人覺得弱小應該是你才對吧……

「眞巧，老師我特愛欺負弱小。」

「來試看看啊！」

教室的氣氛一瞬間整個緊張了起來，對上火的兩個人完全有把教室給拆爛的意思。

「老師，A班有人找你。」一派輕鬆自然的歐蘿妲介入正要大打出手的兩個傢伙當中，完全無視於熊熊燃燒的戰火，然後很自然地把老師給拖走，另一手還拿著整疊的資料開始報告，「還有，期末導師會議上有提出幾件報告老師還沒簽章……」

說眞的，我覺得我們班的班長比較像祕書小姐。

「喂，等等，我……」對手被拖走的五色雞頭馬上抗議。

「給我閉嘴！回到你位子上不要騷擾別人！」完全不容別人抵抗的班長在推走班導之後直接把五色雞頭也給踢走。

教室馬上整個恢復和平。

「漾漾，等等中午要去餐廳吃午餐，你要不要一起去？」應該不是坐我旁邊、不過也坐在我旁邊的喵喵趁著五色雞頭離開時偏頭問我，看樣子就算是大賽過後，她也不是很喜歡跟他打交道，「千冬歲和萊恩也會去喔。」

「我都可以啊。」快速地把學期感言寫完之後，我把表單翻過來蓋住。旁邊人口流動率太高，被看見我會不好意思。

「那中午時餐廳見喔。」喵喵很樂地離開位子回到她眞正的座位上去，被驅逐的原座主人才很悲慘地回到原位。

啊……眞是好平靜的校園生活。平凡人如我現在覺得非常滿足了。

就在小花開滿頭的那瞬間，我們班教室突然被人一腳踢開，某種被輾過去的尖叫聲傳遍整間教室，原本還在寫感言的其他同學全都抬起頭來。

難得沒出去逛街散步的教室外頭走廊上站著一個女孩子。

很眼熟，可是沒有什麼印象。

那個女孩子環著手、穿著白袍，小小的腦袋兩旁各綁了一束長髮，感覺上挺強勢的一看就知道是那種有點難相處的類型。「把你們班上的褚冥漾叫出來！」她揚高了銳利的聲音大喊。

所有人都把視線往我這邊看來。

我？我不認識她啊？

「喂！叫你還不出來！」那個女孩子發現所有人都在看我，然後豎起礙眼的手指對準我，「你不會沒能力還是個孬種吧！」

基本上，雖然她話很刺，不過說得還挺正確的，因爲我個人眞的沒什麼能力而且說眞的也沒什麼種……不過話說回來，我怎麼想也不覺得我認識她啊？

難不成是哪天在某個地方還是做了什麼事情得罪到她嗎……糟糕，完全沒有印象。

我還沒說話，本來已經寫了好一陣子感言不理人的千冬歲霍地站起來整張椅子被往後擠開，然後推推他的厚片眼睛發出久違的精光一閃，「這位B部的女同學，如果在找人之前不先自我介紹就闖進來，就有厚臉皮來找男友的嫌疑。」

……這位仁兄，你想太多了吧。

千冬歲一說完，抬頭看那個女孩子的人更多了，而且大部分都是帶著某種看戲的表情。

「什、什麼男友！」女孩銳利的聲音揚起，很明顯有短暫幾秒鐘愣了很大一下，「我是一年B部的白袍、莉莉亞！」

莉莉亞？

好耳熟的名字……啊！我知道她是誰了！

那個某天早上追捕元蟲然後在背後說別人壞話的女生！

「褚冥漾！給我出來！」然後她繼續叫囂，完全不在意整個班級的人都在盯著她看。

雖然我認出來她是誰了，可是我還沒有得罪過她的印象啊？

「同學，單挑可以找我，相殺更可以找我，本大爺絕對會殺妳到妳心滿意足、死無葬身之地！」這學期的感言是沒殺到人的五色雞頭突然很樂地蹦到門口，唰地一聲秀出他的獸爪，幾個本來在門邊看好戲的人紛紛閃避怕被波及到。

「我要找的是褚冥漾，你這個羅耶伊亞家的路人甲給我滾開！」莉莉亞驕縱地冷哼，看起來眞的完全就是非常不好應付的那種大小姐類型。

「妳說我是路人甲！」五色雞頭揪住心窩，一副大受打擊的模樣還倒退了兩步，「我待妳這麼好，妳居然這樣對待我，完全不待念過往的情誼……」

他開始上演他的芭樂劇專長，旁邊所有圍觀的人腦袋上同時都掉下許多黑線。

爲了打破窘境，我正想起身去看看那個莉莉亞想幹嘛，一動，某個力道壓住我的肩膀，讓我立刻坐回位子上，「等等。」不知道從哪邊飄出來的萊恩收回手，用著某種很像鬼吹風的語氣說話，然後很快就消失在背景當中。

「誰跟你們這些羅耶伊亞家族的人有交情！給我滾開！」依舊高傲的莉莉亞完全不把五色雞頭放在眼中，斥喝得非常自然。

根據我對五色雞頭的了解，他應該不是會乖乖被罵的人吧？

五色雞頭還是一副被打擊的模樣，「妳、妳既然如此絕情，那、那……那我也不客氣了！」

就在那一秒！那神奇的一秒！我看見獸爪啪地一聲毫無預警地直接把人給揍出去，然後伴隨著啊啊啊啊逐漸變遠的聲音和某種撞破走廊玻璃的巨大聲響，莉莉亞在我們眼前變成一顆美麗的流星。

她是女生耶……這樣打會不會死人啊！

「既然妳對我絕情，就別怪我心狠手辣！」五色雞頭拍拍獸爪，一秒從離棄家庭劇變成奸險的凶殺案，「吾人生平最愛辣手摧花，遇上吾人算妳流年不利、倒楣至極！」

基本上，我已經不太想了解他這些台詞都是哪裡學來的了。

門發出尖叫聲又被踢上，全班同學又低頭開始寫學期感言。

啊……眞是和平的日常生活……

應該是。

※

莉莉亞帶來的麻煩當然不可能因爲她變成流星而結束。

就像每部電影動畫小說都會演的，越是麻煩的人生命力越堅強，尤其是在我們學校有神奇的結界以及超強的醫療班之下——

「褚冥漾！我要跟你單挑！」中午午餐時間，當我們一群人坐在同一桌吃飯時，那個變成流星飛出去又變成隕石飛回來的白袍莉莉亞帶著一身繃帶重新出現在我們面前。

我手上的湯匙掉下去，咚地一聲跌到咖哩餐盤裡，湯匙立即發出細小的怒罵聲——因爲實在太細小了，所以根本沒人知道它在吼些什麼……但是這提醒我下次要自備湯匙，我之前都不知道湯匙有聲音！

太可怕了！難道之前吃飯都跟某種異次元生物在間接接吻嗎！餐廳也太無良！

吃著和風涼麵吃到一半的千冬歲優雅地放下手中筷子，然後推推眼鏡發出精光一閃，「同學，女生太過死纏爛打身價會跌到谷底喔。」

一針見血。

莉莉亞的臉馬上一陣青白變化，幾秒之後她立刻下定決心不再聽千冬歲的話，轉過來直接指著我的鼻子尖著聲音說：「我要挑戰你！看你到底有什麼本事參加大競技賽！」

原來是因爲競技賽的事情。

我想起上次聽見她的抱怨，這場大競技賽還眞是不少事後麻煩。

「莉莉亞同學，競技賽都過好幾天了，妳現在才來挑戰會不會太遲一點？」不太喜歡用餐被打擾的喵喵放下手中的刀叉，語氣不善地問。

「哼，競技賽時有規定不能私下去找選手較量，當然我要等競技賽完才來！你們這些C部的人以爲大家都跟你們一樣沒常識嗎！」可能還有種族階級觀念的莉莉亞用鼻孔說話，而且還噴了好大一口氣，讓我覺得她的鼻孔應該頗大的才可以噴出來這些氣。

糟糕，五色雞頭去白園吃飯了，沒人可以打飛她。

一個重重的拍桌聲傳來，本來消失在座位上吃飯糰的萊恩把東西放下，然後從口袋中抓出一條可能是綁便當用的橡皮筋，「妳敢污辱雪野、史凱爾、鳳凰三家族！」頭髮後面的眼睛發出可怕的閃光，「萊恩．史凱爾讓妳踏不出餐廳大門！」

萊恩，你對同學的心眞讓人感動，可是你有沒有覺得在場應該是四個家族而不是三個。

莉莉亞可能有點忌憚地倒退一步，不過臉上還是那種很高傲的表情，「哼！我、我要針對的是褚冥漾！跟你們這些人沒關係！」她還很識相地趕快改口。

我注意到萊恩面前的桌子出現了一個凹陷的掌印。

「一切都來不及了！」僅次於變臉人之後的始祖變臉人萊恩一把將頭髮綁起來，目光凶狠，整個馬上變成另外一個人，「污辱者，唯死一路！」

原來萊恩很重視名譽，我懂了，以後要小心不要踩到他的地雷。

莉莉亞又倒退一步，發狠的萊恩逼近一步，然後他們就在這種退退退進進進還頗像某種舞步的狀況之下直接走出餐廳範圍，消失在所有人的視線當中。

說真的，我還是搞不懂莉莉亞想幹什麼。

「對了，聖誕節好像快到了耶。」

首先開口說話的是很喜歡活動的喵喵，說的是完全不相干的另一個新話題，「大競技賽時錯過了萬聖節活動，本來學院每年都會舉辦萬聖節遊戲的說，剛好今年撞期了，真期待聖誕節不知道會有什麼有趣的遊戲。」她繼續切著盤子裡的肉排，興致盎然地說著。

「聖誕節活動？」我疑問，以前在國中時也曾慶祝過聖誕節啦，就是大家一起交換禮物唱唱歌玩個小遊戲什麼的，難道這邊也流行嗎？不會吧？

「對啊，學院每個節日都會舉行活動，漾漾第一次遇到可能不曉得，不過都很好玩喔！」露出甜美笑容，喵喵立即陷入美麗的往事回憶當中，「像去年，舉行了大型的獵殺聖誕老人活動……」

等等！我有沒有聽錯！

「獵、獵殺？」那是什麼靈異的名詞！妳用那種可愛的臉在幻想些什麼東西！

「其實也沒聽起來那麼嚴重，只是殺幾個聖誕老人而已。」千冬歲用一種應該是在說正經話的態度告訴我，「活動都有紀錄下來，漾漾如果想知道的話可以到圖書館借用相關的紀錄影片，你就會知道去年活動有多混亂了。」

我突然不想知道他們上次聖誕節的活動是什麼了。

「後來還有交換遊戲的活動，喵喵上次換到一隻有青蛙身體的人面魚，好可愛，不過後來被千冬歲的食人鯊吃掉了。」喵喵橫瞪了一眼正在很優雅吃麵的同學。

「我換到的食人鯊後來被妳的貓王吃掉了不是嗎。」千冬歲推推眼鏡，哼了一聲。

請問你們交換禮物都換些什麼東西……一般禮物不是應該都是杯子時鐘筆記簿甚至原子筆這些正常便宜又可愛的生活用品或是禮品嗎！

「好期待今年聖誕節喔。」喵喵發出夢幻的一嘆。

那個……其實我有點不太想過聖誕節了，不曉得聖誕節能不能自行回家過？我相信我回家應該會比較快樂，真的。

「說到聖誕節，中秋時也撞上大競技賽沒有休假，已經連續錯過兩個大節日了。」千冬歲放下筷子，碗裡面已經很神奇地連一滴醬汁都沒有了，「漾漾，聽說中秋節你所在的國家好像都會開始烤肉吃月餅對吧。」

「哈哈……差不多啦。」至少我是從小烤到大的那個。

等等，說到中秋，我有一種會完蛋的感覺，因為我連中秋都沒有回家，老媽不把我掐死才怪。最近要趕快撥個時間回去才行。

「雪野家族都會去高山無人且靈氣旺盛之地賞月。」

「咦？喵喵的國家沒有中秋節。」應該是外國人的喵喵皺著臉說，「我也想要去靈異的山上烤肉和吃月餅、賞月。」

這位小姐，不要綜合在一起說，聽起來有那麼點怪。

「學院幾乎沒有舉行中秋節活動，因爲每年中秋那段時間都會各自返家，各地的民俗風情差異太大，所以在這方面學院是不干涉活動的。」不知道什麼時候已經回到座位上的萊恩突然開口，把我嚇了一大跳，「像我所在的國家也沒有中秋節活動。」

話是這樣說沒錯，好像中秋只有東方國家在過。

「喵喵想要烤肉。」眨著漂亮的大眼睛，喵喵用一種很渴望的表情看著我，「還有去靈異的山上吃月餅、賞月。」

那個靈異的山上妳可以省略了。

「如果單純是烤肉吃月餅的話，在學院裡面就可以辦了。」千冬歲推推眼鏡，閃了精光。

「不行！一定要有靈異的山！」不知道爲什麼突然堅持要靈異山的喵喵開始耍賴，「在靈異的山上烤肉和吃月餅、賞月，這樣才好玩。」

妳只是想要「好玩」是吧。

「烤肉……」

某個滴滴答答的聲音從我旁邊響起。

轉頭，我差點又被嚇一跳。

是怎樣！大家最近都流行無聲無息出現嗎！

某條黑蛇小妹妹一邊流著口水，眼睛金光閃閃地看著我們，然後正坐在桌上。

妳到底是從哪裡冒出來的！

※

「我堅持要去靈異的山上烤肉、吃月餅！」

「小亭也要去靈山吃月餅肉！」和喵喵很快變成同一陣線、完全不知道她從哪邊冒出來幹嘛的黑蛇小妹妹舉高了手很興奮地說著，「肉、肉、肉，山上有好多會走的肉……」

喂！妳搞錯烤肉的肉定義了！

「如果要去外面烤肉的話，大概計畫一下很快就可以實行了。」動腦很快的千冬歲拿出一套紙筆，馬上開始寫寫擦擦，效率快得讓人來不及制止。

「那個，我……」我想說不要把我排進去，因爲每次跟他們出門都很可怕。

「肉肉肉～一定要有肉！要有會走會跑會跳生命力旺盛的帶血鮮肉！」一秒打斷我的話，小亭直接黏在千冬歲的紙旁邊開始吵鬧。

「烤飯糰。」萊恩很直接地點餐。

聽說……這好像只是計畫而已，爲什麼直接跳到食物準備了？

「喵喵可以幫忙準備很多小點心喔，另外我們還可以約學長他們一起出來烤肉，人越多越好玩呀。」喵喵捧著臉很高興地說著，然後扳著手指開始數算人數。

我發現，情況好像朝著某種奇怪的方向開始失控……到底是誰先提起烤肉這件事情的！

「對了，我們都沒有烤過肉，聽說烤肉還要很用心堆疊木炭，這樣烤出來的東西才會香。」在場唯一的正常女性這樣說著。

……你們是從哪裡聽來這個錯誤消息的？

其實每年我家烤肉都是隨便把木炭丟一丟火生起來就直接烤下去了，誰有那個閒情逸致去用心堆疊木炭啊，不給後面等吃東西的人踹死才怪。而且近年來因爲科技發達，還很多人都是用噴火槍去把木炭噴紅就直接拋進去了，很用心去堆疊的大概也不多了吧。

「放心，我腦袋中有近百種堆疊木炭的方式。」搖搖筆桿，千冬歲很認眞地說。

……

你們瘋了。

我突然很想抽腿逃跑。

「要補中秋烤肉的話，最近好像冬至也快到了，要不要一起煮湯圓？喵喵有學過喔！」很樂地開始計畫食物的喵喵這樣說。

「與其煮湯圓，要不要煮火鍋還比較吃得飽？」飼料是飯糰的萊恩居然提出不是飯糰的食物。

「呀！喵喵也想吃火鍋，那就一邊烤肉一邊煮火鍋好了！」

「肉肉肉～要有新鮮會動帶血的生肉～」

你們瘋了！你們眞的瘋了！

就在我起身正要偷偷逃走的那一秒，所有人馬上把視線轉過來對著我，害我當場一愣完全不敢亂動：「怎、怎麼了？」你們這樣看我我會怕。

「漾漾，約學長的任務就交給你了喔，我們負責張羅食物。」喵喵可愛地甜笑。

「我、我……」我有種騎虎難下的感覺。到底是哪個笨蛋提到烤肉跟火鍋！

「小亭也會回去找主人～」樂翻了的黑蛇小妹妹轉了一個圈，到現在還是沒有說出她的來意。我猜她就算有任務，大概也因爲烤肉跟火鍋而忘光了吧。

「那就這樣決定了。」千冬歲的判官筆一下，就此定案，讓我連反駁的機會都沒有，「我會去找一座靈山來當地點。」

還靈山勒……

看著餐廳的天花板，我有種無語問蒼天的感覺。

我的平靜校園生活……

※

所以我說，每次跟他們在一起都不會發生很正常的好事情。

「漾漾，要加油約到學長喔。」臨別之前喵喵送給我這樣一句話。

下午吃飽將班上雜事處理完之後，我帶著被指派的艱難任務站在黑館的房間門口，當然，就是我被指派任務達成對象的門口。

爲什麼我還眞的要來邀請學長啊？明明你們一通電話還是簡訊就可以馬上溝通的不是嗎？這麼大費周章是爲什麼？

要是被當面拒絕不就很尷尬了嗎？而且，這個時間學長也不知道在不在房間，他很經常沒事情到處亂跑還是接任務三天兩頭不在的說。如果他一直不回來我不就要在這邊站到他回來……

「褚，你站在我門口幹嘛！」

說鬼鬼到！

就在我決定往後轉回房間用手機聯絡時，冷颼颼的聲音從我腦後冒出來，當場我有一種會變成冰棒的錯覺。然後，我僵硬地回過頭，果然看見有塊冰站在我後面，「呃……也沒什麼大事……只是要問你……」要不要去烤肉和吃火鍋而已。

我的話只說了一半，然後、愣掉。

學長後面還站了一個人，剛剛整個注意力都放在學長身上沒看見，現在人走了兩步站到學長旁邊，整個就相當明顯。

是一個大美女，那種妖艷的紅髮大姊，外國人的五官以及……挺豐滿的身材，就是那種以前學校班上男生看到會轟動的類型；感覺好像看見某種電影明星的樣子。

那位紅髮大姊穿著黑袍，上面有我們學校的徽章。

奇怪，黑館裡有這樣的人嗎？我沒有看過她的印象。

紅眼瞇起，很明顯已經自動自發讀取我的心聲。

基本上，學長只要沒有任何表情和動作，都很難猜到他現在有什麼想法。

「等一下。」意外地，學長的口氣還不算差、平平淡淡的很一般。他轉過頭跟那個大姊講了一下話，那個大姊點點頭回了幾句，因爲我聽不懂他們的語言所以沒有辦法自動翻譯，就傻傻地站在原地等。

大約講了一會兒話之後，那位大姊勾了勾唇，接著突然轉過頭看我，「嗨，小朋友，我是樓下房的奴勒麗，之前在外面出長期任務今天才回來，以後也多多指教。」她很和善地跟我打了招呼。

看來是個好人，「妳、妳好。」我連忙也打了招呼。

「奴勒麗是學校行政方面的人，是負責學校安全的行政單位之一，如果以後碰上類似安地爾那方面的人或是不友善的事情，除了我們之外，你也可以找她或者是相關單位尋求協助。」學長介紹了那位大姊給我認識，聽這樣說起來好像是一個很強的高手，難怪會在外面出任務。

「小朋友，這是我的手機號碼，你可以隨時聯絡我喔。」大姊衝著我拋了一個飛吻，然後我馬上石化整個人呆住，她發出吃吃的笑聲，將一張寫著一排數字的紙塞到我制服胸前的口袋，

「另外，大姊姊很歡迎你這種可愛的小朋友來玩喔，我的房間就在你底下一層，轉過去看見紅色飾品的門就是囉；有空可以來泡茶吃點心聊聊天。」她的手指畫過我的臉頰，紅色的指甲還輕微地勾過去，我整個人馬上發毛。

好像有哪種地方不對勁！

「好了好了，不要騷擾新人，妳還要回公會報告任務。」一邊推著那個大姊往樓梯走去，學長很難得會發出請人離開的聲音。

「唉呀唉呀，冰炎也是很可愛的小朋友哪，有空記得帶著你的小學弟來玩喔。」奴勒麗一邊笑著一邊走下樓梯，整條走廊上聽見的都是她的笑聲。

就在她轉身的那一秒，不知道是我眼睛抽筋還是腦袋抽筋產生幻覺，我居然看見一條……某種黑色的尾巴在她身後晃啊晃地跟著下了樓。

那條尾巴怎麼看怎麼眼熟，感覺好像經常在某種地方看過，尤其是漫畫和遊戲上。

學長環著手走回來，表情還是一點變化都沒有，「別介意，奴勒麗是惡魔一族，喜歡開玩笑。」

惡魔……惡魔一族……

我們黑館裡面是妖魔鬼怪之窩嗎？爲什麼吸血鬼惡魔全都有！還有天使也住在這邊是怎樣啊這個龍蛇混雜的地方！

另外，爲什麼惡魔會負責校園安全啊！你們用人的標準到底是怎麼回事？

我突然覺得這所學校一點都不安全了。

「你們要去哪裡烤肉吃火鍋？」學長猛然殺出一句話打斷了我的思考，我突然才想起自己原本要來幹嘛的。

「喔喔，還不曉得耶，小亭跟喵喵說要去有靈氣的山上補過中秋節，要一邊吃火鍋烤肉一邊賞月。」我越說越小聲，因爲這個聽起來還滿像某種餿主意，說眞的如果有人突然問我要不要去靈山上烤肉吃火鍋，我一定以爲他神經抽筋了。

「……」學長無言。

「呃……應該滿多人要去的，學長你要不要去玩玩順便放鬆一下？」不然我覺得你平常生活都很緊張，按照常理來看，神經線應該會在二十歲之前綳斷，然後就會麻木不仁失去生活的美麗意義。

啪地一聲我的後腦馬上被砸。

「在我斷掉之前，我會先讓你斷。」學長冷笑得有點可怕，完全讓我覺得他應該眞的會這樣做，「高山有靈氣又可以看見月亮的話我倒是知道一個地方。」

「嘎？」我愣了一下，沒想到學長居然會提供地點資訊。

「水之妖精的守護聖地。」他用很認眞的表情這樣告訴我。

「……」那種地方可以烤肉吃火鍋嗎！

妖精聖地耶！

你別隨便把腦筋動到別人家的聖地吧！要是被抓到怎麼辦？

……等等，水之妖精族的聖地？

我認識的人裡面有三個剛好是水妖精，更剛好的是聽說他們好像也是什麼×××聖地使者。

「和雅多他們打一下招呼就可以進去了。」把別人聖地視若無物的學長完全沒有感覺什麼不妥、還理所當然地說道。

問題是，那個地方本來就不能烤肉啊！

你有聽過誰在聖地裡面烤肉外加煮火鍋的嗎？沒有吧！根本沒有人會這樣做的吧！

「放心，我說可以就可以。」學長一秒抽出他的專用手機撥打電話。

我很想撲上去幫他掛掉電話，可是我不敢。

某種「糟糕了」的感覺充滿我的腦袋。

如果千冬歲他們眞的要去聖地烤肉……我到底要不要去……

拜託，別整我了。

「雅多他們說很歡迎大家過去。」

幾秒之後學長用非人類的速度說完掛掉電話，發出了這樣讓我腦袋黑線的消息。

雅多……那個應該是你們的聖地吧？難道你們的聖地眞的有開放讓人家烤肉外加吃火鍋嗎？

你一點都不擔心聖地的大自然會被破壞嗎？

我開始懷疑他們到底是不是守護人了。

「雷多說因爲他們要跟伊多一起留在聖地，所以學院聖誕活動他們不能參加，如果要用聖地郊遊的話，要所有人都帶禮物過去交換。」學長補充了愛笑神經病的條件。

很好，現在除了去烤肉吃火鍋之外，還多了一個交換禮物。

啥鬼啊！

「既然這樣的話，乾脆安排在聖誕夜過去好了，順便把聖誕活動過一過，學院每次舉辦的都太麻煩了，今年不參加也沒關係。」說著，學長完全無視於我內心快扭成麻花卷的掙扎，動作很快地就已經撥出下一通電話了，「千冬歲？你們要去的地點我可以提供……」

他很直接就打電話過去找策劃人。

等等！我應該沒說過是千冬歲負責的吧！

你從哪知道的！

鬼！你們這些人都是鬼！

我倒退了一步想逃走，才剛踏出去，後面正在講電話的學長立刻伸出手準確無誤地一把揪住我的領子讓我逃不走。

很快地，學長掛掉第二通電話，那種速度會讓人懷疑他應該曾爲了減少手機費而養成了長話短說的習慣。

說到手機費，我好像從來沒有繳過耶？

拿到那支不用充電的手機應該也有好一段時間了吧？除了不用充電是個謎之外，連帳單也是個謎。沒繳費的手機應該老早就要被停用了吧，可是它到現在還可撥可接，一點影響也沒有。

「手機使用不用花費，因爲是用咒術傳送的，只會消耗使用者些微的精神力。」學長啪地聲砸了一下我的後腦，如此說明。

精神力？手機是吸收精神力？

那不就是用久了會腦衰竭的手機嗎！這麼危險的手機你們爲什麼敢用！

我看到學長握起拳頭，我馬上往後退了一步，「當我沒想、拜託當我剛剛什麼都沒想。」我不想在幾分鐘之內連續被擊頭。

白了我一眼，學長才繼續剛剛的話：「地點就確定是聖地了，另外千冬歲說如果要準備禮物的話就要快點準備，因爲過兩天就是平安夜了。」

我、我……我從頭到尾都沒說過我想參加吧？

一種趕鴨子上架的感覺浮現，我就是那隻鴨子，聖地就是那個架。

嗚，爲什麼老天要這樣對我。

「禮物……禮物我不知道要去哪買。」我也不太想去靈異的商店街，那邊有時候會買到很奇怪的東西。

「禮物到處都可以買，如果你想不到，回去你的世界買也可以。」學長鬆開抓我領子的手，提供意見。

「回去買？」耶，這個好像是不錯的意見耶。回去我原來的世界我反而比較知道應該買什麼，而且算算時間，現在應該每處商家都在大推聖誕禮物了吧。

「如果你要回去買，擇期不如撞日，現在走吧。」

「欸？」我愣掉。

學長用疑惑的表情看我，「我也順便去買一買省事不行嗎？」

我懷疑我如果說不行會被他三度敲頭。

「可以、當然可以！」

很沒種地，我馬上點頭。

第十二話　前夕的歸家

地點：Atlantis
時間：下午三點四十一分

這個世界的事物變遷得很快。

自從進了學院之後，我更有這種體認。三點之前我都還在學校裡面煩惱要去烤肉吃火鍋的事情，現在不過眨眼時間我就已經要滾回家去買禮物、準備去參加聖地烤肉宴會了。

「褚，你還不去準備！」不知道什麼時候走進房間放我一個人站在外面腦袋空白地發呆，二度出現時學長已經換掉了黑袍，改成正常的打扮。

不過這次他居然沒有隨便撿一件衣服穿，而是穿了聽說很流行的那種視覺系的衣服，在某方面來說和伊多他們平常穿的衣服很像，整套都是黑色的，外面套上長毛領大衣腳上踏了長靴，上面的頭髮已經根據老規矩變成黑色的，在腦後隨便束上了簡單馬尾，然後還有手套也準備了。

有這麼冷嗎？

學院裡面的溫度差不多能說得上是四季如春了，看到學長穿這麼厚我反而覺得很奇怪。

他應該是不怕冷的那種人吧？而且聽說他老大的個人能力裡還有一項叫作冰喔。

「聽說台灣現在有寒流，你如果想穿短袖去被指指點點我不反對。」很融入正常世界的學長冷冷地掃了我一眼，「但是麻煩不要走在我旁邊。」

「呃……請等我五分鐘。」我當然不想穿短袖去被人家指指點點說是痟仔。

溜回房間之後我才發現一件悲慘的事情。

因爲學校太溫暖了，所以我帶來的衣服……幾乎全都是夏天的衣服。長袖啊、外套什麼的連半件都沒有，除了制服之外。

不久之前因爲大競技賽的關係，所以我也幾乎都沒有回家去，完全忘記現在這個時間我原本的世界應該已經是冬天了。

今年冬天不知道冷不冷。

現在好了，我要穿什麼回去？

總不能眞的穿制服大衣吧……雖然我們學校的制服很好看，可是穿制服回去很怪耶！應該沒有學生喜歡穿著制服逛街還去買聖誕禮物吧！

好吧有可能別人喜歡，但是我就不喜歡。

「你很慢耶！」耐性等於零的學長靠在房門旁邊，冷冷一瞪。

我只好僵硬地轉過頭、準備領死，「那個……我好像沒有冬天的長袖跟外套可以換……」我說得很慚愧，混到連春夏秋冬都忘記而且衣服還都沒得換，大概整間學校只有我一個。

已經變成黑色的眼睛再度瞪了我一眼，然後學長轉身離開我的房間，再回來時手上已經多了

另外一套衣服，「拿去！」

啪地一聲衣服準確無誤地全都砸在我頭上。

「謝、謝謝。」不過如果你能好好放在我手上，我一定會更感激的……

「快點準備好！」學長甩上我家可憐的房門。

腳步聲離開門口，像是走下樓梯。

我鬆了一口氣之後才把衣服一件一件攤到桌上看。是整套的服裝，藍色跟白色的，看起來很新……更正，應該是全新，我看見衣服上面的新摺痕都還在，而且完全看不懂字的吊牌還掛在上面。全新的耶……

我突然有種不敢穿的感覺。

上衣是白色的連帽休閒服、印著深藍色的魚型圖騰，可以搭牛仔褲。另外一件就是白色毛絨大外套，不過比起學長剛剛那件就稍微短了一些，大概到我大腿左右的長度。

這些衣服看起來不太像是學長會穿的樣式。

算了，管他的，先換一換再說，不然拖延太久，等等被甩的就不是門而是我。

衣服尺寸與我的體型差不多，只是長了一點，我很快就換裝完畢匆匆地提起背包往外跑。

還好只過了五分鐘。

※

出黑館之後，我立刻就看見學長站在黑館門口和一個女孩子說話。

那個女孩有點眼生，頭髮和眼睛都是綠色的，很像春天嫩芽那種漂亮的顏色，而且還隱隱約約散發著光。她的長髮末端有些鬈鬈，衣服是有點哥德式素雅的小禮服，感覺還滿像一般女生會喜歡穿的那種款式。我還認識一個人也很適合穿這種衣服，那個人叫作喵喵。

不過眼前的女生和喵喵的型又不同，喵喵是可愛型的而這位好像屬於氣質型的女孩。

「褚同學，您好。」正對著我的女孩一眼就看見我從黑館走出來，非常有禮貌地彎了彎身，我也連忙和她打招呼。

「準備好了？」學長轉過身，睨了我一眼。

「呃、都好了。」我趕緊點頭。

「你們要出去了，那我就不打擾你們，下次見。」非常有禮貌的女孩子又向我們點了點頭，然後才像是散步一般悠閒地離開。

我好奇地看著她離開的背影，才把視線拉回來。

那個到底是誰啊？樣子看起來應該不是黑袍才對。

「那位是校舍管理人之一、后，之前有跟你提過。」學長如此說。

「喔。」后？那不就是上次我遇到那個紫銀髮的帝的同伴？

「這樣說也沒錯，后是處理外務行政等事宜，另外還有一個是臣，處理校舍中所有的內務等

消耗事宜，他們兩位經常會在校園中巡視校區狀況，所以你以後應該會很常碰見他們。」學長環起手，地面立即出現巨大的移送陣緩緩旋轉，「剛剛碰巧經過，所以跟她聊了兩句。」

看來校園行政人員好像都很閒，到處都可以碰到。

學長斜瞪了我一眼，沒說話。

只是幾秒鐘的時間，我們眼前的黑館就已經消失，再次出現的地方非常熟悉。

鏡頭請拉回數個月前，當我剛認識學長不久時，某一日下午被鬼追然後被我炸掉的大公園。

我的眼前出現那隻空肚子的大象。

公園整個已經重建完畢，感覺上好像和以前差不多，不過遊樂設施與公共設施全部都變了，變得還挺精緻漂亮的，而且公園裡的人好像也變多了。

一離開學院回到我原本的世界，冷風馬上貼上我的臉，我狠狠顫抖了一下。

果然寒流來了……兩邊的溫差太大，不用一秒我的鼻水立刻從鼻子掉下來。

「你好髒。」學長用鄙視的表情看著我，然後邁開腳步往公園外走跟我撇清關係。

誰髒！這是天生的自然反應耶！

你們這些沒有自然反應的外星人根本不了解正常人類的痛苦！

我從背包拿出面紙抽了張一邊擦鼻水一邊追上去。

果然寒流來就是不一樣。我現在很慶幸剛剛學長有借我衣服，不然穿短袖回來的話，連我自己都覺得自己是瘋子了。

「那兩件衣服不用還我了。」手插在口袋，腳步很悠閒走在前面的學長丟了話過來。

「欸？」這衣服看起來不便宜耶！

「那是去年有人送來的禮物，不過我不穿，擺著也沒用。」學長的回答很直接。

好吧，我明白了。不過是誰會送這種禮物給學長啊？說眞的我還有點好奇，畢竟穿在我身上的衣服質感挺不錯的，有可能不便宜的說。

「你管他是誰送的！」走在前面的人傳來不耐煩的聲音。

一出公園之後，很明顯就感覺到聖誕節到了的氣氛，滿街都裝飾著彩色的小燈，到處都可以看見彩球和裝飾掛在樹上，許多小孩子就圍著樹轉，看起來非常和平。

啊……果然是人間最美好。

啪一聲我的後腦又被砸了一下。

「你要先回家還是先逛街？」不知道什麼時候已經走在我旁邊的學長懶洋洋地丟過來問語。

先回家還是先逛街？

眞是個好問題。

現在回家絕對又會被我老媽擰耳朵，因爲大賽期間我又忘記打電話回家。

一想到這件事就覺得很恐怖，我老媽是絕對不會留情的……可是逛完街再回家，她可能會直接拿菜刀追我，原因是因爲我居然只想到逛街沒想到回家，乃十惡不赦的不肖子一個。

根據我老媽的個性，是非常有可能發生這種事情的。

「那我給你建議，你先去逛街然後回去被打個半死，接著明天我一早把你扛去醫療班救命，接著你就可以回去上課了。」學長給了我一個非常邪惡的不人道建議。

我打算假裝沒聽見。

「我想我還是先回……」

就在我想說我還是先回去被唸一唸比較好的同時，某個聲音打斷了我的話。

「冥漾～～！」

遠遠的地方，傳來很熟悉的叫喚聲。

學長朝我後面看了一眼，然後轉回頭，「你朋友。」

我朋友？

我轉過頭，非常意外地看見某個應該去外地求學的人。

那個幸運同學。

※

「冥漾！」

幸運同學很快地追上我們的腳步然後停了下來，接著很興奮地拉著我的手臂，「你哪時回來的？之前打電話去你家你媽說你一直沒有回來，害我以爲你在學校有女朋友不想回來哩！」

「哈哈……」我在學校努力保命回不來啊老兄！

「本來想說放假時可以找你去看電影還是喝茶什麼的，沒想到你連假日都沒回來。」幸運同學對我發出了一點抱怨。

「喔，因爲有點事情。」搔搔頭，我不知道要怎樣和他解釋才好。

「算了啦……欸？這位是……」幸運同學的視線轉移到學長身上，發出疑問，「很眼熟。」

「這是我現在學校的學長，呃……」我突然覺得學長有點難介紹，不知道應該從何介紹起。

「你跟褚一樣可以直接叫我學長或是冰炎。」學長猛然開口，把我嚇了一跳，因爲我一直覺得他好像不太喜歡跟我以前的同學打交道，尤其是經過了上次唱歌事件之後。

雖然那之後我也沒碰上其他人就是了。

「喔喔，冰炎學長，請多多指教。」幸運同學很爽朗地伸出手，「我是冥漾的國中同學。我姓衛、全名是衛禹。」然後他有個綽號不怎麼好聽叫作餵魚。

學長看了我一眼，他的表情太過平靜我反倒不知道他是什麼感想，不過他也伸出手跟幸運同學回握了幾下，「你的運氣不錯。」學長勾起唇，說出了一個我知道很久的事實。

「哈哈，大家都這樣說，其實很普通啦。」幸運同學不好意思地搔搔頭，和我記憶中的那個好同學還是一樣的感覺，不過可能是因爲上了高中的關係，他看起來也比以前成熟一些了，「我家的人好像都有一點點好運氣，沒什麼特別了不起的地方。」

那對我這種萬年衰人來說已經很了不起了好嗎。

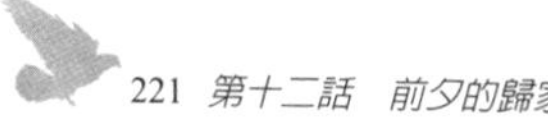

「你們家幾代之前應該做了一些好事，所以受惠者才會一直守護你們家族的人，爲你們帶來好運氣。」學長環起手，與幸運同學並肩走順便聊天，我連忙跟上去。

「好事？我不曉得耶……」幸運同學用一種離奇的崇拜眼神看著學長，「冥漾的學長，難不成你有通靈能力嗎？哇塞！是不是跟電視上那種一樣？感覺很強耶！」

基本上學長的通靈能力應該比電視上的人還強了吧？至少我個人是這樣認爲。

彎起很淡的笑容，學長沒有表示什麼意見，只是眨眨黑色的眼睛，看起來也很輕鬆地回答他的話：「我沒什麼通靈的能力，不過你要好好珍惜你的幸運，多做些有意義的事情，這樣你們家族後代人也可以跟你們一樣一直繼承幸運下去。」

我看著幸運同學，他用力地點點頭。

「謝啦，冥漾的學長。」他很爽朗地又笑。

說不定我有點羨慕幸運同學。好吧，其實我是非常羨慕他，我也不想要求什麼特別好運之類的，不過一個平凡人、偶爾有點小小的好運，我想這樣應該就很幸福了吧。

對我來說，也許這樣就是幸福。

「對了，你們兩個有要去哪邊嗎？」幸運同學背著雙手在身後，「聽說今天晚上街上有活動喔，要不要一起去看看？」

「活動？」

「對啊，商店街那邊集資要放祈福的煙火，聽說還有一堆抽獎遊戲。走啦走啦，我們一起過去看看，已經很久沒有一起去逛街了。」拿出一張廣告單給我，幸運同學指著彩色的廣告單上大大的字樣說著。我瞇起眼睛，上面印了商店街聯合活動大會，還有小型的社區園遊會，看起來好像會很熱鬧的樣子。

不知道學長想不想去？

「反正我們也要去買東西，過去逛逛吧。」學長點點頭，沒有反對。

你想去逛逛，可是我還是想要先回家報備啊……

「嘿，心動不如馬上行動，我們出發吧！」完全不懂我內心掙扎的幸運同學直接伸出手把我拖著走，相處模式好像又回到以前國中時候了。

我抬起頭，看見學長用一種詭異的眼神看我。

好啦好啦，想笑就笑咩！反正我常常就是被拖來拖去的那一個。

意外地，學長居然沒有表示任何意見。

「你要我表示什麼意見。」冰冷的話語從後面砸過來，我連忙用力搖搖頭。

不敢不敢，我啥都不敢。

「快到了！」

指著遠遠熱鬧的大街，完全不知道底下暗潮洶湧的幸運同學很高興地走得更快了一點。傍晚的時間，整條商店大街燈火通明，來來往往的人潮非常多，幾乎要把整個街道都給填滿了一般。

學院那邊也常常很熱鬧沒錯，不過最會讓我懷念的，還是人間的熱鬧啊。

回家眞好。

※

商店街近年來開發成年貨大街之後提升了不少人氣，後來在區域聯合委員會互相幫忙之下也經常在幾個大節日舉辦活動，近幾年下來辦得有聲有色，已經成爲居民遊客們假日休閒必去逛街的地點。

以前我來逛時常常會發生意外，所以久久才來一次、大部分也都是被幸運同學拖出來的，有時候則是和家人一起來。

走進商店街範圍之後，感受到人群似乎比以往更多了，周邊商店也更多一點、更熱鬧了一些。

上次和庚學姊、喵喵看電影的地方就在這附近，旁邊街道上還有幾個工讀生在發著電影院的宣傳單，似乎聖誕夜會上映什麼片子的樣子。六點多的時間天色已經挺黑了，冬天的天空比較早暗下來，五、六點就有種已經很晚的錯覺。

幸運同學拉帶拖把我抓進逛街人潮當中，原本還有一些的寒意一進去馬上就被人潮的熱絡給驅散。

「這幾天活動好像在特定商店或是攤位購物蓋章就可以參加抽獎，特獎還是豪華輪船之旅，有夠俗的。」幸運同學一手拉著我一手拿著宣傳單看，上面的大特獎畫的一艘船還有著某經典電影的特效風格，果然非常老套，「特獎是冬天到冷死人的海上進行輪船之旅，由此可見主辦單位沒什麼誠意，應該要考慮一下禁不起海風吹的老人小孩才對。」

誰是禁不起海風吹的老人小孩啊……

「我們要買交換禮物。」稍微緩下腳步，旁邊的幸運同學也跟著慢了速度。

「要哪一種的？」幸運同學好奇地四處張望，大部分的商店都被人潮擋住了，比較容易看見的是兩邊街道的攤販，很多都在賣絨毛玩具，再來就是飾品攤位等等，最後就是一些聖誕的零食和小遊戲攤位了。

「欸……最好男生女生都可以通用的，這樣不管誰換到都不會尷尬。」我有百分之百的機率確定他們一定會知道自己抽到誰的，就算不署名也一樣。

因爲那群都不是人類。

「那很多啊，像是日常用品都可以……等等，你家學長怎麼不見了？」正要隨便找間商店把我拖進去，眼尖的幸運同學突然發現異樣。

「耶？剛剛不是還在後面？」我跟著轉頭，後面除了人之外還是人，那個不是人的學長已經不知道自然蒸發到哪邊去了。

「應該是被人潮沖散了吧？」幸運同學左右張望了一下，「要等他嗎？」

「……嗯，應該不用。」學長超神的，他如果想跟上來一定會馬上跟上來，他要是不想跟上

來我們在這邊等多久應該都等不到，那個人的追蹤術什麼術全身都是，絕對不會走丟。

我看了一下滿坑滿谷的人……應該是不用吧？

「同學，這個請你們試吃，好吃記得來光顧一下喔！」旁邊攤位販賣糖餅的小販遞了一小袋的糖果過來給我們。我接過來看，裡面塞著兩塊糖和一個小小的薑餅人，上面還有商店的名片卡。

因爲再來就是跨年然後是過年，往年這時候搶客人也搶得特別凶，就是希望大家還可以再回流，所以成本也砸得比較高。

「這個還不錯吃耶。」幸運同學打開袋子，搭著我一邊逛街然後把薑餅人丟到口中咬了幾下，「等等回去再去買一些，明天拿去送同學。」

對了，幸運同學的人緣一向都還不錯。我想，就算是到了高中之後應該也是不變，他向來就很容易跟人打成一片。

我看了一下袋子裡的薑餅人，不知道千冬歲和喵喵他們會不會喜歡吃這個東西？小亭就不用想了，她一定是照單全收的那種。我懷疑她搞不好有時候連自己吃到什麼都不知道勒。

就在考慮等等回頭要買多少餅乾的時候，某個招牌猛然閃過我的眼角，我下意識地就轉頭過去看著那個招牌。

那是一個很不起眼、感覺很有中國風匾額的招牌。它就在沒人注意的巷子轉角處，與人來人往的商店不同，木雕的大門只開了一半，也沒什麼人進去。

匾額上面用狂草寫了兩個字。

「冥漾，那間店好像不錯耶！」就在我想去那邊看看時，幸運同學突然把我往另外一邊拉，視線直接被換到另一間精品店上面。

當我二度回過頭時，那塊匾額已經消失在人群裡了。

「怎麼了？」注意到我一直回頭看，幸運同學疑惑地發問。

「沒有，你剛剛說店裡怎樣？」我回過神。反正就是一間小店，大概就是那種有造景的茶飲簡餐店之類的吧。

我被拖進去的店是一間生活精品店，包括碗筷枕頭什麼的，日常生活用品幾乎都看得到，每樣都做得很精緻，光看就有一種高級的滿足感。

「應該很符合你的需求吧？」幸運同學左右看著裡面陳設的商品，看他的樣子好像也很喜歡這間店的感覺。

「呃，應該是。」我看店裡挺大的，而且有不少人正在逛，大概會有我想買的東西吧。

說眞的，我對交換禮物一點概念也沒有，學長他們又不是什麼普通的人，選太平常的禮物可能會讓他們覺得沒啥特別的吧。

看了看滿坑滿谷的精品之後，我的視線最後停留在一個小小的置物櫃上。

那是一個大概三十公分高的小置物櫃，有三個小抽屜，可以放一般的細小東西。小櫃是白色的和風設計，上面有楓葉的淡色繪，接著用金色的金片做裝飾，感覺上整個就是很高雅。

「這個不錯看。」幸運同學站在我旁邊拿起小櫃子左右翻看了一下，「應該挺實用的，不太便宜就是。」他把櫃底翻過來，上面的價錢有三個零跟一個數字。

眞的是……超貴。

只買過九九賣場裡面置物櫃的我腦袋中馬上有這個想法。

這個櫃子是怎麼回事！鑲金子是嗎！

「兩位同學喜歡這個小櫃子嗎？」注意到我們的舉動，旁邊的服務員馬上走過來親切地微笑解說，「這是今年我們配合聖誕以及新年設計出來的新款，最特別的是小櫃子是全部手工製作以及手繪，每個圖案都些許不同，且上面的金色還是使用純金金箔，送給長輩朋友都很體面喔。」

還眞的是鑲金子，我無言了。

不過被服務員這樣一說，我才注意到這個櫃子的其他款式好像也都不太一樣。

「不然就買這個好了。」我看著小櫃子也挺喜歡的，對其他人應該也挺實用的，那就選這個了。

「冥漾，這個不太便宜耶。」幸運同學小聲地在我耳邊說著，「你要不要考慮換別的東西啊？」

「同學，喜歡的話我們可以幫你打折扣喔，而且在店裡買超過一千元還可以拿到一張免費抽獎券，店外就可以摸彩抽獎，禮物很豐富的喔！」服務員很賣力地推銷著，「如果你眞的喜歡就考慮看看吧。」

看著小櫃子，越看越不錯，於是我決定偶爾應該奢侈個一、兩次，「那就這個吧。」我拿出傳說中的萬用付帳卡。

「你可不要跟我說你把打工的錢全都砸下去了。」付完帳後，還是覺得櫃子太貴的幸運同學如是說。

「還好啦……」其實我打工的錢還挺多的，多到我自己有時候都懷疑簿子上面記帳是不是有記錯。

因應活動，所以小櫃子還打了八五折，店員順便幫我們做了高級的包裝，那個包裝紙看起來也不便宜，跟櫃子剛好搭成一組。

「你們買好了嗎？」

就在店員把摸彩券遞給我時，某個剛剛逛街自我蒸發的人突然在我後面發出聲音，我整個人被他嚇了一大跳，「學、學長？」他什麼時候出現的！

我轉頭看了一眼幸運同學，他對我聳聳肩，也是一臉莫名其妙。

很好，學長已經練就一身來無影去無蹤的好本事了。

「耶……差不多了。」我注意到學長的手上提著一個牛皮色的紙提袋，看來他應該也不知道繞去哪邊買好了。

「嗯。」學長點點頭，沒說什麼。

「冥漾，你要不要去店門口摸獎了。」提醒我那張券子的存在，幸運同學湊過來微笑地說。

「欸，又不會中。」從小到大我每次抽每次不中，只有衰運最會中，我才不想去摸一張遭雷擊還是水難什麼的大獎回來。

「又沒關係，好玩啊。」幸運同學慫恿我，「我也買了一些禮物要給人，也有摸彩券，一起去抽吧。」然後他推著我直接往店門去。

我看了一眼學長，他從後面跟上來，這次倒沒有走丟了。

精品店門口的摸彩活動是店家獨自辦的，獎項當然沒有豪華郵輪那麼好，最大獎是萬元的禮券，另外還有一些小東西什麼的，有不少人已經拿了彩券去摸獎，也陸續送出好幾樣禮物了。

我一定是那個萬年摸不中的人。

「我先喔！」幸運同學把券子交給服務人員，直接從壓克力箱摸出一顆藍色的小氣球。

把小氣球捏爆以後裡面有一張紙，打開紙，旁邊的人都跟著訝異地驚呼。

服務人員馬上拿起大聲公用力歡呼，「恭喜這位同學中了二獎！七千元禮券一張！可以在我們生活精品店裡自由消費採購！大家幫他歡呼！」

四周馬上響起好幾個人贊助的掌聲。

他果然非常幸運。

幸運同學很高興地拿著禮券蹦回來，「冥漾，換你抽了！」

就說過我一定會抽不到，倒楣到死。對了，搞不好我的手伸進去箱子的那瞬間還會被蛇咬！

「學長，給你抽好嗎？」我相信學長的運氣絕對比我好很多，與其抽不中還是被蛇咬，我看還是讓給別人抽比較不會浪費。

學長瞇起眼看了我一會兒，「眞囉唆。」他劈手接過彩券毫不猶豫地直接走到抽獎台，交出劵子之後直接抽出氣球捏破，看也不看地就把裡面的紙交給服務人員。

「特別獎！」服務人員又大叫起來了，「恭喜我們同學抽到特別獎——全球限量三千隻的一百公分手工白色純毛大兔子一隻！」

「噗！」兔子！

我看見服務人員拿出一個巨大箱子，接著兩個人合力從裡面抱出一隻非常大的白色兔寶寶。兔子的毛眞的白得很漂亮，感覺就是純潔無瑕，然後兩顆紅紅大眼睛很像高級寶石，這讓我聯想到這隻兔子還跟某個人像極了。

「純毛兔子最特別的地方是眼睛，聽說那兩顆眼睛是眞的紅寶石下去做的、非常罕見；另外，由國外的公司發行全球，限量三千隻還附有原廠保證書。」幸運同學手上不知道什麼時候多了一本介紹廣告本開始講解，「據說是精品店三大鎮店之寶其中一樣喔！這次活動特別忍痛拿出來當獎品的。」

好樣的，學長一抽就把人家的鎮店之寶抓走了。

在一堆人羨慕的眼光當中，學長捏著那隻白兔子的脖子回來，然後直接往我身上丟，「還你！」

我只看到一團白色的東西放大飛過來，下一秒直接被其實還滿重的兔子給砸得倒退好幾步，差點沒有摔倒。

我要一隻大兔子幹嘛。

「你的獎券，你的東西。」學長很簡單地丟過來兩句話。

說眞的，我覺得這隻兔子眞的跟某人很像，尤其是紅通通的眼睛，「學長，可是這是你抽到的……」而且這個東西看起來好貴，我不敢拿。

冰冷的殺人視線看過來，「我要一隻兔子幹嘛。」

「欸……可以抱著睡覺。」

下一秒，我的後腦立即被啪地一聲砸得整個人頭昏眼花。

「冥漾的學長，不然你就當作是聖誕節禮物收下吧？」幸運同學連忙幫我們打圓場，我有種極度感激他的感覺。

「……」學長瞪著我。

這時候我要說啥？

「那個……聖誕快樂。」我把大兔子遞出去。

四周突然變得非常冷，冷到我幾乎以爲快被學長的視線給冰死。

不知道過多久，學長猛地劈手抓過兔子，扔下一句話，「麻煩！」然後就轉頭走掉了。

我應該可以解釋爲他收下禮物了吧？

幸運同學朝我比個拇指。

離開店門後，沒過幾分鐘四周馬上騷動起來，「要放慶祝煙火了！」不知道是哪來的聲音開始流竄，然後歡呼聲漸大，人群開始把我們用力往前擠。順著人潮，我們一路被擠到商店街正中心，那裡有大大的裝飾聖誕樹，旁邊有好幾個聖誕老人正在發糖果。

學長抱著那隻兔子離我們有點距離。

「聖誕祈福儀式要開始了，第一發煙火即將打上天空，請大家一起閉上眼睛許願！」活動台上的主持人帶動了氣氛，加上一片熱鬧，好多人都閉上了眼睛。

我偷偷瞄了學長那邊，他居然還真的也跟著閉眼。

「現在煙火開始——」

大概是氣氛影響，不知不覺我也跟著閉上眼睛。

希望，所有我認識的人都會過得很幸福。

轟然的聲響在我耳邊響起，我睜開眼睛，看見大大的煙火在天空炸開，金色銀色的火花像是下雨一樣散下。

擠在身邊的人們高興地又叫又嚷。

我熟悉的世界原來是這麼熱鬧。

看著天空上的煙火，旁邊突然有人推了推我兩下，回過頭，是那個幸運同學，他朝我眨眨眼睛。

「明年這個時候，我們再來看煙火吧！」

然後，他笑開了。

我也跟著笑開。

四周人都笑開了。

第十三話　水妖精之族

地點：Atlantis

時間：上午十點零七分

結果那天晚上我回家之後果然被我老媽電得慘兮兮。

不幸中的大幸就是幸好學長的話沒有成眞，我老媽大發慈悲地在扭下我耳朵之前就放過我了。而在那之後，我的耳朵整整痛了一個晚上，隔天實在受不了了才找喵喵求救。

「漾漾，你的耳朵被老虎鉗夾到嗎？」這是最可愛的喵喵一邊打開手上不明標示的藥罐一邊這樣語氣無辜地詢問我。

「當然、沒有！」我翻翻白眼，有時候眞的會不想解釋太多。

「喔。」喵喵拿著棉花棒幫我點上藥水之後，神奇地耳朵馬上就不痛了。神藥、眞的是神藥，我應該建議醫療班可以開個附設藥局去我們那邊的世界搶錢了，保證全世界的藥廠馬上都被打敗，「下次要小心一點喔。」她微笑地收回藥品這樣說。

「謝謝。」

喵喵偏著頭看我，「對了，你有收到學長的簡訊嗎？今天晚上要出發去烤肉了喔，東西都準備好了沒？」

「？」學長的簡訊？我立刻拿出那支手機，上面果然有一封未讀簡訊。

要死了，什麼時候發過來的我怎麼都不知道！

打開簡訊之後，裡面只有很簡短的幾個字，是說今天晚上六點在校門口集合，再多的就沒有了，非常有學長的個人風格。

「漾漾，你的禮物準備好了嗎？」喵喵重新問了一次剛剛的話。

「欸，準備好了。」我立刻點點頭，想起被我丟在房間那個很貴的禮物，大概生平第一次我這麼慷慨地豁出去。自從來到這所學校之後，我的金錢觀已經快要被模糊掉了啊……

「那太好了，不知道其他人準備得怎樣了，好期待今天晚上喔。」喵喵用一種非常夢幻的表情想著今晚的活動。

不是我要講，最好不要太期待比較好。

根據以往的經驗，每次活動都會發生非常多不可預期的事情，尤其是有你們這票人馬。

「喵喵做了一個很有意思的禮物，希望漾漾會抽得到喔。」轉回過臉，喵喵笑吟吟地這樣告訴我。

妳做的？

我突然不太想抽到了。喵喵可愛歸可愛，不過根據我對這些人興趣的了解，會親手做的禮物十之八九都會很恐怖，「呃……希望可以。」我言不由衷地說道。

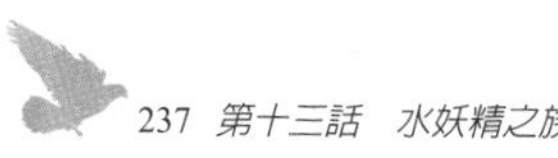

各方的大神啊，請原諒我說謊，不過我真的不太想抽到什麼可怕的東西，請給我最普通的就可以了，我一點也不強求罕見跟昂貴的東西、真的。

「那喵喵要先去幫忙弄東西了喔，我們晚上見。」語畢，喵喵很高興地跳著小步離開教室了。

等她跑掉之後，我拿出課表來看。今天我幾乎都是空堂，除了最後一節有堂文科之外，基本上整個下午我都可以在那邊閒晃來閒晃去。

就在我看著我們班只剩下小貓幾隻的空蕩教室、考慮著要去哪邊打發時間的時候，手機突然發出一聲像是被割殺一樣的銳利尖叫，不只班上的同學，連我自己都嚇了一大跳。

總有一天我會把這支跳針手機拿去好好整頓！

不是不出聲就是出怪聲，多來幾次遲早被它嚇到神經衰弱。

還留在班上的人轉過頭來看我，「漾漾，你的手機叫聲眞特別，去哪個墳墓錄來的嗎？」正在搖著筆桿不知道在寫些什麼的歐蘿妲轉過頭給我一個非常「和善」的微笑。我眼尖地看見她鋼筆底下的紙張上被失手畫出一條很長的墨線。

「呃，好像是原本就有了。」我連忙把手機藏到身後，很怕班長會衝過來拆掉它。

不過歐蘿妲倒是沒有衝過來，她只是用筆在紙上敲一敲，那條黑線馬上就不見了，神奇到讓我覺得這個應該是每個上班族都應該學會的特技，這樣一來寫報告寫錯就不用含淚重寫了，「小朋友，下次麻煩一下，如果簡訊的聲音這麼驚悚請開一下震動，不然會嚇到別人的。」

簡訊有震動嗎？不好意思我對手機的性能不了解……

而且我懷疑搞不好手機就算設定了，它還是會照自己的心情出聲音。

歐蘿妲說完話之後也沒有繼續理我，轉頭就接著寫她的不知道什麼資料了。

我打開簡訊一看，一樣還是學長傳來的，上面只有簡單的一句話：「五點在黑館碰面。」

五點？

要去水妖精族不是約好六點嗎？

※

「漾～」

下午我上完最後一堂課之後，才剛想提前先回黑館等學長時，某個讓我很不想回頭的聲音直接從後面傳來。我很想照慣例拔腿就逃，不過顯然對方也照慣例一手就抓住我的領子，「唉唉，別跑這麼快嘛，本大爺只是想找你商量一下禮物應該要送哪一種的比較好啊。」

無奈地，我只能回頭面對那顆不知道為什麼也在邀請行列裡的五色鋼刷頭，「你現在才要想禮物？」老兄，你是火燒屁股才趕辦是吧！

「唉喲，最近比較忙咩～」五色雞頭聳聳肩，完全沒啥特別的反應，「你要知道，身為一個殺手有時候必須適當地讓人幫你宣傳一下知名度才對。」

我完全不想知道你是怎樣宣傳自己知名度的。

「你要找我商量什麼禮物？」既然逃不掉，我決定要速戰速決！

「就是今天晚上要交換的禮物。」五色雞頭很認眞地這樣告訴我，「因爲從小到大，大爺我第一次要拿禮物去交換，所以想不出來要送什麼比較好。」

你第一次拿禮物去交換？

「你之前送過什麼？」聽他的語氣應該是之前也有送過別人禮物才對。

五色雞頭撫著下巴，「呃……大部分都是送給下手對象的，像是詛咒包、殺人凶器，不然就是一些人頭人骨之類的東西……啊！我記得最特別的一次就是我老子把我當禮物包起來送去給某個目標，然後等他拆開禮物那一秒我就直接抽刀割斷他的脖子，很特別吧！」

……我不應該問他的，爲什麼我會天眞到以爲他有送過正常禮物！我錯了！

「所以囉，像這類型的禮物本大爺反而不知道怎麼送，你覺得送詛咒人頭骨可以嗎？」

「不可以！」我一秒回絕五色雞頭的提議。

五色雞頭疑惑地瞇起眼睛，「不然交換禮物要選什麼比較好？你應該比較知道這方面的事情吧？」

雖然我也不是很懂這方面的事情，不過我覺得跟五色雞頭的認知比起來，我應該算是很好了，「一般禮物應該要實用、對別人有意義之類的比較好吧？」我並不覺得送詛咒人骨收到的人會開心得起來。

「實用？有意義？」五色雞頭開始認眞地思考起來，「就是指對方一定會用到的東西嗎？」

「嗯嗯，這樣會比較好，交換的禮物也可以比較特殊一點，這樣抽到禮物的人一定會很高興。」不然如果抽到人頭骨，我已經可以猜得到烤肉火鍋大會會變成砍殺大會了。

五色雞頭一個擊掌，臉上出現恍然大悟的表情，「本大爺知道要用什麼了，感謝你啊漾！」說完他就很迅速地又跑開了，大概是回去準備他的禮物了。

就在他跑遠之後我看了一下手錶，四點半，現在回黑館還有很多時間。

用很悠閒的散步方式，我穿過幾座花園之後逛回黑館也只花了差不多十分鐘的時間，一進黑館大門，一樓的交誼廳裡已經有人先坐在那邊翻閱雜誌了。

「上完課了啊。」闔起手上的書本，難得有空閒時間待在黑館的安因衝著我露出漂亮的一笑，我連忙對他點點頭，「聽說你們計畫的活動今晚就要過去了，在水妖精那邊要注意自己的安全喔。」

「好。」基本上，安因原本也是邀請名單中的一人，不過他說他要負責學校的行政工作所以沒有辦法離開，就不跟過去了，另外像賽塔他們也都一樣。

好像學校的行政人員都不太出學校的樣子？

不知道為什麼我突然注意到這件事情，我們邀請的行政人員名單幾乎都全軍覆沒了。

「這個給你們帶過去用。」安因站起身，拿了一個很像易開罐大小的玻璃瓶子給我。透明的瓶子裡裝著綠色的液體，一搖動就微微地散發銀綠的光芒，看起來非常漂亮。

「這是什麼？」我道了謝之後接過那個瓶子，好奇地盯著看。

安因笑得很神祕，「烤肉大會必備的用品。」

必備用品？我看著那個瓶子，左看右看也不像生火用的火種或者木炭。還是其實這個世界的火種或木炭就是長這樣只是我不知道而已？

「等你們要用的時候你就會知道是什麼東西了。」安因還是沒告訴我這到底是木炭還是火種，然後就這樣笑笑地走出交誼廳了。

你講一下會死嗎……我看著那個瓶子，有種它是不是會爆炸的錯覺。

不然一起帶過去那邊好了。

我跑上房間後把瓶子塞進背包和禮物放在一起，誠心誠意祈禱希望這玩意不要炸掉。

就在我將包包的拉鍊拉上的同一秒，我聽見隔壁開房門的聲音。

學長也回來了。

※

「學長！」

我一開門，正好看見學長要開門回房間的動作，他的表情看起來一點也不驚訝，感覺好像已經知道我會突然開門找他。

「做什麼？」紅眼瞇起，學長直接回自己的房間，我連忙也跟著跟上去。

「那個……你說五點要在這邊碰面……」雖然我不覺得學長會忘記，可是他的表情和反應看起來有點怪怪的，所以我把手機拿出來開了簡訊給他看，「要提早過去嗎？」

看了簡訊一眼，學長把手上的課本丟在沙發椅上，「喔，對啊，我們兩個要提早過去水妖精族，你準備好了嗎？」他把身上的黑大衣脫去，也都丟在椅子上，接著走回房間拿出普通外套又走出來，「早上我在出任務時收到雅多發來的消息，他希望你早一點過去。」

出任務？

難怪學長看起來懶懶的不太想理人的樣子，該不會又是那種一出去就好幾天沒睡的吧？黑袍這麼操，搞不好過勞死的前十名都是他們包辦下來。

學長看了我一眼，而且是那種很恐怖的面無表情看法，讓我整個人都發毛了，「褚，我現在很累，不想浪費力氣扁你。」

我、我知道了，「那現在要出發了嗎？」看了一下手機上顯示的時間，也已經差不多要五點了，再幾分鐘就到。

「嗯，你要帶去的東西都準備好了？」

「好了。」我點點頭，提提手上裝滿滿的背包。因爲千冬歲他們說要負責所有烤肉火鍋的東西，所以其他參加的人反而很輕鬆，因爲除了禮物之外就沒有什麼東西要帶了。

想起以前我們國中烤肉那可眞悲慘，除了帶衛生用具的人之外，哪個不是揹著大包小包上學，如果不是一早就要烤肉還得到處找冰箱來冰食物，再不然就是得勞動各家的老爸老媽撥時間送過來，眞可謂一次烤肉全家翻天覆地。

如果可以好好烤就算了，最怕遇到的是當天風大太陽大，太陽大除了會被曬死還會被烤死，風沙大的話光看那一片片肉片食物上的特級胡椒，誰還會有胃口。

所以對於國中、國小幾年來的校園烤肉我實在是無話可說。如果眞的要講些什麼特別的印象，就只有一次是我生火時造成的烤盤大轟炸後被所有人禁止觸碰火種木炭讓我特別深刻。

「那是什麼奇怪的回憶。」學長拿起一個紙袋，裡面裝的是前幾天我們回去原世界買的東西，有包裝紙，所以我到現在還不曉得學長到底買了什麼禮物。

「呃……就是把我們那個小組的烤肉爐起太大火而已……」我乾笑，不然我還能夠說什麼。那眞是一個非常悽慘的回憶啊。

「你可以今天去試看看，反正噴火了也有人會幫你消火。」完全不覺得有什麼悽慘的學長這樣告訴我。

「哈哈哈……」學長，你到底是在安慰還是在消遣啊，我實在是聽不出來。

「不管那個了，時間差不多我們也應該先過去了。」無視於我滿身的陰影黑線，學長一彈指，地上立刻出現移送陣。

說到這個，我想起另外一件事情，「對了，雅多找我們先過去是……？」那次之後我就沒有看過雅多他們了，不知道他們回去之後有沒有比較好了？

「到了就知道。」

「喔……」

※

斷語之後不到幾秒，四周起了一陣清涼的風。

然後重新出現在眼前的不是黑館的房間也不是亞里斯學院的大門，而是另外一處我沒見過的地方。那是一扇巨大的白石拱門、幾乎有兩三層樓那麼高，拱門上刻滿了圖騰以及像是文字一般的紋路，石下埋入土中的地方纏著小小的爬藤植物，給人一種歷史相當悠久的感覺。

四周都是高聳的白石石壁，不遠處傳來流水的聲音，石壁四周有著翠綠的植物……打個比方來說，這裡還眞像某遊戲中的古蹟探險區，感覺好像轉個彎就會出現神殿似地。

有風，源源不絕的風清涼撲面，讓人精神爲之一振。

「這裡就是水妖精的住所。」站在我旁邊的學長這樣告訴我，「也是水妖精一族所生長的地方，我們現在所在的是禍門，一旦踏入之後就是水妖精族的地區，你可能會看到很多東西，不用太大驚小怪。」

「呃……我知道了。」學長會附帶告訴我這些，那我覺得等等我一定會大驚小怪給他看。

看著拱門，不知道怎麼地我的背脊突然發冷了起來。

希望不要跑出太讓人難以接受的東西。

就在我猶豫要不要進去的時候，有另外一個東西先出來了。

那是一個女人，一個……呃……長得很銀綠色的女人。應該怎麼形容？她挺高的，比學長還要高出一個頭，身體上面沒有穿衣服不過全身覆滿銀綠的鱗片，看起來就像是一條魚的身體，不過腳掌是很像禽類的爪，手也是。她的臉就比較像正常的西方人一點，不過膚色還是有點銀綠，細長的眼睛則是深綠色的，感覺起來還眞有那麼點詭異。

長滿鱗片的女人微微地對我們一躬身，開口說了幾句我聽不懂的語言。

「這位是水妖精族的招待使者，也是守門人，芙蕾諾雅。」學長轉過頭爲我介紹，然後大概是也把我介紹給那個女人似地對她講了幾句我聽不懂的話。

銀綠色的女人點點頭，然後衝著我一笑。

我連忙也笑回去。俗話說，伸手不打笑臉人，不管你懂不懂對方講啥，先笑回去就對了。

她舉起手放在胸口上，然後勾起笑容，「我、芙蕾諾雅……歡迎來到……水妖精一族。」她緩緩地說出中文，雖然有點模糊，不過我大致上也是聽懂了。

「麻、麻煩您了。」我不知道應該要回應什麼，連忙也朝她一鞠躬。芙蕾諾雅也依樣畫葫蘆地跟我一鞠躬，之後就轉回過頭和學長交談了一會兒就轉頭往門內走去。

「褚，走吧。」學長拍了我的肩膀一下，就邁開腳步先走了。

我連忙跟上去，就在穿過拱門的那一秒，我覺得好像聽見某種謎樣的咕嚕水聲，沒有多久就消失，感覺上還比較像是幻聽。不過一進拱門，四周的景色突然全變，跟剛剛在外面看見的白石石壁完全不同。

出現在我眼前的，是一大片一大片說不出名稱的樹林……一整片都是石頭的白色樹林，樹下面長了很多奇異的綠草，樹林之內四周飄滿了透明的泡泡，泡泡還直接飄到我眼前，我連自己的倒影都可以看得很清楚。

好多泡泡……

我加快腳步，緊緊跟在學長後面。一條魚從我旁邊穿過，看起來非常悠閒自在。

……

一條魚？我猛然回頭，那條應該是淡水的金魚完全沒有消失告訴我牠是幻影地繼續往後游，完全無視於空氣裡不能有魚游泳的這個常理。

魚應該不會在空中游泳吧！

小千千的粉紅色大眼金魚除外，因爲那個是凸眼變種外星人不是魚，大家都被卡通給騙了！

就在我想轉頭回去假裝沒有看到的那瞬間，一條不知道從哪邊游出來、比金魚大三倍而且還有獸夾一樣牙齒的大黑魚猛然吼地一聲把小金魚給吃了，乾乾淨淨、一點渣都不留。

我什麼都沒看到！我連前方三點鐘方向有大批水母群飄過都沒有看到。

那個是幻影、全部都是幻影，你們嚇不倒我的！

「小心喔，這裡有時候會突然出現食人鯊。」顯然不是第一次來的學長非常好心地如此告誡我，「沒有注意的話很容易會回不去。」

有時候人還是不要知道太多會比較幸福，被學長這樣一說，我幾乎是下意識按住手環上的米納斯，準備如果一有鯊魚出現就先轟爛牠再說。

走了差不多五分鐘的路程，我也差不多看完了整批的海底生物之後，眼前出現了一扇傳說中應該是出現在童話人魚公主裡才合理的水草大門。高高的水草有三層樓的高度，隨著風飄搖。

它……其實應該不是水草……應該是別的長的很像水草的植物吧……應該是……

「兩位、到了。」芙蕾諾雅轉過身，這樣告訴我們。不過顯然中文對她來講有點難度，她只說了四個字之後就改回原本那種外星球語言和學長交談。

講了一會兒之後，學長轉過頭，「再下來是水妖精族的內居住地，她只送我們到這邊，接下來要換一個人帶我們到水妖精的聖地去。」

妖精族的居住地？

我看著眼前大大片的海草門，後面應該住的……是正常東西沒錯吧。雅多他們看起來都非常正常，所以後面住的應該也是很正常的人才對，只是外表特殊了一點點而已。

芙蕾諾雅向我們打過招呼之後就循著原路回去。我目送著她的背影，然後送著送著，就這樣看著一條鯊魚從旁邊殺出來直接張大嘴要嗑掉她的腦袋。連頭也沒轉，芙蕾諾雅一巴就把鯊魚給打飛到另外一邊變成天邊一顆星。

「哈哈……」我大概是眼睛抽筋看錯了，其他的應該是正常人沒有錯。

「褚，領路人來了！」

隨著學長的叫喚，我回過頭，看見一個閃亮亮的盤子從海草門中間鑽出來。

四周的空氣立刻變冷，而且還帶著黑線滑下來。

我一定是眼睛抽筋了……一定是……我眼睛絕對抽筋了……

「嗨～朋友，接下來讓親切可愛的在下爲各位領路吧！」新的領路人帥氣地擺出七〇年代拍照必有的勿忘影中人帥氣姿勢，短短的腳還直接跨在旁邊的石頭上。

我應該是在作夢，不然不會有這種被鬼撞到的感覺。

有一隻綠色的河童出現在我們眼前。

※

那麼、現在開始是水生突變生物課的時間嗎？

我很想假裝沒有看見河童這種東西，不過那個活像淹死青蛙放大一比一人體版本的綠色玩意兒就活生生地站在我面前，那個只到我胸口高度的盤子閃亮亮的讓我想一拳打破它。

「嗨～兩位遠道而來的朋友，請問你們想要讓如此親切可愛的在下領你們往哪邊走呢？水妖精族是一個好地方，景觀美麗氣氛佳，不管是闔家旅行烤肉慶功宴都很適合來此，說到要到這裡開宴會的話，絕對不可以忘記水族裡海梅拉的店，包准你一吃難以忘懷……」

河童有這麼多話嗎？我印象中河童不是應該一看見人馬上就逃的異次元生物嗎？

「如果兩位朋友沒有要去的地方的話，那就由在下為——」

啪地一聲，還沒說完話的河童被學長一腳踹回去水草裡面。

呃……那個不是領路人嗎……？

我看著消失在水草裡的盤子，著實地捏了一把冷汗。這裡眞的是水之妖精族沒錯吧……？

難不成水妖精族盛產這種神祕的異次元生物嗎？

「那個是推銷員，專門做水妖精族的觀光景點領路推銷。」學長嫌惡地將腳在地上蹭了蹭，那種感覺好像是踩到名爲蟑螂還是狗屎的東西，「不是要帶我們去聖地的人，突然冒出來，害我以爲是領路人。」

推、推銷員？

我錯愕。沒想到來到這種地方居然還會聽見如此親切懷念的名詞，「可是他沒有跟我們要錢啊？」我看著那個盤子的閃光逐漸消失在水草裡，知道那個河童已經走遠了。

「眞正被要到錢時……呵呵……」

一陣發毛席捲了我全身，我立刻知道會發生什麼事情了，麻煩你不要講出口。

等等，如果河童是推銷員的話，那麼要帶我們的領路人又是啥東西啊？

千萬不要跑個槌蛇還是座敷童子出來……

「這裡沒有那種東西。」學長白了我一眼，隨後說道。

「河童都有了，搞不好那些東西也有啊。」我想也不想就直接開口。反正我有講沒講都一樣會被聽到，根本沒有分別。

「那不一樣……」學長似乎想講些什麼，不過才剛開口就馬上停止，然後轉頭看向另外一端。

有條人影倏然出現在我們面前。

最熟悉不過的人，「啊啊，不好意思來晚了。我剛剛繞去搬水石，耽誤到時間。」意外地，出現在我們面前的居然是有一陣子不見的雷多，「本來想說要請領路人先過來的，不過想想還是親自來比較好。冰炎殿下、漾漾，抱歉讓你們兩個久等了。」

我看向學長，他搖搖頭，「我們剛到不久。」

「喔，那太好了。」雷多一如往常笑嘻嘻地擊了下掌，然後突然轉過頭看著我，「漾漾，歡迎你來到水妖精族啊，今天要好好地玩喔！」

「好。」我連忙點頭。

「那我們就出發吧。」雷多的話直接一跳跳三級，他彈了手指，地上立即出現藍色的大法陣，「聖地只能用這種方式進去，很有趣吧。」

我看著法陣，與一般的移動陣不同，感覺上與其說是法陣，還不如說更像是個大門的圖騰。

「空間跳躍是嗎？」學長看著地面上的圖騰，勾起了淡淡的笑容。

「嘿、沒錯。」雷多點點頭，「而且只有我跟雅多、伊多可以打開，別人都不行；領路人的話頂多只能帶你們到聖地大門口，還是得由我或雅多出來帶你們進去。」

我看著雷多，感覺他說這句話好像別有含意。

別人都無法進去嗎？

那麼那個聖地不就只有他們三個人而已？

感覺挺孤單的。

學長看了我一眼，什麼話也沒說，然後轉向雷多，「走吧，浪費太多時間了。」

雷多點點頭。

❋

結果，那真的是一扇門。

在我們踏上圖騰之後不用兩秒，眼前的景色馬上霧化成一片，立即取而代之的是另一處的風景——白石的山谷、翠綠草樹以及隨風搖曳的粉色小花，濃濃的白色霧氣半是將一片景色掩蓋在其中。空氣清新無比，連我們那邊世界的高山空氣都不見得有這麼乾淨，感覺整個空氣就是……透明到了極點。

「不然你以為空氣有顏色嗎。」學長嗤了一聲，用一種對白痴說話的語氣這樣告訴我。

當然……我只是比喻啊！比喻都不行嗎！

學長把頭轉回去不想理我。

「歡迎來到我們的聖地。」帶路在前的雷多攤開手，後面那片白霧開始輕輕地散開，出現在我們眼前的是一大片潭水，仔細聆聽，可以聽見不遠處傳來了瀑布聲響，清冷的空氣撲面，無數的水珠立即飄浮在四周閃著微亮。

我們往前走了一點距離，在轉過白石山壁之後，出現在我們面前的果然是一座巨大的三支匯流瀑布，與方才聽見的細響不同，轟然的巨響讓整座山谷爲之震盪，回音綿綿不絕，飛濺的水花在深潭上掀起一波一波的漣漪。

令人歎爲觀止。

我在那邊世界雖然曾看過瀑布，可是沒見過這麼壯觀的，這種只有偶爾在雜誌或是國家地理頻道上會看見，作夢都不敢想。地面隨著聲音轟然而震，耳膜隨著巨聲而鼓動，有種跟著瀑布一起熱血起來的心情滿滿地漲了整個胸口。

「這裡就是聖地的中心點。」充當嚮導的雷多站在瀑布前放大了聲音這樣告訴我們，「剛剛前面是景院，一般如果有族裡的人找都是在那邊，這兒是神殿，走進瀑布之後裡面建有水鏡大神殿，一般人是不能進去到裡面。」

水鏡大神殿？

「伊多在神殿嗎？」我看著大瀑布。那個東西不知道怎樣走過去，我懷疑我一走就直接被大瀑布啊啊啊地沖到天涯了。

那座瀑布的水衝力看起來就是超大，一看就是很像特效電影可以來這邊取景的感覺。

雷多搖搖頭，「沒有，不在神殿裡。繼續往後走是我們平日生活休息的地方，現在神殿裡面只有修補中的水鏡軀殼，伊多在家裡休息。」

家裡？他們就直接住在聖地裡面嗎？

「我收到簡訊，伊多要找褚，所以我先將人提早帶來，你把人帶去吧。」學長突然從後面推了我一把，我差點整個人往前撲倒在地上。

「嗯。」雷多點點頭。

等等，伊多要找我？

我立刻轉頭一臉疑問地看著學長，後者連甩都不甩我。

「雅多在神殿嗎？」學長直接詢問另一個到現在我還沒看見的人。

雷多點點頭，「他在監督水鏡修復的進度，不過晚一點也會出席。」他朝我眨眨眼，後面那一句明顯就是說給我聽的。

「我昨晚找到他要的東西，現在拿過去給他。」學長朝我們一揮手，「那、褚你就先跟雷多去吧，晚點見。」

「呃、晚點見。」我反射性地也跟他揮手。

半秒之後，我馬上驚覺不對，什麼晚點見啊！你們現在是私底下進行人口移交嗎！爲什麼都沒先跟我講一下啊？

我突然有一種搞不好哪天我被賣掉還不知道的感覺。

學長不用一秒就消失在我眼前。

等等，他不是要穿過大瀑布嗎？

我本來還在想說要看看別人是怎樣橫穿那座大瀑布的，真讓我失望。

「走吧，漾漾。」雷多突然拍了我的肩膀，我馬上回過神，「伊多還在等我們喔。」

伊多……

我點點頭，「好。」

跟著帶路的人走過層層的白石，穿過幾座綠林後，很快就出現在我們面前的是一個建築、一個像是中古世紀才會出現的大型建築。

其實這個才是神殿吧。我看著活像某種古代遺跡的白石大建築，若真的要實際敘述它的樣子，這個建築給我一種中古世紀城堡的感覺，可是規模又沒有那麼大，比較縮小了一些。

就在我愣愣地看著白石建築同時，一道人影突然從裡面緩緩地走出來。

某個很眼熟的人。

「褚小朋友。」

從裡面走出來的人直接很率性地揮手算打過招呼，「聽說你們今天晚上要來這邊烤肉吃火鍋啊。」之前在湖之鎮見過一面的戴著眼鏡的黑色仙人掌衝著我露出詭異的一笑。

爲什麼仙人掌會出現在這種地方！

「呃、對啊，你要不要一起來烤？」我看著這位據說是五色雞頭三哥的老兄，小心翼翼地回答。要知道五色雞頭怪，眼前這個更怪，我還不想有一天突然被他做成個標本收藏。

戴著眼鏡的黑色仙人掌聳聳肩，「免了，我待會兒有工作，比賽剛結束的醫療班本部是很忙的，所以你們自己玩吧。」然後他轉頭看著雷多……應該是，因爲他的眼睛蓋在頭髮後面，是根據他眼鏡的方向判斷，總之他轉向雷多說道：「今天的診療結束囉，情況還算穩定，如果今晚他要去烤肉吃火鍋的話，記得不要讓他玩太瘋。」

雷多點點頭，「我們知道，謝謝啦。」

不曉得爲什麼，雖然他們沒有指名道姓，可是我直覺他們兩人說的那個就是伊多。

「醫療班還有工作，我先走了，晚上提爾會過來。」戴著眼鏡的黑色仙人掌一招手，非常率性地一秒就消失在我們眼前。

他是來診療伊多的？

等等！他是來診療伊多的？

「九瀾大哥不是分析部門的人嗎？」我訝異地轉過頭，想也不想地直接開口詢問。其實我想問的是他的專長不是做死人標本的爲什麼會出現在這裡？

「喔，沒錯。」雷多點點頭，繼續帶著我走進小城堡裡一邊回答我的問題，「不過他也是數一數二的醫療班好手，而且是跟在鳳凰族首領身邊的左右手，所以在分析以及治療方面都相當高竿，這次伊多的治療以及恢復主要就是琳娊西娜雅、提爾以及九瀾共同負責的。」

原來黑色仙人掌這麼厲害，難怪那時候復活陣法會是他出手共同幫忙的。要是沒聽他這樣講過或實際看過，我還眞的會當作他是專門在做人體標本的部門。

不過話說回來，我突然想到一個問題，之前有人告訴過我醫療班是鳳凰族構成的，可是五色雞頭怎麼看都不像鳳凰吧？

他充其量也只是一隻五色雞，怎樣都搆不上鳳凰標準。那照理說，黑色仙人掌應該也只是黑雞、頂多是高級一點的烏骨雞，爲什麼他會是治療班的人？

理解不能，該不會其實五色雞頭他們家是鳳凰族而我一直當成是野雞族吧？

就在我想開頭詢問雷多的同時，他突然停下腳步，站在一扇大房門之前，「這裡是伊多的房間，你可以進去了。」

我把問題吞回去肚子裡，看著眼前的白石雕刻大門，然後伸出手，輕輕地一推，房門立即左右敞開。

我突然想起來我第一次收到伊多等人的邀請卡前往亞里斯學院時也是很類似的這種場景。

雷多沒有跟著進來，我往房間裡面走了幾步，身後的房門立即自行關起。

整個房間裡有種清冷的香氣，感覺有點像焚香也有點像是藥粉的味道。房間很大，先看見的是一些異國的裝飾品，上面是大型的裝飾水晶燈，左右的牆壁上雕刻了許多我看不懂的神話圖繪。

不遠處有桌椅座，跟一般我們使用的桌椅又不同，全都是中古世紀、那種電影裡面才能看見的東西。我抬頭，看見盡頭處有面直接連到屋頂的白色大紗簾，後面是什麼看不清楚，紗簾上面則是繡了大幅的銀藍色圖騰，主要是蛇，旁邊就看不懂了。

「漾漾？」

紗簾後傳來很輕很輕的聲音，還是一樣很溫和，不過有點虛弱，「別站在那邊，過來吧。」

那一瞬間，我覺得我有點鼻酸。

※

「別站在那邊了，請過來吧。」

第二次輕輕的催促聲音才讓我回過了神。小心翼翼地繞過紗簾之後，出現在我面前的是一張大床。伊多就半躺在床鋪上，那張床大得讓他看起來突然很小，像是他不過就只是上面的一點裝飾而已。

他的臉色看起來非常蒼白，感覺好像全身的血都被抽光一樣，一點紅潤都沒有，頭髮比我印象中長了一點點，整個人削瘦了很多。

我看著伊多，突然尷尬得不知道怎麼開口，雖然他如同往常般帶著笑容，卻讓我無法跟著微笑出來。

「來這邊吧，床鋪還夠大讓你坐。」先打破沉靜的是伊多，他拍拍床鋪旁邊的空位，一如往常有禮地說著。

基本上那張床眞的很大，睡個五、六人都不是問題，甚至在上面打滾都還綽綽有餘。

我繞過去，順著他的話坐在床邊，戰戰兢兢地看著他。

「那個……你還好嗎？」我在心裡想了半天又絞盡腦汁，勉勉強強只想到這一句話。然後問出口後，我自己一秒就想去撞牆了。

伊多還是微笑，「已經好得差不多了，這次麻煩琳婗西娜雅他們許多，再不好一些也不行。」

「喔。」我偷偷瞄了一下伊多，的確除了臉色很白之外，他整個感覺好很多，至少比我最後一次看見他時好。

就在我完全不知道應該要說什麼時，一股清涼的水花突然自空中飛濺出來擦過我的臉，然後往伊多的手上鑽去。

仔細看清楚了，那個根本不是什麼水花，而是一條用水組成、幾乎透明的小龍。

那條透明小龍就在伊多的手掌上玩耍似地繞了幾圈，發出小動物鳴叫般的聲音之後轉過來，水藍色的眼睛直勾勾地看著我，「這就是先見之鏡的靈體。」伊多搔著小龍的頸項，後者很舒服般微微瞇起眼睛抬了抬頭，然後就蜷了身體在伊多的掌上休息下來。「水鏡修復時被釋放出來的靈體，現在力量很弱，無法做任何占卜。」

我看著那條像是蜥蜴的小龍，「那要等多久力量才會恢復……？」

伊多微微一笑，「不曉得，水鏡碎裂之後，裡面的靈力也全都散光，現在冰炎殿下與夏碎先生已經到處替我們尋找具有強大靈氣的水晶石修補先見之鏡，一切也只能看運氣了。」

意思就是說也很可能不會恢復嗎？

我看著那條小龍，垂下肩膀。

「放心，水鏡是在聖地誕生、也是在聖地養成，就是眼前無法恢復，累積了千百年的時間也會重新再生的。」伊多伸出手，輕輕地拍了拍我的肩膀。

小龍像是附和一般也跟著鳴叫了一聲。

我看見他收了手，將小龍裹在手心當中半閉上了眼，用一種我應該是聽不懂卻又能聽懂的語言吟唱歌謠：

世界上萬物都有消逝的一天，
失去之後是重生，
重生之後是美麗地綻放，
一重一重輪迴不會因爲毀滅停歇。
所以爲我祝禱的人們啊，
不要因爲失去而傷悲，

那裡也只是讓我們暫時休息沉睡，

許久許久之後，

輪迴將重新喚回一切。

輕輕的聲音在空氣中停止，一切都是那樣地自然，就這樣聲音回歸到空氣中。

伊多張開了手，小龍又發出細小的聲音，然後他們同時轉過來看著我，「一切都會沒問題的，所以、不用擔心。」

「嗯。」我點點頭，默默祈禱水鏡能快點恢復原樣。

在伊多手上玩耍一陣子之後，小龍翻滾了幾圈又立即竄走消失在房中一角，不知道往哪邊去了。

看了看床邊的掛鐘，伊多回過頭看著我，「時間差不多其他人也應該到了，你要去跟他們會合了嗎？」

我看了一下手錶，已經快要六點了。

不知不覺，時間已經這麼晚了？

「喔、對喔。」我連忙從床鋪邊站起來，「伊多你們晚上也要過去烤肉嗎？」雖然我覺得伊多還是不要去得好，他看起來還很虛弱，可是又很想找他一起去。

伊多點點頭，「晚一些會過去，你們要好好玩喔。」

「嗯。」

然後，我慢慢地走出，正要伸手去翻開紗簾時，身後的伊多突然又喊住我，「漾漾。」他頓了頓，露出微笑，「不久以後你會遇到挑戰，要記得相信你身邊爲你擔心的所有人，不要讓黑霧遮蔽了你的視線。就是眼前有所迷失，但是心智卻不會迷失，相信你所選擇的，懂嗎？」

不明白他爲什麼會這樣說，我似懂非懂地點了點頭，把這番話全部牢牢記在心中。

伸手翻開紗簾走出去，外頭的門已經自動開啓。

離開了伊多的房間，雷多正在外面等我，看來他應該沒有離開過。

「漾漾，談得如何？」他看見我出來，笑嘻嘻地直接開問。

談得如何啊……

我歪著頭回想剛剛，其實我們幾乎都沒講到什麼話，不過見到伊多之後，感覺心裡好像放下了一塊大石頭，整個人變得輕鬆很多，「嗯。」我不曉得怎樣回答雷多，所以只是點了點頭。

雷多笑著，然後伸出手用力揉揉我的頭，「現在，放心了吧！」

「呃？」

才想問他這句話是什麼意思，雷多就已經邁開腳步往外面走去，我只好連忙跟上去。

走出小城堡的大門之後，學長與剛剛沒見到的雅多已經在門口站了不知道多久正在聊天，一看見我們出來，兩人打住話題轉過頭來。

「褚，說完了？」學長看了我一眼，問。

我立即點頭。

「嗯，那就好。」

雅多對著我頷了頷首打過了招呼，然後環視了其他人，說：

「其他人都已經到了，走吧。」

第十四話　靈山上的聚會

地點：Nymph

時間：傍晚六點零九分

「漾漾～這裡喔！」

雅多兩人領著我們繞了一小段山坡路之後，出現在我們面前的是一大群已經在那邊不知道等多久的其他人。

我們的目的地是方才看見的那座大瀑布上方，旁邊是水流、四周是樹木植物，天還未黑，不過往上看去是一大片天空，果然很有靈山賞月的感覺。真的是……靈山呢……

我突然覺得我這輩子做過最誇張的事情應該在短短的一學期內都累積完了。

喵喵遠遠地就朝著我揮手，旁邊站的是萊恩、千冬歲、五色雞頭等人，部分人已經開始堆疊木炭的動作。意外地，我居然看見班長歐蘿妲跟老師出現在人群裡。

爲什麼會有老師？

「我把漾漾和我們認識的人都問一遍了，來很多人耶。」主要召集人是喵喵，她給了以上的解答。

「喔。」我看著一大群人，連蘭德爾都出現在裡面，而且還悠哉地坐在樹下旁邊有管家在服侍倒酒是怎樣！

這個應該是大家一起來動手的烤肉大會吧！給我從椅子上下來！

「謝謝這次你們提供場地。」夏碎學長向雅多兩人微微點了點頭，另一邊的兩人也回禮。

我大約環視一下，幾乎認識的人都差不多到齊了。

說眞的，其實我認識的人還是那幾個，學長、喵喵那幾隻就不用說了，加上蘭德爾學長、尼羅、班長、輔長、庚學姊，以及老師，算一算陣容也挺龐大的，眼前看去就十來人。

「我們還有事情待辦，晚一點會來加入，你們好好玩喔。」雷多咧了笑容，與其他人一一打過招呼之後朝我眨眨眼，才被雅多給拖走。看來他們眞的很忙。

就在我收回視線想過去幫忙時，突然有人從我的背後一拍，我轉過身，看見出乎意料之外的面孔。

「嗨，好久不見，漾漾。」比賽期間來無影去無蹤的白陵然出現在我們眼前，然後他轉過身向學長鞠了躬，「謝謝你們這次的招待。」

學長找來的？

紅眼瞥了我一下，學長只是回了禮也沒有多說什麼。

「七陵學院的人？」喵喵蹦過來，十分好奇地繞著然看，「漾漾你認識的範圍好廣喔，七陵學院的人很少願意出來聚會耶。」

然還是微笑，一點被冒犯的感覺都沒有。

「呃……還好吧。」我哪知道他們喜不喜歡出來聚會，不過至少我認識的這個已經跑出來就是了。

「我們會出席朋友的聚會。」然給了一個非常場面而且又很好聽不傷感情的總論，「而且，這個聚會看起來很有趣。」

不只是有趣，只要這群人聚在一起，你很快就會知道什麼叫作眞正的「有趣」。

我不好意思說太明白打擊第一次參加的然。因爲他們這群人的聚會行使方式都是一個「？」不然就是個「！」，而我已經經歷過很多次，到現在都有點快要麻木了的感覺。

「喂喂，你們不要偷懶，快過來幫忙！」正在偷懶的老師對著正在聊天的我們大喊，旁邊的班長抱了煮火鍋的大型鍋子走過去。

等等，那眞的是煮火鍋要用的鍋子嗎？爲什麼我好像看見魔女煮藥的大鍋出現！

我們等等要吃的眞的是火鍋嗎？

爲什麼妳要用那種鍋子煮！

「喵喵要跟歐蘿妲、庚去準備火鍋料，男生要去準備火爐喔。」喵喵拉著我很正經地說，完全不把那個應該不是煮火鍋用的鍋子放在眼裡，「而且今天有規定，烤肉大會時不能用術法。」

妳放心，就算妳說可以用我還是不會用。

是說你們又在無聊做什麼道德守約了？爲什麼不能用術法啊？到時候如果森林被你們搞到起

火了還是哪個東西炸了怎麼辦啊！

「喵喵，快過來幫忙。」抱著一大堆黑色不明物體的庚學姊發出叫喚聲，她距離我有點遠，不過我的眼睛如果沒抽筋或是鬼遮眼的話應該是沒有看錯。

爲什麼那個黑色不明物體上面有很多眼睛還會動？那眞的能吃嗎！

你們選擇食材的標準到底是什麼？

「漾漾，要期待我們的料理喔。」喵喵拋下讓人覺得很恐怖的話之後就小跑步往庚學姊那邊跑去了。

話說，我一點也不期待。

「褚，去幫忙其他人。」顯然有話和夏碎學長說的學長無預警地推了我一把。

「喔。」我點點頭，轉頭看向正在堆木炭的男生組。

千冬歲正在實現他無聊的宣言，他居然在疊花式木炭！而且萊恩還在旁邊依照他的話將木炭弄成適合的形狀。

他瘋了，我眞誠地如此感覺。

「漾～幫我多拿一些木炭過來。」不遠處同樣在堆疊炭火的五色雞頭朝我招招手，和別人一小組一小組行動不同，他單獨自己一個，看起來很悽涼，就像是老阿公躲在廚房角落裡面吃飯那種感覺。

「木炭？」我轉動頭部，看見堆在另外一邊幾乎有一樓平房那麼高的木炭堆。

請問你們今天是要吃多少東西？那堆木炭是怎麼回事？你們不是要烤肉吧其實，你們是要火葬才對。

我突然有種會烤三天三夜的錯覺。

「漾漾，我們去拿木炭。」旁邊的然行動和適應力比我好很多，拖著我的手就往那堆木炭山走過去。木炭山旁邊有幾個小水桶，裡面都黑黑的，明顯就是裝木炭用的。

我看著眼前這座木炭山，總覺得好像如果沒挖好它就會垮下來……到底是誰把木炭堆成這樣子的？正常去超商還是大賣場買的話不是應該都是一包一包分開裝好的嗎？難不成這些鬼東西又是誰自家栽培的產業嗎！

誰沒事開發木炭產業幹嘛啊！

然隨手拿起一個水桶，極度豪爽地就是隨便一撈，水桶裡馬上滿滿地裝了木炭，「這些應該夠用了，走吧。」他又繼續拖著我往五色雞頭那邊走。

已經堆好一半炭火的五色雞頭朝我們招招手，然後接過然的水桶，「嘿嘿，本大爺起的火會是最旺的！等著瞧吧！」

最旺？

「不是只要可以烤就好了？」我接過他遞來的手套戴好，幫忙拿出木炭。

「哼哼，火當然是越旺越好，這樣燒過之後才不會留下屍體和證據！」五色雞頭用一種很得意的口吻如此教導我們。

……我們應該是要烤肉不是滅屍吧？

「耶？真的是這樣嗎？」然居然相信了！

「當然不是這樣！」我馬上制止他的腦袋建檔。開玩笑，要是然回去跟他們學院說什麼火要越旺越好才不會留下屍體的，七陵學院的人肯定會以爲我們學校跟學生腦袋都是殘的，雖然這有部分是事實沒錯……但是我並不想被歸納在裡面啊！

稍微看了一下別組，千冬歲那邊已經疊了第二堆起來，萊恩正在看顧第一堆的燃燒狀況，看樣子花式排法可能還有它的好處，他們點火時很輕鬆，一下子整塊木炭都燒紅了。

另外一邊尼羅也疊好一個，老師也是自行堆好一個，現在空閒下來正在和蘭德爾喝紅酒。比較旁邊的還有一個很普通的烤爐，不過旁邊沒有人，我猜應該是夏碎學長的。

「你們等一下生好火記得把所有的火爐都集中喔，不然太分散要跑來跑去很麻煩。」路過的歐蘿姐跟每個小組的人這樣說，連我們也不例外。

「好。」

我看向女生組，她們已經堆好木柴跟魔女的煮藥鍋，現在不知道放了什麼東西進去，整個鍋子都很邪門地在冒泡。

我開始懷疑，這些東西真的能吃嗎？

※

大約過了十來分鐘，各組的火爐全都生好火，然後跟蘭德爾很悠哉打混時間的老師才過來把火爐全都集中到同一個地方。一次看見七、八個烤肉爐放在一起熊熊燃燒，說眞的，在某方面來說還挺壯觀的。

「菜也都整理好囉。」在旁邊河流洗好菜的喵喵等人扛著一籮筐一籮筐不知名的食材回來，不知道什麼時候旁邊蹦出了一張長型大石桌，材料就在上面堆得滿滿。

其實，我們是十幾人不是百來人……

「啊，本大爺有自己帶東西來。」五色雞頭突然神奇平空拿出一個大布袋，裡面裝得鼓鼓，他把袋子裡的東西全都倒在桌上。

咚咚咚地幾個聲音之後，綠色的物體滾滿了整個桌面。

芭、芭樂？

我揉揉眼睛，桌上的芭樂猶然在。眞的是芭樂？

原來這個世界的芭樂跟我們那邊的芭樂長得一樣耶……

「你現在拿出飯後水果幹嘛？」千冬歲瞇著眼看著滾了滿桌的芭樂，語氣很冷地說。

搞不好其實千冬歲很討厭吃芭樂，因爲他用一種很仇視的眼神看著桌上無辜的芭樂，好像有隨時會把東西給×××的感覺。

「誰說這是飯後水果。」五色雞頭白了他一眼，然後隨手拿起一個外表看起來應該是很正常的芭樂，「這個當然是今天烤肉的、主、角。」

……

「欸，走了走了開始烤了，不然會烤不完。」

全部的人在聽到答案之後突然一秒散開。

「喂！你們這群沒禮貌的傢伙！居然給本大爺小看芭樂！給我滾回來！」五色雞頭發出爲芭樂不平的憤怒之吼。

……我比較有疑問的是，芭樂這種東西可以烤嗎？

「漾漾，你想吃什麼？」不知道什麼時候去抱來一盤生烤肉串的然在其中一座烤爐前蹲下來，很豪氣地把整盤烤肉串往上一撒——

「住手！」喵喵發出哀號衝去搶救烤肉串，「這是烤肉不是快炒啊！」

「有什麼不同嗎？」然用一種很單純無辜的表情看她。

「當然不同，快炒有鏟子烤肉沒有，不然你想用手下去炒嗎！」喵喵忿忿地爲那盤肉打抱不平。

……我只能說，可能我認知的快炒跟他們不太一樣。

就在那邊爲了快炒問題正在指導與搶救，旁邊已經開始飄散出香味，「漾漾，這個可以吃了。」萊恩突然從我旁邊冒出來，把我嚇了一大跳，他端著的玻璃盤子上排滿了烤得非常漂亮的烤肉串，「千冬歲那邊還有。」

一個人顧兩座爐的千冬歲很神地火速烤了一大堆東西出來。

開爐到現在應該還不到一分鐘吧？

我懷疑東西有沒有熟。你們不是人吃了不會死，可是我是人類，我覺得我要是吃錯了會死耶……

「放心，這個都熟了。」萊恩拿了一串吃給我看，然後把整盤烤肉串都塞到我手上。

我看著手上的盤子，上面的東西不但漂亮又整齊，感覺就是某種很精緻的大廚專家烤出來的高水準料理。

千冬歲，你會是個好媽媽……不是、我是說好爸爸的。

含淚想著，我突然覺得我對這盤最正常不過的漂亮烤肉充滿了感動。

「萊恩！你的飯糰放在哪邊！」已經把第二爐薄片都起網之後，千冬歲直接發出聲音詢問，萊恩馬上跑過去。

那邊還在教育快炒問題。我看了一下，學長坐在石桌旁邊，夏碎學長在其中一個爐烤肉，然後爲了不礙手礙腳，我先走過去學長那邊，不敢打擾正在忙碌的人，「學長，你們要不要吃？」

紅色的眼睛看過來，「喔、謝謝。」

我這才注意到學長桌邊也堆了兩盤烤好的……黑色不明物體。

「放心，這個吃了不會死人，外層包裹的是醬料。」身爲悠悠哉哉等吃一族的學長抽出了木叉在黑黑的東西上敲一敲，那個一整團的黑色馬上碎掉，瞬間發出傳說中動畫裡美食出場必有的金色沖天光芒，「褚，不要給我隨便腦袋抽筋！」

被冷水一潑，我腦袋中的金色光芒馬上瞬間熄滅。

黑色的東西碎掉之後我才看出來裡面也是烤肉，像是肉團子和蔬菜的東西，黑黑的外皮破碎後還流出湯汁，接著碎去的黑色不明物體就這樣融化在湯汁裡面，完全變成兩種不同的東西。

我嗅到一種很香很香的味道。

「褚，這邊還有很多，你們可以慢慢吃喔。」微笑著拿了第三盤黑色不明物體過來之後，夏碎學長這樣說著。

愣愣地看著黑色的不明物體與碎掉轉生之後的烤肉團，眼下我腦袋中只有一個想法——原來雪野跟藥師寺家最強的就是烤肉？

這眞是太神了！

「同學，謝啦。」我還沒回過神，手上一輕，旁邊的光頭老師非常順手地直接把整盤烤肉拿走，「再去多烤一點過來吧。」標準以大欺小的姿態。

我看著他把烤肉拿過去和蘭德爾一起當作下酒菜。

你是老師吧！

「你不下去烤肉？」學長似笑非笑地看了我一眼，接著遞過來一個透明的杯子，裡面有透明的氣泡飲料，「汽水，聽說是千冬歲他們跑去你們原來世界買的。」

我很感動地接過唯一正常的飲料，「我怕會弄壞烤爐。」因爲我的手是史上無敵的掃把手，所以還是不要亂動比較好。

「呵。」學長也沒多說什麼，戳了一顆肉團子遞給我之後自己也插了一塊有一下沒一下地咬著，然後前面的同伴在叫，他就把空盤子遞過去，一切都是那樣地自然。

我順著動作看過去，蹲在夏碎學長旁邊烤肉的是蘭德爾的狼人管家尼羅，他的網子上出現了非常神奇的東西。如果我沒看錯，那個好像是超厚的高級牛排附加幾種配飾小菜。

會不會太高級了一點！

「小亭的肉來了～～！」剛剛沒看見現在突然冒出來的黑蛇小妹妹從遙遠的另一方跑過來，挾帶著非常有氣勢的喊聲。

所有人抬頭看過去，接著臉色一變——

「小亭！站住！」夏碎學長的制止聲晚了一步，黑蛇小妹妹扛著一隻比她身體大一倍的某種綠色動物用百米的速度衝過來。而且，那個動物居然是活的！還在抓狂地掙扎。

她跑近的時候我終於看清楚那是什麼東西。

「嗨！這位朋友！請快點放在下下來——！」被捉住的河童仰頭掙扎加上大叫。

「活的會動的大塊的肉！」小亭的眼睛發出可怕的雷射閃光，目標是烤爐。

就在那瞬間一秒，悲劇產生了。

黑蛇小妹妹猛地在烤爐正前方煞車，然後將手上的河童直接丟到烤爐上。

「嘎啊啊啊啊啊啊啊啊啊啊啊啊啊——————」

今晚的第一個犧牲品出現。

＊

學長猛地出現在火爐前，火光照映在他漂亮的白色面孔上。

有那麼一瞬間，我好像看見某種終極魔王還是地獄鬼王在火焰中重生的那種畫面。

「滾！」

無視於對方是受害者，火焰上的魔王一腳把那隻殼被燒傷的河童踢出去變成遠方的一顆星。

我突然覺得當一隻河童很悲哀，不但人權完全被藐視還被當人球、不是，我是說河童球給踢走……雖然說我好像也差不多是這樣子。

「小亭的肉……」黑蛇小妹妹目送著河童消失在遠方。因爲她不敢對學長做什麼，只好很悲傷地站在原地弔祭她飛走的活肉。

「肉的話桌上不是有很多了？」我看了一眼石桌上已經增量好幾盤的烤肉串，然後告訴正在默哀的黑蛇小妹妹。

「那些又不是活的也不會跑。」不過黑蛇小妹妹還是走到桌邊跳上椅子，咧開大嘴一次一盤把桌上的烤肉給呑掉一大半。

話說，爲什麼那隻河童會跑進來水族聖地啊？

導遊眞是種奇妙的東西。

「來來來！各位觀眾朋友看過來！」因爲芭樂被冷落的五色雞頭閃亮地出現在前面，手上還拿著芭樂袋，另一手不知道爲什麼出現了謎樣的折扇敲著桌面，完全就像是某種在賣推銷品的歐吉桑。「告訴你們最新吃法，時下最流行的炭烤芭樂有著凡人不能理解的美味，一火烤下去，外表酥脆香甜、內在汁肉軟滑，配上沾醬，保證會成爲今年銷量最高的零食！」

我覺得好冷……

蹲在正前方烤肉的千冬歲用一種看白痴的眼神看了他一眼，然後低頭繼續烤他的肉和飯糰。

「不要看不起芭樂！」五色雞頭一秒直接跟他槓上，一旁的萊恩還來不及阻止，他已經抓出一粒芭樂直接砸在烤肉架上。

看起來應該是正常芭樂的芭樂猛然冒出一股黑煙，接著不用兩秒的時間……

「啊啊啊啊啊啊啊——」

芭樂突然扭曲，上面出現謎樣的人臉發出淒厲的尖叫聲。

這根本不是正常的芭樂！

我立刻捂住耳朵，首當其衝的千冬歲大概是被尖叫聲喊到耳鳴，整個人頓了很大一下，暈眩往後倒了半個角度馬上被萊恩扶住。

芭樂只叫了幾秒鐘，然後萎縮成一半大小，整個靈異地變成金黃色的。

「喔喔喔喔，眞是美麗的顏色。」五色雞頭很感動地看著閃閃發亮的芭樂，又用他的折扇甩了桌面好幾下製造出無限噪音，「來吧各位親愛的鄉親們，請捐出你們可愛的烤爐一點位置來放芭樂。」

幾乎是立竿見影，本來顧著烤爐的其他人立即不約而同地把整個烤肉架上都擺滿食物，一點空間都擠不出來。是說，爲什麼我記得你剛剛自己也有一個爐？

我轉過頭，看見然蹲在那個烤爐前獨自奮鬥著，還有月光打在他身上。

「眞是沒禮貌，這可是高營養的好東西。」嘖了一聲，五色雞頭轉過去看那個還在等水滾的超級大火鍋，接著，他的眼睛發亮。

「住手、西瑞！」今天晚上一直在制止人的夏碎學長又晚了一步，滿袋的芭樂在他眼前被倒了一大半下去火鍋裡。

瞬間，火鍋裡充滿了可怕的尖叫回音，整鍋原本冒著泡泡的大鍋馬上砰了一聲，開始冒出沼澤顏色的泡泡，幾秒之後出現了疑似人臉的東西又被捲下去。

我不敢吃火鍋了。

「這邊有空爐，你用這個烤吧。」明顯也是不想中毒的學長看了一眼剛把高級牛肉拿起來的尼羅，說道。

「喔耶。」五色雞頭很快樂地拿著半袋芭樂往那個空火爐跑過去。

就在尼羅離開去服侍他主人而火爐被五色雞頭接收之後不用一分鐘，詭異的呻吟聲與尖叫聲開始從他的烤肉架上傳出，活像是那地方出現了很多冤屈不平的好兄弟，四周的空氣很快就跟著歪斜扭曲外加黑暗起來。

沒有人敢靠近那個地方。

「漾漾，我烤好了。」一直都很安靜在烤肉的然蹦了過來，手上端著一個大盤子，上面堆滿了各種食物，而且還神奇地出現了烤吐司這種東西。

好兄弟，你烤得最正常。

我很感動地接收那盤烤肉。

然在旁邊坐下來，接過學長遞去的汽水杯，「第一次烤肉，挺有意思的。」他笑笑地喝了口汽水，伸手拿走一串烤肉。

「咦？第一次？」對了，話說喵喵他們好像也沒有烤過肉的樣子。這個世界不流行戶外活動的嗎？

「嗯，我們學院平常要修練靜心所以很少有聚會，家裡那邊也一樣。」然晃晃腳，咬了一口肉片，「所以曾在電視上看過，不過沒有眞正碰過。」他舔舔嘴，把沾在旁邊的烤肉醬給舔掉。

「原來是這樣。」我點點頭，拿過吐司夾肉片，只敢選看起來很平常的東西，那種形狀顏色太奇怪的我連碰都不敢碰，「我們那邊常常烤肉，以前學校也會烤，有時候過年過節也會烤，所以很習慣了。」

「眞好。」然眨眨眼睛，衝著我微笑，「那下次我去找你們玩好不好？」

我立即點點頭，「歡迎啊。」

「那就這樣約定了。」

烤肉一盤一盤被排上桌，然後又一盤一盤消失在黑蛇小妹妹的嘴裡。真正在烤的人反而沒吃到什麼東西，除了五色雞頭以外。

「嘿！各位，火鍋煮好了！」火鍋組的庚學姊與歐蘿妲放大聲音宣布。

我轉頭，剛剛還冒著沼澤氣泡的火鍋居然變成清湯了！

妳們到底是怎麼煮的？

我可不可以不要吃啊。

※

火鍋正在沸騰。

我好像看見有某種奇異的靈魂與詭異的叫聲也跟著在翻滾。

「漾漾，你要不要吃火鍋？」站在旁邊的喵喵用一種非常天真無邪、看起來就是連一隻螞蟻都揉不死的超無辜笑容問我。我在那個笑容後面看到黑暗的極樂世界……

「我、我現在很飽，等等再吃。」我端著然提供的吐司夾肉片，然後還以很抱歉的笑容對不起喵喵，我是真的很想吃妳的火鍋，可是太恐怖了，我的欺騙自己幻想戰勝不了理智。

「沒關係，我們煮很多，漾漾你也可以打包回去當點心。」庚學姊的眼睛閃出了詭異的光芒，「記得要多、吃、一、點、喔。」

我明白了學姊……看來今天不死也難。

「其實這個還不錯。」不知道什麼時候手上已經端著一碗湯的千冬歲看了一眼旁邊的萊恩，萊恩的碗裡剛好露出已經罹難沉沒的飯糰一角，「大骨燉兩百年出來湯底果然不錯。」

……我確定我應該沒有聽錯。

那兩百年是怎麼來的啊！

「哼哼，這可是我們家祖傳千年不停火煮出來的湯底，因爲只是要煮火鍋，我還特地選了比較新的出來用。」歐蘿妲環著手，笑得非常詭異。

你們家祖傳的……你們家不是聽說是什麼妖精的望族還人人都懼畏嗎！爲什麼又變成湯底專家了？

該不會你們家是用湯底來征服各個種族變成幕後陰暗的黑手級存在吧！

「火鍋果然需要好的湯底！」在旁邊跟大學生喝酒配菜的老師說出了經典名句。

那沒有喝是我的錯嗎？

「褚，幫我拿汽水過來一下。」旁邊的學長突然出聲，我這才注意到汽水就放在我桌子前。

「喔、喔，好。」我連忙把汽水遞過去給他。

其實就是不吃火鍋的話，還是可以繼續吃烤肉的啊。

就在大家把食物準備得差不多要坐下來時，細微的腳步聲傳來，轉頭，看見了兩張一模一樣的臉孔出現。

「欸，你們都煮好了喔。」晚來的雷多和雅多幾乎是同時出現在所有人的視線當中，而在兩人之間，他們還扶著另外一個人。

「伊多！」

不知道是誰先上去的，總之原來正在忙碌的幾個人馬上放下手上的工作，蹦過去幫忙整理出一個比較舒服的位置讓伊多坐下。

「現在出來可以嗎？」站在一旁的學長這樣詢問著。

勾起一抹微笑，伊多朝所有人都點點頭，「讓大家擔心了，現在已經沒什麼大礙……謝謝大家今晚的光臨，希望能使大家盡興而歸。」他的聲音雖然還是有點虛弱，但是比起剛剛我遇到時候有精神許多了。

所有人都向伊多笑了下，「能上這地方來已經夠開心的了。」喵喵咧著可愛的笑容，「這裡眞的好漂亮好漂亮，喵喵很喜歡這裡。」

「嗯，那也請大家有空閒時間多多來這邊逛逛了。」微微輕咳了聲，伊多依舊溫和地微笑。

「耶～都準備得差不多了嘛。」

一旁雷多的聲音打斷了這邊溫馨的問答，我們轉過頭去看見他手上不知道什麼時候已經提著某種非常眼熟的東西、叫作巨大版的龍蝦，「我本來想說要拿蝦子來加菜的。」

那是龍蝦，我確定！

「沒關係，火鍋這種東西就是要一直煮一直放東西才有趣！」喵喵很快樂地接過幾乎有她身體一半大的終極龍蝦，估計等等我會看到的叫作龍蝦湯。

雅多無聲地把手上一樣大隻的終極螃蟹遞過去……你們兩個晚來就是去準備海產嗎？這該不會是什麼水妖精的居民之類的東西被你們兩個抓來加菜吧！

原本寒暄的人們在差不多都打過招呼之後才都回到原本的位置上。

我悄悄地移動位置，靠過去伊多附近，可也不敢太過靠近，其實我也不知道我想幹什麼……可能就是這樣會比較安心吧……

「漾漾，今天晚上玩得開心嗎？」應該是注意到我動作的伊多猛然轉過頭來，差點嚇了我一大跳。

「呃、很開心。」我點點頭，有種不知道應該做什麼的感覺，「那個，伊多你要吃什麼嗎？千冬歲和夏碎學長他們的烤肉都很好吃喔……啊！還有然的也是……」

當我回過神察覺到時，我自己已經開始胡言亂語了。

伊多還是溫柔地微笑，「那，請給我一些好了。」

我不知道我的臉是不是紅了，就是發了熱，然後接過學長遞來的小盤子之後挑了幾樣看起來很精緻的烤肉後拿給伊多。

「我也要。」不知道什麼時候靠過來的雅多直接就坐在我們兩人中間，竹叉一伸就戳去了盤子裡面一大塊肉團。

「耶！雅多你怎麼可以自己跑來偷吃！」原本正在看龍蝦煮熟的雷多馬上撲過來。

於是雙胞胎兄弟發生了食物翻臉之戰。

四周都是這樣的熱鬧。

我悄悄地看著伊多的動作，有些慢，卻一點一點地吃著盤子裡的東西，喝著擺在旁邊的飲料。有那麼一瞬間，我想到了一句很老套的話……

活著眞好。

※

「你又在想什麼亂七八糟的東西！」

啪一聲某人無良地一巴將我從活著眞好給打回現實，「不要經常隨便自己一個人活在非現實裡面。」學長冷哼了一聲，然後朝我伸手，「飲料。」

被他一講我才注意到桌上的汽水都空了，裝著汽水的紙箱就在我腳邊。

是說我怎麼記得學長很少喝氣泡飲料啊……今晚喝得這麼凶是怎樣？

「你管我！」紅眼凶惡地一瞪，我馬上加快速度把汽水遞過去。

好吧我管不了你，說眞的我也不敢管啊……

「漾漾，你要不要吃海鮮火鍋湯？」拿了一個不知道從哪邊生出來的大碗公，雷多突然靠過來旁邊坐。

海鮮火鍋？

等等，我有沒有看錯，你那個碗裡除了龍蝦肉之外有個清湯豆腐白菜是怎麼回事！

那眞的是火鍋嗎！

我猛然轉頭看向那個詭異到不知道食用下去會怎樣的魔女鍋，鍋口還掛著大螃蟹正在沸騰。那鍋東西裡面到底還可以做幾種變化，說眞的我還眞有那麼一點好奇，會不會到最後變質的時候又是另外一種東西了啊？

「這個還挺不錯的說，沒想到原來火鍋的味道是這樣。」舀了塊豆腐，雷多這樣說著。

其實你被誤導了，這個頂多只是龍蝦豆腐湯，還稱不上是火鍋。

桌上的空間給疊滿，空位也逐漸坐上了人，閒置在一旁的空火爐上仍然冒著星火，某部分還有躺在上面等熟的玉米一類東西。

「這些都是我的，通通都不准搶。」端過來一個大盤子的五色雞頭活像某種鄉村大豐收的農民一樣，他的盤上全躺著烤得很詭異的芭樂和肉片，另外還有個應該不是我們準備而是不知道從哪邊出現的大型肉塊。

我非常不想知道那個肉塊是什麼東西。

「肉——」現場對大型肉塊有興趣的小亭眨巴著眼站在旁邊看。如果我沒有記錯的話這位小妹妹，剛剛桌上第一、二輪的東西好像都進到妳的肚子裡了不是嗎！

「去去去，這全部都是本大爺的。」五色雞頭用趕貓趕狗趕蒼蠅的標準手勢外加噓聲將繞在旁邊的黑蛇小妹妹趕開。

「肉——」

「滾！」

很顯然他們兩個都是大型肉愛好者。

轉回過頭，我很不想觀賞因爲一塊肉而發生的禽獸與爬蟲衝突大戰。

「借過借過！」幾個吆喝聲傳來，我看見千冬歲和萊恩馬上拋下手上的東西把桌面上清出一個大空位，抬著不知道從哪邊找出來小一號的鍋子往這邊跑來的喵喵和庚學姊一口氣把手上的鍋放到桌上。

我看見龍蝦和螃蟹的青菜豆腐湯。

那兩樣東西眞的可以這樣煮在一起嗎！

「大家趁熱快吃喔，不夠的火鍋裡面還有。」喵喵很熱切地招呼著所有人。後面的魔女鍋又變回剛剛那種活像是沼澤裡的東西，妳確定這鍋清湯眞的是用那個煮出來的嗎……？

「終於弄得差不多了。」辛苦的女生組分別在四周也都坐下，只剩下旁邊的鍋子還不停在翻滾，間時還有人把東西丟進去煮。

大致上全都告一段落之後，我看見整張桌上不是汽水就是烤肉，中間還詭異地出現了鍋海鮮

豆腐青菜湯，然後桌邊全都圍滿了人，上面有著一輪大大的月亮。

這眞是一幕……

非常可怕的景色啊！

我居然眞的在靈山上面烤肉賞月吃火鍋了！

誰來告訴我這一切都是作夢、我根本沒有幹出這麼詭異的事情好不好！

「哼，要幫你賞一巴掌讓你眞的回去作夢嗎。」正在喝著橘子汽水的學長瞥了我一眼，用很陰森的語氣這樣打破我的恍惚。

不用了、謝謝，我眞誠地覺得被你打一巴掌應該不會是昏倒回去作夢這麼簡單。

還有學長你這樣一直喝飲料沒吃東西會很容易糖分攝取過高喔。

「囉唆！」整罐的汽水直接砸過來。

已經很有心得的我馬上接住那罐汽水，開玩笑，要是被這種家庭號打到我應該會死！不對、是眞的會死！

「漾漾，你還要不要烤肉？」依舊很我行我素的然又從旁邊冒出來，然後在桌上堆疊了烤吐司跟肉片、筊白筍這些正常的東西。

「喔、好，謝謝。」接過吐司夾肉片，我有一種今天晚上應該就是吃這個吃到飽的感覺。

「還有蝦子。」然從後面變出第二盤正常的海鮮類。

「原世界的蝦子這麼小隻喔？」雷多湊過來，抽起一尾對我來講一點都不小的大草蝦說著。

「不然蝦子應該多大？」我看著草蝦，有種這個一定很貴的感覺，比我家平常吃的都還要大很多，一定是去那種很高級的海產店買來的。

「剛剛我不是有拿來，在湯裡面。」指著青菜豆腐湯，雷多用一種很理所當然的口氣說道。

「那是龍蝦吧！」還要是突變型！

「那就是蝦子啊，一般水蝦子都是長那樣的。」剝去草蝦的殼丟入嘴裡，雷多眨著眼睛這樣告訴我，「啊，不過你們這種小小的蝦子不錯吃。」

一般蝦子長得像突變的龍蝦是嗎……

我突然覺得下次最好不要靠近水邊玩，不然會被不明蝦子打死。

「等等，那你們的一般螃蟹不會就是湯裡面那個螃蟹吧？」按照這樣推理，我突然覺得這個非常可能。

「對啊，不然螃蟹長什麼樣子？」雷多很順口地回答我。

「大概巴掌大……大型的帝王蟹兩隻加在一起跟你們那個差不多……」這都不是重點，我有一個很想問的問題，「雷多，我問你喔，你們這邊有沒有傳出螃蟹夾死人的事情？」

雷多居然點頭了，「有喔，沒抓好被夾斷脖子還是斷手斷腳的都有，之前就是因爲這樣有個賣海鮮的人被夾斷了腳，後來就改賣別的東西了。」他說著極度驚悚的事情。

有必要爲了吃海鮮去拚命嗎！

我突然覺得我越來越不懂這個世界的人的思維和邏輯是怎樣了。

原來我們的世界物產都是如此地友好善良，人類眞的應該好好珍惜這些資源了……至少吃個東西不用拚命啊！給我好好珍惜！

「伊多，這個蝦子好吃喔。」掃了半盤的草蝦往自家兄弟那邊過去，很顯然沒想繼續討論海產殺人事件的雷多很快地就跑開了。

「你們要不要也來一些？千冬歲他們買了一大箱，還很多可以烤。」然微笑著詢問學長他們，我推測他大概已經迷上烤肉了。

「那就麻煩你了。」已經告一段落的夏碎學長微笑著說著，然後在學長旁邊坐下來。然很愉快地又去找他的烤爐了。

「好像已經很久沒有這麼悠閒過了。」接過學長遞去的飲料，不曉得是感慨還是怎樣，夏碎學長突然蹦出這樣一句話，「對吧，尤其是大賽時候特別忙。」

我知道他在跟學長講話，因爲夏碎學長幾乎不主動和其他人開口閒聊。

「嗯。」淡淡地應了一聲，學長晃了晃汽水杯，什麼話也沒說。

四周有那麼一瞬間是安靜的，只有灑在桌上的月光清晰到令人印象深刻。

「那麼，爲今晚的晚會以及大家的平安乾杯。」

庚學姊舉起杯子，這樣笑著說。

「乾杯！」

第十五話　烤肉的終了

地點：Nymph
時間：晚上十點十一分

「現在是重頭戲的時間！」

在乾杯之後，喵喵整個人站起來，用一種很興奮的語氣說著，「時間到了、人也全部都到了！請大家把禮物放到這邊來。」負責主辦交換禮物的喵喵不知道從哪邊生出一個黑色的大垃圾袋，蹦了兩步遠之後拉開大大的黑色洞口，「注意不要給人家看見喔～」

雅多、雷多第一個走過去放禮物，然後是學長他們，依序尼羅、班長等人也一一走過去將手上的東西放進去。

我小心翼翼地把挑好的東西拿出來，幸好外面還套有紙袋，不然光看包裝也知道是我買的。

顯然大家的想法也跟我差不多，禮物都經過袋子偽裝。

大致上都放得差不多之後，喵喵把黑色的大垃圾袋綁好，「好！那就開始我們水妖精族靈山聖地第一年度第一屆烤肉兼火鍋大會的交換禮物大典！」

小姐，妳也太興奮了吧。

在喵喵的話語停止之後，大垃圾袋開始扭曲……等等，禮物應該不會自己扭曲吧！

「那麼請大家一起先抽號碼牌吧。」將大袋子丟到旁邊之後，喵喵拿起一個罐子，裡面裝著一堆紙條給所有人都抽了一張，我打開自己的是八號，旁邊學長的紙條上是三號。

「抽到一號的人先過來拿禮物喔！」不知道爲什麼很樂的喵喵拿著大袋子招呼著。

舉手，第一個往禮物包邁進的是萊恩。只見他站在禮物袋前面，用一種很凝重的表情瞪著禮物袋，大概過了三十秒之後才伸手進去拿了一個東西出來。

一個包裝有點靈異的青光……不是，青綠色會發光的包裝盒子被他拿出來。

「我是二號。」歐蘿妲很快樂地跑過去，從裡面抱出一個大大的包裝。

學長拿到一個很小的盒子，看起來完全不會佔空間。

輪到我的時候，不知道爲什麼那個黑色大垃圾袋還是很鼓，裡面應該有打空氣吧？把紙條給喵喵後，我伸手進去隨便抓了一樣東西就馬上抽出來。

不曉得是不是我的錯覺，我覺得剛剛被一種滑溜溜又黏黏的東西碰到……

我看向旁邊，剛好雅多幫伊多把一個綠色包裝的盒子拿回來。

大約所有人全都抽完之後，喵喵把黑色垃圾袋打開，「全空了喔，等等大家一起打開自己的禮物。」她把垃圾袋一抖，一隻藍色的章魚從裡面掉出來。

妳把那個東西放在裡面嗎！

爲什麼要放章魚在裡面！

看著手上的白色和紙包裝盒子，感覺上還挺正常的，我想我這次應該沒有那麼倒楣抽到怪東西了吧……大概。

「小亭想要很多點心。」看著手中的大盒子，黑蛇小妹妹開始自我幻想。

旁邊的夏碎學長拿著一個月牙色的包裝，另邊的千冬歲不知道爲什麼一直在偷瞄他。

「因爲他抽到那個東西是千冬歲的。」坐在旁邊的學長冷不防殺出這句話。

「嚇！」爲什麼你會知道別人的禮物長什麼樣子！

紅眼瞇起，用一種很詭異的笑看著我，「因爲我是黑袍。」

……好爛的答案。

我突然發現，不只學長，這些人每次有事不想說都會用很奇怪的答案來呼攏我。

「拆禮物的時間到了！來吧，各位同志，請用力打開你手中的禮物！」

我覺得喵喵今天晚上眞的怪怪的。

「呀——」一秒就把包裝給撕個稀巴爛的黑蛇小妹妹發出尖叫聲，「不是點心！」她捧著精緻的熊娃娃跪倒在旁邊哭。

三秒後，熊娃娃的眼睛突然發出紅色的光，兩腳著地，殺氣騰騰地自己站在地上。

黑蛇小妹妹的眼睛發出金光，「不是點心的話就給我消滅吧！」

感受到那股殺氣，眼睛發紅光的熊娃娃轉過身，嘎地張大了嘴巴，裡面出現鯊魚系銳利尖牙，接著它張開手，出現了女鬼般的大爪。

這隻真的是熊娃娃嗎？

我轉過頭，很不想接受這是熊娃娃的事實。

「呀，小亭抽到我送的禮物啊。」無視於殺氣騰騰要開始幹架的一蛇一熊，庚學姊很高興地拆了自己手上的包裝，「耶？詛咒糖果罐？」她拿著手中的玻璃瓶，玻璃瓶裡裝滿了七彩的糖果粒。

……那是禮物嗎？

「尼羅你抽到什麼？」搖晃著酒杯，蘭德爾詢問自家管家。他的桌上放著一本厚厚的精裝版法陣大圖解，旁邊還附帶著限量版證明書。

速度平穩地拆開自己手上的包裝，向來面部表情很少變化的尼羅突然愣了一下。

他手上出現了個長得像兔子可是又很像貓也很像狗的動物，正在對他搖尾巴……等等！活的動物也可以包裝嗎？這根本是虐待動物吧！

「喔喔，這不是居家外出美觀耐用的第一人氣家庭寵物美羅拉嗎。」坐在旁邊的老師笑著說：「還有血統證明書。」他指著綁在寵物脖子上的紙張。

狼人總管跟那隻傳說中的居家外出美觀耐用第一人氣家庭寵物四目相對著，然後沉默了。

「老師，你抽到什麼？」拖著一隻被打昏的人面鱷魚走過去，歐蘿妲很好奇地詢問著，然後站定位置後把手上的鱷魚一丟，砰地聲人面鱷魚就昏死在地上，「我這個回去剛好可以做成皮包，感覺還挺結實的。」

我想送鱷魚的人應該不是要讓牠變成皮包吧……

班導打開手上的包裝，裡面是個很漂亮的小盒子，盒子是木頭雕花刻成的，散出淡淡的香氣，連我們這邊都可以聞到。幾顆翡翠裝飾在外面，然後盒頂鑲著一顆漂亮的珠子，「這個盒子還挺高級的。」班導吹了聲口哨，緩緩地打開盒子。

就在那瞬間——！

砰地一聲盒子炸出一大捆紅色的玫瑰花，一隻跳出的小丑在上面左右彈動。

……驚喜箱嗎……誰這麼無聊……

「嚇到了沒有、嚇到了沒有——」小丑發出銳利的大笑聲，半秒之後被老師一把拔掉。

「這個拿來放小東西應該不錯。」順便把花也摘掉，老師清空了盒子裡面之後說著。

「耶……盒子很漂亮……」歐蘿姐很中意那個盒子。

「哼哼，想要的話就來打個賭，妳輸了就把鱷魚交出來，我輸盒子就給妳帶回家！」完全沒贏過一次的老師很囂張地提出賭約。

「好啊。」班長歐蘿姐笑得非常燦爛。

兩分鐘後，班導全滅。

回過神，我聽見旁邊有聲音，閒著無聊的學長也在動手拆禮物，幾秒之後禮物包裝被拆開，是個黑色詭異的小盒子，尤其上面還貼著某種會散發出陰氣的符咒封條。

「喔，原來是這種東西。」學長挑眉，一點猶豫都沒有直接把封條撕了打開盒子。

裡面躺著一截手指的……白骨。

白骨上面戴著一枚戒指。

怎麼看怎麼像是心懷怨恨的人在半夜偷塞到房門下面細縫的詛咒禮物啊！

「褚，你很想要嗎？」學長把手指骨拿出來，對著我晃了兩下。

「不用了，學長你自己留著用好了。」我連忙倒退兩步，搖頭拒絕。

誰想要那個鬼東西！

等等，這該不會真的是五色雞頭送的吧！我突然想起來他有說過詛咒人骨什麼的東西……

「呵呵……這裡面有一個不錯的詛咒，你不要的話我就拿來玩了。」學長拋拋手上的白骨，把戒指拿下來。

那瞬間，我看見黑色的霧從手指骨上面冒出來，非常典型的詛咒現象出現！

「滾開。」彈了一下手指，那團黑霧直接在學長旁邊煙消雲散了。

咳咳……我只能說，黑袍不愧是黑袍。

對了，夏碎學長不知道收到怎樣的禮物。

偷偷地瞄過去另一邊，正在端詳東西的夏碎學長沒拆禮物包裝，看了一會兒後就把東西原封不動地收進去自己帶來的背包裡。

一樣在偷偷觀察他的千冬歲感覺上有點失望地垂下肩膀，轉頭回去拆禮物，然後在第一秒時間一掌把從禮物裡飛出來的蛇巴落在地上。

我想，夏碎學長大概是不習慣在人前拆東西吧。

※

「蝦子好了喔。」

不知道什麼時候又烤蝦的然將滿盤的蝦子放上桌面，微笑地招呼著，不過現在四周的人大致上都在拆自己的禮物，已經沒什麼人關注桌上還有什麼食物了。

「謝謝。」我連忙跟然道了謝，他也朝著我點點頭之後就走開了。

「你不看看你自己抽到什麼嗎？」又過一隻烤好的草蝦，學長將食物放在前面的小盤子上，用一種感覺上不怎麼熟練的動作開始剝蝦殼。

「喔，好。」

看著手上抽到的禮物，說真的我也挺好奇自己拿到什麼東西。

「喔喔喔喔喔——！」就在我低頭要拆自己東西的時候，另外一邊發出很大的喧譁聲。轉頭過去看，我看到五色雞頭瞪著手上的東西，額頭冒出青筋。

仔細一看，他手上躺著非常、極度、超級普通的雕刻刀一組。

「西瑞抽到我送的禮物。」很感動狂奔到他旁邊的雷多眼睛閃亮亮地說著，「這就代表妖精族的藝術之神眷顧，西瑞也認同妖精族的美感，來吧，讓我們攜手一起把你那藝術般的頭雕刻到最高境界……」

話還沒說完，我看見其中一支雕刻刀插在雷多的腦袋上。

（好孩子請勿學習，因為生命力不夠強的話會出人命。）

「你、廢話太多。」身為殺手把雕刻刀無聲無息插在敵人腦袋上的五色雞頭很帥氣地給了他五個字。

我看見旁邊的雅多腦袋上也跟著噴血。

現場唯一的急救班喵喵當場立即搶救被現行犯刺殺的兩名受害者。

「漾漾，你抽到怎樣的東西？」不知不覺已經摸到我旁邊坐著的然微微笑著詢問，他手上拿著的……是我買的禮物。

這麼剛好！

「我還沒拆耶。」看著手上包裝得好好的東西，我著手開始拆。

「不過眞的很有趣耶，交換禮物。」看著混亂成一片的所有人，然很高興地笑著，「我在選禮物時也想了很久，現在換到的這個也很漂亮。謝謝你喔，漾漾。」

我愣了一下，「你知道這個是我買的？」不會吧，太神了！

然點點頭，「因為我是七陵學院的人啊。」

……當我沒問。

「對了，你送什麼啊？」我拆開包裝，裡面居然還有一層！

「就是美羅拉。」然微笑著說。

尼羅抽到那隻？

的確很像他會包的東西……不過剛剛有一瞬間，我還覺得學長抽到那個可能是他送的哩。

拆開包裝之後，我無言了，裡面還有一層。

「漾～你抽到我送的東西！」看見我一直在拆包裝，五色雞頭突然很樂地跑過來。

……不是吧？

我看著還有一層的禮物，突然失去勇氣繼續往下拆。

「裡面是什麼？」繼續拆，又一層，我乾脆直接詢問五色雞頭，如果答案是很凶險的東西，我就會決定不要往下拆讓它保持原狀最好。

「喔呵呵，想知道謎底的話，只要努力地往下解謎你就會明白了。」五色雞頭笑得非常欠揍，不對、我是真的想揍他，「放心，照你的話，本大爺做了很實用、有意義，而且不管誰抽到都一定會用到的東西。」

我看著手上的包裝，猶豫了，「你確定不會威脅到我的生命安全？」

「放心，絕對不會。」五色雞頭很正經地保證。

好吧，既然他都這樣說，我只好繼續往下拆……可是該死的他究竟包了幾層啊！

「漾漾，你看這個。」不知道什麼時候已經把傷患治好的喵喵跑過來中斷了我的拆包裝大業，她手上抱著絨毛的大貓娃娃，很高興地笑著轉了一大圈，「喵喵抽到的喵喵。」

喵喵居然抽到正常禮物！

居然有人送正常禮物！

好可怕！

大致上所有人都拆得差不多了，我還在拆我的無止盡包裝。

「……西瑞同學，麻煩你下次不要包這麼多層。」不然你是吃飽太閒專門在包裝嗎！我至少已經拆了十幾層有了吧！

「這樣拆開時才會有種感動啊。」五色雞頭對我比了一個大拇指。

我可不可以不要這種感動。

大概兩分鐘之後，那些包裝紙終於被我拆完了，我看見一個白色的小盒子躺在我的手上，本來有籃球般大小體積的禮物現在只剩下利樂包的大小。

我發現五色雞頭家的包裝紙可能是不用錢的。

就在五色雞頭期待的目光之下，我緩緩地打開了盒子。

那瞬間，一道金光閃閃發亮的刺痛了我的眼。

這是，傳說中的那道光嗎？

光芒，在黑夜中吸引了所有人的目光，是如此這般地華麗，讓所有人都對這份禮物好奇了起來，一個接著一個的人紛紛圍過來看是什麼東西。

金色的光散發了好一陣子之後，慢慢減弱下來。

等到看清楚裡面的東西之後，我突然覺得有一打黑線倒在我的腦袋上。

這、這難道是……不是吧……

我聽見烏鴉在叫……風在吹……

誰來告訴我一切都是眼抽筋的幻覺……

「這是什麼東西？」坐在旁邊的然探過頭，眨著眼睛打量著我手上的禮物。

「哼哼哼，連這種東西都不知道，你實在是太落伍了，在漾~的世界裡可是無人不知無人不曉，一個代表身分地位的高級禮物，每個人想要都要不到的東西！」五色雞頭一腳踩在椅子上，按著我的肩膀，「感動吧！漾~」

……這一切都是錯覺是錯覺你一定嚇不到我你嚇不死我……

「免死金牌在此！見牌如見朕親臨，就算是天皇老子也動不了你！」

……

我想去撞牆。

五色雞頭非常激動地踩著椅子，「感動吧！免死金牌能賜你免死，就算是皇帝親臨也斬不了你！」

我抬頭，看著那個可能送錯時代的人，「西瑞同學，今天不是愚人節。」我已經不知道應該對他說什麼了。

「我知道今天不是愚人節啊。」五色雞頭很正經地回答我，「漾～這個禮物很棒吧，不但實用而且有意義，更讚的是不管什麼人都可以用到！」

這個應該已經沒有人會用到了吧。

四周的人都用一種「還好不是我抽到」的表情同情地看著我。

溫度直線下降。

看著還在發光的免死金牌，我突然覺得今晚的風好冷啊。

※

「咳咳，既然大家這麼開心，那麼就讓我們趁著這氣氛來放煙火吧！」不曉得爲什麼會抽到一箱畫著骷髏煙火的雅多清清嗓，打破了零下冰點的沉默狀態，難得多話說著。

「放煙火！」放棄跟娃娃熊對峙的小亭很高興地衝過去搶煙火。

第一枚煙火被打上天空時，閃亮的光折射在我手上的免死金牌上。我默默地把盒子蓋好，決定把剛剛看到的東西都當成一場美麗的幻想。

其實，免死金牌是不存在的。

我看見熊娃娃拖著一個人頭骨形狀的煙火往小亭那邊走去。

喵喵和庚學姊、歐蘿妲很開心地選了幾種散出大花的煙火往天空施放，聽說是聖地應該保持安靜的山谷馬上熱鬧了起來。

「你不過去玩嗎？」環著手，勾著一抹笑的學長看著滿天的煙火，拋來一句問語。

「呃……我……」

「漾漾，來玩吧。」然站起身，拉著我，「走吧走吧。」

推卻不過，我只好也跟著站起來，「嗯，好。」

煙花一個一個被打上天空。

「好棒喔、好棒喔～」喵喵抱著貓娃娃，仰頭看著天空。

一記煙火被打上天空，砰地炸出龍的巨大火焰圖案，把整個地面全部照亮了。

我回過頭，看見每個人的臉都亮亮的，微笑著看著天空那個火焰。

其實，偶爾這樣也是很不錯的。

「下一次我們再來舉辦換禮物大會。」

不知道是誰先這樣開口，接著幾乎所有人都贊同。

「這個給漾漾。」喵喵遞過來一個方形盒子，趁著所有人開始瘋狂用煙火對射的不宜舉動時，偷偷摸摸地靠過來我旁邊，「這個是送給漾漾的，不要跟別人說喔。」

我看著手上的盒子，小小的白色正方形的樣式，上面有著緞帶的小禮花，「啊、謝謝。」

喵喵衝著我一笑，然後扳起手指，「也有萊恩、庚庚……嗯，也給了千冬歲，大家的東西都不同。」她磨蹭了一下，才又另外拿出一個比較長的小盒子，「那個、這是學長的……」

接下來我大概知道喵喵想說什麼了，應該是要我幫她轉交禮物。

話說，我也不曉得學長收不收，隨便拿給他不曉得他會不會生氣？

「什麼東西會不會生氣。」地獄一般寒冷的聲音像是鬼一樣猛然出現在我後面。

我整個人打了一個冷顫，站在旁邊的喵喵則是整個嚇了一大跳。

好可怕啊學長、眞的好可怕，爲什麼你們都不改掉這種無聲無息突然站在別人身後的壞毛病啊。

「哼，如果每個出任務的都會發出聲音，應該也早就死得差不多了。」回給我的是極度不屑的哼聲。

這個道理我也知道，可是這位老大你現在應該不是出任務吧……

旁邊的喵喵突然撞了我一下，完全沒有個心理準備我差一點點就被撞開到旁邊的地上，「漾漾——」她推了我兩把。

唉……學長都已經在這邊了，禮物自己送不是比較好嗎？

「什麼禮物？」那個無視人權可貴的學長自動讀取完之後轉頭看著喵喵。

「就是、就是這個……」眼看沒辦法託人之後，喵喵低著頭把手上的東西拿出來，「那個、聖誕節快樂。」我看見她的耳朵整個都紅了，活像是正要送出巧克力的青春少女。

啪地聲我的腳突然傳來某種劇痛，那個根本不能用嘴巴溝通的學長狠狠地踩在我的腳上，我連叫痛都不敢叫出來。不知道腳趾有沒有瘀青……

紅眼看了那個禮物盒幾秒鐘之後，伸出手接過，「謝謝。」

瞬間抬起頭的喵喵眨著大大的眼睛，用一種開花的表情看著學長，「不、不客氣。」

收了禮物之後，學長在隨身的腰包裡翻了翻，接著拿出一個透明裝著紫色不明液體的小瓶子遞回去，「不好意思，我只有這個能送妳當回禮。」

喵喵整張臉都紅起來了。

「謝、謝謝。」語畢，害羞的少女接過回禮之後小跑步逃逸了。

我就在旁邊把整幕都看完之後才後知後覺我好像剛剛當了一次電燈泡。

「泡你個頭。」直接一巴往我後腦揮之後學長發出森冷的語氣，「這件事情不要隨便跟別人說。」

我撫著後腦，有點不解。爲什麼收到禮物不能跟別人說啊？

「叫你不准說就不准說，問題那麼多幹嘛！」紅眼散出最大值的殺氣瞪著我。

「喔、喔……」可是人就是會好奇嘛……

「褚，這件事眞的不能隨便說喔。」突然從學長後面冒出的夏碎學長勾著詭異的溫和笑容，「因爲冰炎他是不收別人禮物的，除非是大家都有的、像這種交換禮物。」

「欸？」我愣了好大一下，爲什麼不能收禮物？

我記得上次買了項鍊給學長、他也收的……雖然說沒有看見他戴在身上，兔子不是也收嗎？

「因爲這樣會不公平。」夏碎學長依舊笑得很詭異，「上上年就是這樣，引起了女生們的鬥毆事件……啊，那時候你還沒入學應該不清楚，情人節時眞的很精采就是了。」

情人節……我抬頭看著一臉閻王臉的學長，突然知道是什麼意思了。

不過引起鬥毆會不會太誇張！一般女生應該不可能隨隨便便就會直接鬥毆的吧！啊，我失言了，我忘記這邊的女生應該也不是一般女生。

「你還有什麼意見嗎。」紅眼冰冷地直視我，讓我打了一個很大的寒顫。

「沒、沒意見了。」對不起戳到你的傷疤，我以後不敢提了。

啪地聲，一個鞋底直接出現在我眼前。

※

在我捂著臉逃回座位時，煙火大會還是持續一直在施放。

不過那箱煙火到底有多少啊！

「漾漾。」

聽見有人叫我，我馬上回過頭看見一步也沒離開的伊多正在對著我招手，我很快地就把座位移到他旁邊去，「你不去放煙火嗎？」他聲音不大，有點已經快要消失在煙火中的感覺。

「呃、我休息一下，剛剛東西吃太多了……」看著還在放煙火的那群人，我這樣回答著。

「嗯。」伊多朝我勾出一抹溫和的笑容、彎著手，我這才發現水鏡不知道什麼時候已經攀在他掌心邊磨蹭。「今天眞是很熱鬧，聖地平常很安靜，從來沒有這樣過。」

……應該也沒有人帶種到在聖地吃火鍋烤肉外加放火……不是、放煙火，所以它很少熱鬧應該是正常的吧。

我注意到水鏡小龍蹭完手之後好像爬著一個圓圓的東西在玩，仔細一看，是顆透明圓形的水晶球，中間有著一片翠綠的葉子漂浮著，怎樣轉都在中心點不會落下。

順著我的視線低頭，伊多撫了撫小龍的頭顱，「這是剛剛抽到的禮物，綠之森清淨的氣息能使人心情舒暢，看來水鏡也很喜歡。」

像是應和他說的話一般，小龍仰首發出鳴叫聲。

「是、是這樣啊。」我突然又想起剛剛抽到的免死金牌，整個人突然感覺到無限的傷悲，我突然覺得搞不好連詛咒人骨都強過免死金牌……等等，它是金牌？

金牌的意思就是它是純金的囉？

也就是說如果是純金的話就可以拿去典當還是賣給銀樓，這樣一來不但會多一筆收入而且我也可以擺脫掉金牌的惡夢！

這眞是個好主意！

「漾漾，你要不要飲料？」旁邊有人打斷了我的邪惡妄想，一抬頭，看見伊多遞來一個杯子。

「啊、謝謝。」我連忙將東西給接過來，剛好那些放煙火的人也鬧得告一段落，整個煙火箱裡連個小炮都沒有了。

「眞是的，送的人應該再送大箱一點才對，這樣很快就放完了一點都不好玩。」抱怨的是那個把別人聖誕節交換禮物都用完的五色雞頭。

這位老兄，人家抽到的拿出來同樂你就應該感謝了，不應該抱怨吧！

「已經算是夠多了吧。」一直都在旁邊陪同大學生喝酒的班導冷笑了聲，「繼續放下去這裡大概會火燒山吧。」

說眞的，我很難得會跟老師有相同的見解。

等等……說到放煙火，我突然想起來有個東西沒有用到。

「漾漾？」注意到我往背包找東西的動作，伊多發出疑問句。

「我剛剛出門時安因給了我一個東西，好像說是烤肉大會必備的。」找到了！我從背包裡翻出安因交給我的那個玻璃瓶子，詭異的是裡面的液體好像比我剛看到時更加燦爛鮮綠了。

這到底有什麼作用啊？

啊，說到烤肉大會必備的該不會就是沾醬之類的東西吧？話說回來我好像也沒有看到其他人用沾醬的樣子，好像就是把肉直接丟上去烤而已……那你們的烤肉爲什麼會有醬料的味道！

你們到底用什麼東西在烤肉？

「必備的？」伊多挪了挪身體，靠過來。

「欸、我也不知道是什麼。」把手上的瓶子遞過去給他，我想搞不好伊多比我更清楚這東西作用是什麼。

「嗯……這好像是雷樹的樹液和一些成分混合……」仔細端詳著瓶子裡的東西，伊多用一種極度不確定的語氣這樣說著：「有些成分我沒有見過，可能是天使族的特有物品。」

……你是鬼嗎？再怎麼看我還是覺得那個瓶子裡面只有綠色的液體啊！爲什麼你可以光看液體就看出裡面的成分？

我知道了，其實妖精的眼睛都不是正常人的眼睛對吧！一切謎底都揭曉了！

等等，他剛剛說那個是什麼樹的汁液？

「雷樹的汁液向來都是用在節慶或者交戰上頭。」慢慢踱步過來的學長補上這麼一段話。

用在節慶跟交戰？

我突然眼皮跳了兩跳，有種非常不好的預感。

「沒錯，不過我看這個量……」把瓶子放回我手上，就在伊多似乎想說些什麼的時候，我的手突然一輕，瓶子直接被某人給摸走。

「漾～還有剩就應該拿出來嘛！」不知道什麼時候潛伏到旁邊的五色雞頭在眾目睽睽之下搶了瓶子逃逸。

剩、剩什麼啊！

那到底是什麼玩意！

「這種東西就應該這樣用——！」衝到火爐旁邊，五色雞頭用一種非常猛烈的氣勢把瓶子往還沒被撲滅的烤肉爐砸過去——

「萊恩！快阻止他！」

站有一段距離而且今晚一直在阻止別人的夏碎學長再度發出阻止的喊叫。

※

萊恩幾乎是瞬間就撲上去抓住五色雞頭。

不過一切都已經來不及了。

裝著綠色液體的瓶子用很漂亮的拋物線劃過所有人眼前，然後優美地轉了幾個圈之後以慢動作讓你回憶的方式摔上烤肉架、連著鐵架一起砸進去火焰當中。

「大家快找遮蔽物！」原本在跟大學生喝酒的老師瞬間爆出警告聲。

遮蔽物是怎樣？

我看著那個瓶子在火焰中冰塊一樣開始融化，接著綠色的液體一點一點地滲入火焰裡發出了滋滋的聲響，彷彿某種遊戲裡綠色史萊姆開始被煮熟一樣的感覺。

接著，綠色液體開始跳躍著金色的不明火花。

有一種叫作「不妙」的感覺逐漸在我心中擴大，我打賭百分之百一定會出事情。

「漾漾、快跑快跑！」有一段距離的喵喵衝著我這樣喊，然後抱著頭和庚學姊往樹林方向逃逸。

千冬歲與萊恩也是一臉大事不妙的表情。

「雷多，馬上張開結界！」動作飛快地回到自家兄長身邊，雅多抽出了一個小小的白水晶，他的雙胞胎兄弟也是如臨大敵似地衝回來。

那個到底是什麼東西啊！

等等，節慶和交戰必定會用到的好像是……

「衝吧！讓我們今晚的熱情四處奔放！」根本是失去控制的五色雞頭發出大大的歡呼。

我知道那是什麼了我知道那是什麼了！

「褚，快點去找遮蔽物。」不知道什麼時候已經跳到高樹上的學長丟下來這樣一句話。

你要逃命幹嘛不帶著我一起逃啊！沒良心的人！你真的當過我的代導人嗎？

還來不及逃命，我就先看見火焰裡的綠色物體變成了球狀浮在火焰上，四周是金色的大小火花不停炸開。

蘭德爾和班導他們也很快地跳高到樹上。

這讓我想到他們好像一開始有說過不准用法術……你們這些人現在這麼守規矩是怎樣！

「褚，快點上來！」甩下了長鞭，唯一有人性的夏碎學長伸出了救命的援手。我立刻抓著那根救命鐵鞭被拉上樹。

才剛被扯上去的那瞬間，我聽到一個像是巨雷般的轟隆聲響直接在我身後炸開。

有時候人就是眼賤，明明知道會嚇到的事情還是要回頭去看，而那個人說的就是我。拉著鐵鞭我馬上回頭，看見火焰上的綠球發出了巨大的聲音，整個轟轟烈烈地往四面八方砰然炸開。

接著是傳說中放在夜空會很美的瀑布煙火轟地往旁邊發射，整個地面不用一秒的時間直接被綠色的瀑布煙火掩蓋掉。

「啊啊啊——」我的腳著火了！

直接把我拖到樹上的夏碎學長馬上幫忙拍打我褲管上的火花。

「幸好，我還以爲來不及了。」看見下面整張烤肉桌和火鍋被淹沒在煙火流光裡，夏碎學長勾起很平淡、很平淡的微笑，「如果被這個炸到，會死人的。」

會死人的東西請你不要用無所謂的表情講好嗎！

打開結界的雅多等人消失在煙火當中，然後那個發神經的五色雞頭則是下落不明。

整個下方都是瀑布煙火不斷沖刷，我看見火鍋的爐子整個炸開然後融化在煙火裡變成灰塵了。

等等，樹沒關係嗎？

我突然想起來這個地方是別人的聖地而且還是個樹林區這件事情。

「這邊的樹很耐破壞，火燒不會壞掉，放心。」學長跳過來，完全不覺得放火燒別人的聖地有什麼不對。

你是看中了這裡很堅固才放心過來烤肉是嗎！

我突然有點了解爲什麼學長會這麼乾脆跟我們來聖地烤肉了。

瀑布煙火大概持續了整整五分鐘。

說眞的，如果它不是用洗地板方式噴射煙火，一定會很漂亮。

五分鐘之後，熊熊的煙火才有逐漸減弱的感覺，然後越來越小，最後才緩緩地消失。

整個地面上的東西全沒了，雜草什麼的一根都不剩，更別說剛剛烤出來的肉和火鍋，一點渣渣都沒有了，只剩下雅多他們張開的結界圓圓地還完好如初。

「這還眞是精采。」雷多收回結界，完全無視自家聖地剛剛被火燒過，用一種很興奮的語氣下了評語。

樹上的其他人紛紛下了地面，我也被學長揪著一起跳下去。

「啊啊，這下子烤肉都沒有了啦……」喵喵用一種很可惜的語氣說著，「還有火鍋……」還火鍋咧，人家聖地連草都沒有了！

我看著四周，眞的只剩下樹沒有事情，遠一點的樹上還爬滿了動物，可見這裡的生物滿有危機意識的。

「不過時間也差不多到了該收拾就是了。」歐蘿妲同學看了一下手錶，「正好這裡都清理乾淨了，就不用再多動手。」

等等，妳確定這眞的是清理乾淨嗎？

「可是喵喵還想賞月。」看著頂上大大一輪月亮，喵喵用很可惜的語氣說著。

「若不介意的話，我們在住所的花園庭裡面布置了些茶點，那邊賞月也很漂亮，不如大家一起移往花園吧。」身爲地主的伊多對於聖地被放火一事完全不放在心上，很好心地提出意見。

「啊！這個好，點心夠多吧！」放火的凶手馬上冒出來。

「當然夠，吃到早上都夠。」雷多很高興地接話。

「那就快點移過去。」

伊多，不是我要說，你眞的還要邀請這群凶手過去你家嗎！

你眞的不怕下一個被火洗的是你家嗎！

啪地一聲我的後腦直接被站在旁邊的人砸，紅色的眼睛瞥了我一眼，「你很囉唆耶！」

「萬歲、萬歲，有點心。」拉著自家主人的小亭發出歡呼聲。

我突然很想回家了。

這裡的人都怪怪的，我怕等等去喝點心茶會死在裡面。

就在我猶豫的時候，有人輕輕地搭了我的肩膀，一回過頭，看見然還站在我旁邊衝著我露出微笑，「走吧，好久沒參加茶會了。」

不曉得爲什麼，有那麼一瞬間然又給了我那種久違重逢的熟悉感。

或許，再去參加茶會好像也不是什麼不好的事情……

「漾漾，走吧。」其他人朝我招著手。

或許，其實這也是很不錯的事情。

於是，烤肉大會就這樣結束了。

我第一次發現，原來其實偶爾這樣玩玩也不錯。

只是希望下次不要再用放火燒光來做終結就好了。

「快點啦！」

「等等我。」

《新版・特殊傳說5》完

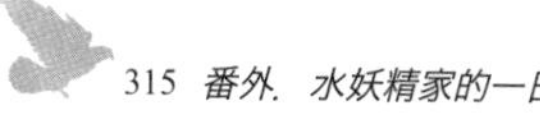

番外．水妖精家的一日

地點：Nymph

時間：上午九點十三分

「雅、多，來玩喔。」

位於水妖精族當中，有一處是標示著小孩沒事不能隨便接近的最高禁地，除了小孩之外，其實就連大人也不能踏入。

那是傳說中有著妖精十大寶物之一、水鏡擁有者的居住之地。

說到水鏡之主，近乎整個水妖精族都對他尊敬到最高點，除了能操作妖精十大寶物之一，同時還可以鎮壓傳說中噬血的禁忌之子……等等傳聞，令一個又一個的妖精對於這位水鏡之主感到無限地崇拜以及欽佩。

然而眞相是——

「給我滾開！」傳說中的禁忌之子其一將他的雙胞胎兄弟、也就是禁忌之子其二從陽台窗前推開，然後繼續閱讀手上的繪本。

「欸，今天天氣這麼好，天空和水這麼藍，你坐在這邊看書很無聊耶。」趴在陽台邊的禁忌之子二號一點滾開的意思都沒有，繼續在自家兄弟旁邊磨蹭。

「不無聊。」簡潔有力地回給他三個字，禁忌之子一號非常爽快、毫不猶豫地把陽台遮陽的紗簾整個拉起來杜絕自家兄弟的騷擾。

「我很無聊啊，身爲我兄弟又是雙生兄弟，難道你連一毫米的感應都沒有嗎？」從紗簾外面鑽進來，禁忌之子二號的雷多直接跨進陽台。

「沒有。」仍然回地很簡潔的禁忌之子一號雅多轉開位置，試圖將自己繼續埋入書本當中。

「我知道你有的，只是不好意思說出來。」咧著笑臉，猛然一把抽走兄弟手上的書本，雷多一邊說著一邊把書往後拋，「天氣這麼好，我們出去逛逛吧。」

「雷多……」整個含著怒意的聲音響起。

「走啊走啊。」

迎接很興奮的某人是一拳直接揍上臉，不用半秒的時間只見陽台上有兩個人一左一右各自蹲在旁邊捂著臉。

這就是端著茶水走上陽台的伊多看見的謎之光景。

「你們兩個是又在玩遊戲還是又打架了？」挑起眉，伊多把手上的茶盤放在小桌上，然後彎身撿起被拋在地上的繪本。

「雅多揍我。」掛著紅臉先過去告狀，雷多無辜地這樣講。

「他欠揍。」完全沒有說謊的意思，雅多冷哼了一聲，自行在旁邊的桌下抽屜拿出傷藥罐。

微微嘆了口氣。明明每次互揍都會受傷，爲什麼還是這麼喜歡朝彼此動手？身爲長子外加雙胞胎兄長的伊多無法理解，「又怎麼了？」

「我問雅多出去逛幾圈，他就突然揍我。」劈手奪過藥罐，雷多動作很熟練地給自己抹上藥膏，一下子臉上的腫痛就消失了。

「我在看書。」冷瞪了一下惡人先告狀的傢伙，雅多偏開頭。

大致上理解是什麼情況之後，伊多無奈地勾起微笑，「既然你們都還無法決定，那就先陪我喝個茶吧，還有一點翼族送過來的點心。」拉過椅子在小桌邊將茶水倒入杯中，他這樣說著，「今天天氣眞的很好，很適合大家一起喝茶呢。」

「這也不錯啦。」自動自發地在桌邊坐下，雷多很樂地接過茶水，完全遺忘剛剛說要出去外面玩加逛街的是誰。

直接在座位另一端坐下，雅多沒多說什麼，只是幫忙遞送杯具。

「翼族又到了祈禱的時間了啊？」拿起擺在小盤子裡的漂亮點心，雷多往嘴裡一拋隨口說著。

「對喔，時間到了，每個月都一次的；跟水妖精的習俗不太一樣。」微微一笑，伊多看了下那本繪本然後擱在一邊。

「嘖，就算水妖精族每個月都有，我跟雅多還是沒參加的份吧。」冷然地說著，雷多瞥了一眼旁邊還是一點表情都沒有的兄弟。

既然身爲禁忌之子，當然不可能讓他們參與這類活動，要不然觸怒什麼什麼守護之神就完蛋了。那些水妖精一定都是這樣想的，從以前到現在一點都沒有改變過。

但是話又說回來，就是因爲這樣他們才不用每次祭典時都要幫忙準備得要死，在某方面說起來其實也不算是什麼壞事。

「別這樣說。」輕輕地嘆了口氣，伊多捧著手上漂亮的杯子，「只是長久以來的習俗一時之間無法改變，但是經過時間證實之後，他們會越來越明白所謂的禁忌之子是不存在的，其實每個人都沒有什麼不同，只是心不同而已。」代代流傳下來的事典不是立即就可以改變，不只是其他人需要時間，就連他們自己本身也是需要時間的。

或許在很久很久之後，所謂的禁忌只會成爲人們口中閒餘的趣談而不再成眞。

伊多眞的希望有這樣的一日可以到來。

「啊啊，我們明白啦大哥，反正總有一天他們會改變想法是吧。」如果他們腦袋壞掉的話。

雷多在心中自己補上這句話。

從頭聽到尾的雅多連個字都沒有表示。

有時候，有些事情是不用說太多的。

※

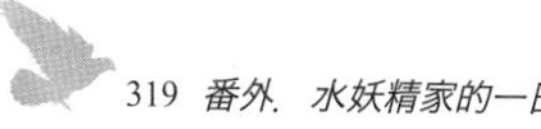

「對了，雷多今天下午有事嗎？」

把玩著杯子的把手，伊多話題一轉，詢問起一旁把點心大量掃入肚子裡最小的那個兄弟。

「欸，基本上大概沒有吧。」歪頭想了一下，也沒什麼特別行程，雷多照實回答了。

「那麼可以再幫我帶一點聖石岩崗回來嗎？」

「咦？不是前幾天才搬一大塊回來修補神殿嗎！」愣了半晌，雷多馬上回問。他明明就記得好幾天前伊多才說神殿有個角落柱子崩壞了要他去搬回來修補，怎麼還沒過一週又要搬了啊？

不是怕重，反正他也拿習慣了，只是一來一往跟找到順眼物件的時間要很久，有點無聊。

「我今天在偏殿做祝禱時發現偏殿的牆面雕刻也壞了，你不是老說想要把偏殿的雕刻重塑嗎？剛好趁這個機會一起翻修一下也不錯。」笑得很無害的伊多用一種好像在描述今天天氣很好的語氣這樣說著。

「這樣喔，那好吧，反正我看那些雕刻已經不順眼很久了，我馬上去搬回來！」語畢，匆匆地把點心和茶水囫圇吞下之後，行動力比別人快很多的雷多一下子就消失在兩個兄長的眼前。

從頭到尾都沒參加話題的雅多冷哼了一聲。

往往都在這種時候他才會行動力超強，平常叫他去寫祝禱文還是研究個幾本書怎麼就沒有這種動力。

風在吹，遮蔽陽光的紗簾整個被吹起四處飄逸，像是某種幻獸的翅膀一樣透著微弱的光，然後又在風逐漸轉微後緩緩飄下。垂著眼睫靜靜地喝著茶水，相較起雙生兄弟，明顯不愛多話的雅多享受著難得的安靜以及風的吹拂。

平常因爲雷多太吵了，很難得會這麼清靜。

「這給你。」就在靜了一會兒之後，一本繪本被遞到雅多面前，一抬頭就見自家兄長對他眨眼，「雷多至少今天會忙得脫不了身，你慢慢把書看完吧。」

接過書本之後，雅多緩緩地點了點頭。

「哪，今天天氣眞的很好，不管是看書還是四處去逛逛應該都很適合的。」站起身端起已空的茶盤，伊多仍然微笑著說，「你不用幫我了，繼續吧。」制止了對方要起身的動作，他點點頭，然後才轉身離開陽台。

當所有人都離去之後，陽台又恢復了剛剛的寬敞與寧靜。

起身離開桌邊走回躺椅，雅多又繼續翻閱起剛剛被中斷的地方。

那是一本敘述古老神話的繪本，裡面除了有美麗的圖案之外還有些許隨著神話流傳下來的古老咒文，是前陣子在處理任務時有人贈與他們的。

伊多很喜歡這類書本，所以從小就教導他們如何看，不過靜不下來的雷多就對這個比較沒有興趣了；比起看繪本，他更喜歡到實地冒險、接著闖禍，就這樣一直重複。

他們的生活就是這樣而已。

注意到自己分心之後，雅多翻了身，重新將注意力放回繪本上。

就在繼續入迷沒有多久之後，一種熱熱暖暖的液體突然從他的額頭迸出然後一點一點地滑落下來，沿著下巴往下滴落。

他看見繪本上出現了一滴圓圓的血紅。

※

「糟糕，又要被罵了。」

抹著額頭上的傷痕，雷多吐吐舌然後將手上的東西往旁邊一拋。

四周都是白色的岩山和石頭，這裡一根草也沒有。

這是傳說中聖石岩崗的出產地，離水妖精族有很遠一段距離，因爲開採太過麻煩外加這裡太荒涼了連草和水也沒有，所以很快地就被放棄挖掘而轉移他地。

雷多是在某一次外出探險時找到這個地方的。因爲人少外加很荒涼，所以成了他最愛的工作地點。只是偶爾也會出點小意外就是了，如同現在一樣。

「滾滾滾，我沒有要挖你們的巢，不要來惹我。」舔去手上的血漬，雷多瞥了一眼剛剛突然衝出來撞擊他腦袋的小東西。

圓圓的，長著老鼠的臉和白色的毛，尾巴很長很好踩的樣子，是住在岩石區的球鼠。一般球鼠只要看到有東西入侵地盤就會馬上變成一團展開攻擊，因爲牠的毛會變得很鋼硬，所以被敲到其實也挺痛的就是了。

在地上的小毛球跳來跳去地對他齜牙咧嘴地叫囂。

「去，不要妨礙我。」一腳把球鼠踢到另外一端，雷多順手又抹了一下額頭，不曉得什麼時候血停了。剛剛出來時太匆忙了，所以連一點藥都沒有帶在身上，真的是非常失策。

可以想見的是回家絕對又會被另外一個人罵了。

不死心的球鼠又跑回來，繞在他腳邊撞來撞去的。「喂喂，別打擾我工作，不然把你烤來吃喔。」對地上的毛球送出警告，雷多左右選好了一塊想要的岩崗後按上了工具，不用眨眼時間就輕輕鬆鬆卸下一大塊一人高的厚岩。

應該是這樣就夠了吧？

反覆計算了一下卸下來的岩石，雷多自己點點頭，又把已經快撲上來咬的球鼠踢遠一點，一手扛起了岩崗準備轉移回去。

就在移送陣出現的同時，一點熱熱暖暖的液體從他的鼻子滑下來。

下意識地一抹，雷多只看到手上都是紅紅的血。

鼻血？

是他自己冒鼻血還是雅多冒血！

移送陣之後出現在他面前的是自家老大的臉，原本應該像是在等他的微笑在半秒之後變成僵硬，接著是錯愕，最後是不解。

「雷多……你應該還活著吧……」

這是看了自家小弟滿臉血還兩管鼻血之後，伊多的結論。

有那麼一瞬間他還以爲他看見的是個怨靈，那個感覺眞的很像，非常地像，像到讓他整個錯愕不知道應該做什麼立即反應。

呆了一下，雷多馬上抹去臉上的血漬，「當然還活著啊，剛剛被球鼠攻擊，不小心打到臉而已。」沒好氣地這樣說著，他立即把手上的岩石放下，然後用袖子又抹了臉上幾下，整個袖口都染了紅色的污漬。

「別這樣擦，你先去上點藥然後清洗一下吧。」回過神之後，伊多制止他繼續虐待衣服的行爲。

「沒關係吧，反正血止住了，等等要雕岩崗還不是會弄髒衣服，一起做一做再去整理比較好啦。」確定鼻血已經停止之後，雷多搖搖手這樣說著。

「在視覺上應該會挺可怕的。」很誠實地這樣告訴小弟，伊多一想到他要就這樣穿著血衣在偏殿角落雕刻石頭，就有種好像會看見地靈冤魂的感覺。

「反正這裡也沒別人會進來。」實際上並不管別人會不會撞鬼，一向很我行我素的雷多咧著嘴笑。

可是我會看見啊……

伊多很想這樣直接告訴他，「不行，你先去清整一下再來，況且神殿也不能帶著一堆血在裡面工作。」

「喔，也是，差點忘記那裡面還有供奉東西。」摸摸鼻子，雷多點點頭算是同意了。

「雷多……」

「知道啦知道啦，我會尊重的。」語畢，雷多連忙逃逸。不然再待下去可能又會被說教那是什麼神聖之類云云的。

「雷……」

正想說些什麼，還未叫住人，伊多就只見到某個胞弟用很快的速度逃逸無蹤。

「眞是的。」

※

很快地，雷多就知道鼻血不是自己的。

「不是叫你不要在外面受傷嗎！」拿著手巾正在擦臉的雅多一看見他進來房間之後，馬上出聲冷言。

「又不是故意的，你也知道被球鼠打到有多痛吧，而且球鼠打人都是突襲的，我哪有可能預防。」球鼠那玩意很小，根本很難注意到好不好。

「連球鼠都預防不了，你可以把白袍資格還給公會了。」依舊是冷言丟回去，雅多哼了聲，轉頭將藥罐放回去櫃子當中。

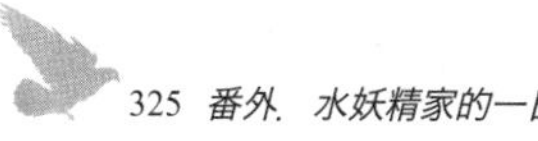

「還敢說我，那你又怎樣，鼻血應該不是我的吧一點痛覺都沒有，你是去哪邊偷窺了別人洗澡吧。」咧著嘴走過去，雷多一手搭在自家兄弟的肩膀上然後另一手去拿取藥物，「說吧說吧，我不會告訴伊多的，你不用擔心。」

異常冷靜地把兄弟之手從肩膀拍開，雅多逕自走到旁邊完全不搭理。

「不會眞的被我說中了吧？」愣了一下，訝異於對方沒有做出任何反駁，雷多反而不曉得是怎樣了。

「當然不會被你說中。」瞥了對方一眼外加一句冷哼，雅多連想辯解的動力都沒有。

「那爲什麼你會突然流鼻血？」快速地擦了傷藥之後，身爲親兄弟必須好好關心的雷多很快就追著對方過去，「不會是撞到柱子吧？」

「不是。」

「那該不會是跌倒時手指插到鼻子嗎？」

「……」

「我知道了！一定是睡著時沒注意摔下床撞到地板！」

「你以爲我是你嗎？」白了自家兄弟一眼，雅多將旁邊的大型蒼蠅給揮開，打開了門走出臥室。

「要不然到底是怎樣？」極度好奇對方狀況，雷多死追著不放。

「只是感覺到入侵者……前去驅逐時不小心揑了一下而已。」完全就是最正經不過的理由，雅多用著極度沒什麼好問的口氣說完就大步踏開。

畢竟是守護水鏡的地方，經常有入侵者也沒什麼好大驚小怪的。

如同雷多經常在修理神殿一樣，他也是經常在修理入侵者。

「是怎樣的入侵者？」繼續跟在後頭詢問，雷多收起玩樂的態度，正經地詢問。

「沒看清楚，驅逐出去之前猛然襲擊，看來也不是什麼正大光明的種族。」幸好他躲避得快，不然現在應該不是流鼻血就了事了。

點點頭，雷多有一瞬間的沉默。

「別告訴伊多，這種事情不用他煩心。」注意到他的若有所思，雅多補上這樣一句話。

「喔、好，我知道。」

「什麼事情不用告訴我呢？」

某種蘊含著微笑的聲音在兩個雙胞胎兄弟身後響起，平常不怎樣友愛的兩兄弟同時腳步一頓，整個身體馬上僵硬，接著用一種極爲驚嚇的方式慢慢回過頭，迎上了不知道什麼時候開始跟在後面的某兄長，「雅多、雷多，你們兩個瞞了什麼不能說的事情嗎？」

依舊是微笑著，但是伊多現在的表情看在兩兄弟眼底好像就是某種已經打上了陰影後面出現殺氣的傳說中BOSS級出場的可怕畫面。

「沒、沒什麼事情啊，對不對、雅多。」連忙把自家兄弟往前一推，雷多嘿嘿笑著連忙說道。

狠瞪了一眼雙生兄弟，雅多才把視線轉移回來，「沒事。」

「眞的嗎？」伊多繼續露出微笑，不過很明顯地可以看見他額上出現了名爲青筋一類的可疑痕跡，「我不記得教過你們兩位可以隨時說謊的喔。」

雙胞胎兄弟同時倒退一步。

「嗯？眞的沒有事情嗎？」

微笑的壓力正在逼近，兩兄弟很有默契地再往後退了一步，「眞、眞的什麼事情都沒有啊，對不對、雅多。」推推旁邊的兄弟，雷多腦後猛冒冷汗尋求支援。

「嗯、沒事情。」昧著良心說謊，雅多一反之前的態度，變得非常配合。

「雅多。」仍然繼續著笑容，伊多往前走了兩步，一手搭在他的肩上，「我一直認爲，你們兩位是很好的孩子喔。」

雅多整個人全身僵硬掉了。

「欸，這個、這個跟我沒有關係，你們兩個好好溝通一下吧。」完全沒有兄弟愛的雷多狠心拋下雙生兄弟拔腿就逃。

「雷多。」某種笑笑的聲音讓正開跑兩步的人僵硬停下，「如果雅多不說的話，麻煩你告訴我喔。」一手搭著二弟，伊多轉向那個逃逸失敗的人。

這不干我的事啊！

雷多在心中吶喊著。

「其、其實是……」

就在三人僵持不下同時，已經背靠在牆上的雅多慢慢地開口，「其實是這樣的……因爲在守護結界附近發現有一些地精入侵的樣子，所以我把那些地精都逐出結界外面……這是小事情所以想說不用告訴伊多……」

收回手，伊多疑惑地看著他，「結界效力減弱了嗎？爲什麼地精能夠入侵進來？」微微頓了一下，他又來回看了眼前的雙胞胎兄弟，「這只是小事情，你們兩個緊張成這樣幹嘛？」

「欸、因爲雅多怕你知道之後又會開始操心結界的事情，我們兩個本來打算去修補了，所以才沒想告訴你。」推了自家兄弟一把，雷多抹了冷汗咧了笑這樣說著，「對吧、雅多，我們先去把結界補好，不然又跑進來什麼就糟了。」

「嗯，就是這樣。」點點頭認同兄弟說的話，雅多往後退一步，「那、我們兩個先走了。」

語畢，這次很有默契的兩個人立即加速往外逃逸。

修補結界？

伊多挑起眉，感覺剛剛的說辭非常敷衍，「水鏡。」有時候，自己親眼所見應該比較準確。

相較於留在原地的人，逃出住所的兩兄弟奔了好大一段距離。

「你剛剛說的是眞的嗎？」

確認不會被追上之後，雷多推了一把旁邊的兄弟。

「什麼？」雅多看了他一眼。

「地精的事情。」

「當然是假的。」沒好氣地說著，雅多冷哼了一聲，「你以爲地精有辦法碰到我嗎，當然是異族才夠格。」

「喔！你剛剛還騙我說你沒看清楚！」指著兄弟的鼻子，雷多像是抓到什麼把柄叫了起來。

啪一聲打掉他的手，雅多瞪回去，「你只問我樣子，異族那麼臭光聞就知道了。」

「你根本是有心欺瞞。」雷多打從心底覺得就是這樣。

「那又怎樣。」完全不以爲意的雅多回敬了一句。

「明明就是異族入侵，結果你還想裝作地精的小事情——啊啊！慘了！」說到一半，雷多直接驚呼了起來。

「叫什麼！」

雷多馬上回頭過來抓住兄弟的肩膀，「你說謊了！你對伊多說謊了！他一定馬上就會覺得不對勁了！」

他們都忘記自家大哥有個叫作水鏡的東西。

雅多愣了一下，冷汗從他的腦袋冒出來。

「唉唉，我打賭伊多現在一定看到了。」很相信自家大哥效率一向很快的雷多搭著兄弟的肩膀，「最近我發現一個新的冒險地方，有沒有興趣一起去逛逛？」

「……都可以。」

「那我們最好現在、馬上開溜吧。」

就在某兩兄弟決定要逃逸出去躲風頭的同時，某種聲音由屋內直接傳來。

「雅多、雷多！你們兩個給我站住！」

「今天天氣真好啊。」某腳底抹油的人發出如此一句毫無建樹的話。

「是、是啊。」

「真是很適合出門逛街玩樂的天氣。」

「嗯。」某腳底抹油二號一反早上的態度，極度贊成。

「你們兩個還想跑！」

兩雙生兄弟對看了一眼，不再多說，立即拔腿就逃。

其實很多時候，水妖精一家都是像這樣地度過一日。

至於最後有沒有逃離成功……

一切都是看運氣囉。

〈水妖精家的一日〉完

番外．初遇的時光

地點：Atlantis
時間：上午十一點十三分

這個故事要回溯到稍久之前的時間。

正當我們故事中的班長與班導還未擔任現有職位時所發生過的一些小小故事。

那一年班導還很年輕，班長則更加年輕，那時候的歐蘿妲．蘇．凱文不過只是個剛步入校園沒多久的國二學生。

身為過往七大妖精王之一、約里士的直系子孫，一入學的同時歐蘿妲自然是備受各方注目，連班級上的老師也對她敬畏有加，更別說是其他學生。

於是國中前兩年，歐蘿妲在A部幾乎是獨自一人度過了無聊的時間，班上可以和她談得上話的沒有幾個人，能夠哈哈哈地聊天則是更少更少。身為約里士後人一族，除了家族本身會有著各式各樣的基礎訓練之外，隨著優秀血緣而來的是超越其他人的早熟能知。在國中短短兩年，歐蘿妲幾乎已經將所有學分給修全了，在指導老師的協助之下開始轉往高階課程進修。

她很明白自己不是最天才的人，畢竟這個學校強人到處都有，聽說大她一屆還有個爆強的學長在短短時間已經拿到最年輕的袍級資格、且正在繼續往上考。

歐蘿妲知道自己需要的是什麼，早在她懂事時就已經訂立下目標。並非最高袍級的榮耀，而是能讓她能以約里士後人爲傲的一切目標。

所以，就有人這樣告訴她：「妳眞的很不像一個學生。」當時在二年級下學期後半負責指導她商業行文的老師在數週之後，告訴她自己的感覺。

「或許吧，不過我們家族中不像學生的也大有人在。」翻動了原世界所謂的經濟學，歐蘿妲轉動著筆在上面快速地一一破解。數字、數字，對她來講像是小小遊戲一樣，只須快速看過一眼就有上百種破解方法出現在她腦海中。

「妳像是輔佐型的情報班，腦袋總是冷靜到不可思議。」坐在對面的老師又找了幾道艱澀的題目傳過去，這樣說著，「爲什麼不打算考袍級？」

人人都知道約里士的後人非常有名，而且還有部分掌控了某些經濟權力，但是意外的這些後人中成爲公會袍級者非常地稀少，但是卻有著不少袍級願意爲他們賣命。

「袍級會浪費太多時間，況且進入公會之後其實並不是那麼自由，我不喜歡在有約束的狀況下進行我想要做的事情。」轉動著筆桿，歐蘿妲快速地解題，「當然，要是萬一不小心考上了，也是在計畫之外，我可以容許一點點的意外，但是不會專程去考資格。」

老師沒有再多說些什麼，只是笑了笑，然後繼續指導她更高階的作業。

在不久之前歐蘿妲曾想過，就這樣乾脆直接跳級把學分都給修完快快離開算了，反正學校沒

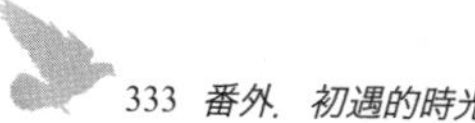

有禁止提前修習學分，而是有能力做到哪就可以做到哪裡。

「好吧，妳已經把今天的課程都做完了，有時候不用這麼急著往前邁進，先稍微休息一下吧。」將題目告一段落之後，老師拍拍她的肩膀這樣說著。

「好的，謝謝老師的教導。」在老師離開個別指導教室之後，歐蘿妲才開始整理自己的書本以及背包。

下午開始就沒有課了，她想想，還是去圖書館打發一下時間好了。

而在去圖書館之前，她得先到餐廳去找些東西吃。不管血緣遺傳是不是很能幹，每一種種族都一樣，只要餓了肚子就什麼事情都做不成了。

在走出教學大樓之後，正打算往餐廳去的歐蘿妲聽見了一個巨大的雷響直接打在離國中部很近的武術場上。原本附近三三兩兩正在行走的學生馬上騷動了起來。

根據她的判斷，那是一個高階的轟雷術，一般很少學生會在校園裡使用這種攻擊法術，難不成是有老師在現場教學？

雷聲轟隆隆地又重新劈了一次武術台，讓國中部目前沒課的學生騷動了起來。

「快點快點，聽說有高中的畢業生在挑戰老師！」

不知道是誰先這樣喊起來，好幾個無事又好奇的學生很快地往武術台方向移動。

畢業生在挑戰老師？

這讓歐蘿妲起了興趣。

學院中的老師大部分都是高手，且幾乎都有高階袍級，有畢業生居然想要挑戰老師？她好奇起是哪一個老師這麼沒有人緣。

第三次雷響。

落地的移動符將她帶往偶然意外的方向。

※

「來啊來啊，你們這些軟腳蝦同學不是被轟雷打了兩次就不行了吧。」

囂張的聲音在轟雷之後爽快地響起，迴盪了整個武術台。四周觀眾席開始出現三三兩兩的學生，大多都是被雷聲引來。經過了三次雷擊之後，整個武術台已經被打成一片焦黑，旁邊倒了好幾個便服學生在抽搐著，勝負已經非常明顯。

「唉，眞是差勁，這樣也叫作高中部畢業生，一堆人連一個老師都打不過，我看你們這幾個乾脆留下來重修好了，剛好老師我也還沒把證書名單送出去，先扣押你們回來多讀一年再說。」

唯一存活站在場地中央的黑皮膚男子張揚地說著，無視於倒在地上的學生快噴出怒火的視線，手一張出現了本小本子，「你們以後出社會會感謝老師我的，要是沒人給你們扮黑臉你們都還給我以爲世界上只有好人沒有壞人，要圍毆老師也不多找幾個高手來，給我回去認清現實再說吧。」

語畢，他很快地在本子上記錄下名單。

這就是歐蘿妲一進場上就先聽見的聲音。

「那是哪一班的導師？」看了一眼場上欲哭無淚的學生，她隨口詢問旁邊比較早到的人。

「喔，高中專管C部的導師群之一。」旁人給了她這樣的答案，「惡名遠播，一些性格比較凶惡的學生很厭惡他，每年快畢業時都會出現這樣子和老師單挑還是圍毆的人，不過聽說還沒輸過就是了。」興致盎然地看著場上，將整場競技都看完的學生這樣說著。

場上被雷轟過的學生很悲慘地被隨後到來的醫療班給一個一個拖走，然後那個把學生狠狠修理一頓的導師正在和醫療班打哈哈，間時還有道歉聲，不過看起來誠意不怎麼大就是了。

大約是沒戲可看了，原本聚集而來的人潮開始散開。

歐蘿妲旁邊的那名男同學還在。

猛地，底下那個導師轉頭往她這邊大大揮手，「六羅，這次多久時間？」

他在和自己旁邊的那個學生說話。

看了一下手錶，那名學生也大聲吆喝回去，「十分鐘又三十秒，老師你退步了！」說完，又轉頭回來衝著歐蘿妲笑，「我也是老師的學生喔，今年畢業，即將要升大學部了，很高興認識妳，學妹。」說著，伸出了手。

「您好，很高興認識您。」回握對方的掌，歐蘿妲很有禮貌地說著。

猛然一陣風颳來，剛剛在底下的那個導師已經出現在他們旁邊，「真的假的，我剛剛打起來好像只有五分鐘，六羅你是不是又在騙人了？」一臉懷疑地拽起學生的手錶左右翻看。

「沒騙你啊，剛剛你在打拉契爾時時間花太久了，所以才會花到十分鐘。」一臉笑笑地任由老師看，名爲六羅的年輕學生這樣說著。

「嘖，那傢伙還真浪費我不少時間，看來以後應該會是個能幹的傢伙。」環著手，然後男子才發現歐蘿妲的存在，「你的小女朋友？」

歐蘿妲挑起眉，正想說些什麼的時候那名學生已經先開口了：「老師，不要開我玩笑了，你知道我是不會找女朋友的。」

「唉，趁年輕不趕快找一找，等年紀大了之後就很難找了。」意思意思地拍了一下學生的肩膀，男子轉過頭看著歐蘿妲，「這位同學，請問貴姓大名啊？」

看了對方一眼，她勾起禮貌性的微笑，「歐蘿妲·蘇·凱文。」

男子吹了一記口哨。

「約里士的後裔。」學生驚嘆了聲，然後立即回過神，「不好意思失禮了，我是六羅·羅耶伊亞。」

「殺手一族？」挑起眉，歐蘿妲有點意外惡名昭彰一族居然可以跟個老師相處融洽。

「呃、是啦。」搔搔頭，六羅露出笑容，「雖然我是直系一族，可是並不是隸屬本家的，所以不負責『外務』就是了。」

「六羅是不動手一派的。」搭在學生的肩膀上，感覺不太像老師的老師這樣說著，「不過這位同學妳來頭也不小啊，看來我們學校真的是臥虎藏龍。」

「這位老師尊姓大名？」揣測著對方的來路，歐蘿妲開口詢問著。

「喔，不好意思，因爲我被人家追殺太久了，不方便報姓名。」老師這樣聳聳肩地說著：「妳也曉得報出姓名的風險，想要詛咒我到死的學生眞是數也數不完，有時候人緣太好也是很頭痛的一件事情。」

如果這個算人緣好的話……

「我們正要去商店街吃點東西，如果學妹不介意的話，要不要一起同行呢？」先伸出友善之手的是六羅，「反正是老師要請客的，不吃白不吃喔。」

這樣說起來也對。

「那好吧。」反正自己也有點餓了，歐蘿妲相當爽快地答應。

「喂喂，花錢的是我，你們好歹也問一下意見吧！」

「走吧走吧。」

「嗯。」

「你們這兩個小朋友不要自己給我假裝沒聽到！」

※

他們的午飯是在一處飯館裡面解決。

如果不是另外兩個人帶路，歐蘿妲可能完全想不到左商店街深處還有這種地方。看起來像是飯堂，到處都有著不同的種族在扒著簡便的飯菜，或是酒或是肉，與她向來待慣的學校餐廳或是精緻點心屋都不同。

來這邊吃飯的大部分都比較像是幹活的人。大部分好像都是校外人士，好幾個半獸族聚在一起喝酒聊天什麼的，還有幾桌圍著在聚賭，但是賭不大的樣子，桌上的金額都很少——她一直以爲這是右商店街才會有的畫面。

整間店裡熱鬧非凡，來來去去的人不少。

他們所謂的請客……是這種地方啊？

歐蘿妲開始懷疑請客的誠意了。

「你們兩個小朋友先坐在這邊等。」一掌一個將他們兩個按在空座位上，揚言說要請客的老師這樣說著，「我去端飯菜過來。」

沒有異議，出錢的人最大。

等到人走遠之後，歐蘿妲才左右環顧著，同時也注意到店裡沒有菜單這種東西。

「不用看了，這家店是專門賣大碗飯的，向來都只有雞肉飯、滷肉飯跟蛋花、魚丸湯這四種東西所以沒有菜單，老闆心情好的時候才會加肉乾當小菜。聽說是原世界的人開的店，以前在原世界時是專門賣給勞動族吃的。」可能來過不只一次的六羅依然笑笑地向她介紹，「不過東西眞的很好吃，去除環境有點太吵以外，價錢便宜、東西也不錯，會讓人常常想來。哪，妳應該會用筷子或湯匙吧。」

這樣問的原因不是貶低，而是大家都是來自不同的地方，習慣也不同，在食物分類上差異也很大，有些人對於筷子的用法並不是那麼熟悉。

「嗯，會用。」在學校吃過不少次東方料理的歐蘿妲對於使用餐具上已經很得心應手了，「你們常常來這邊？」看著不遠處的老師和飯台裡的人有說有笑，可以推測一定很熟了。

「喔，老師帶我來過好幾次，這邊沒人領很容易找不到路，畢竟左商店街的巷道多得很難分辨。」六羅幾乎是有問必答。

點點頭，歐蘿妲沒有繼續發問。

不用多久，端著大盤子的老師再度出現在兩人面前，盤子上放了三個大碗和三個湯碗，另外有一盤黑黑的不曉得是什麼東西。「運氣好，老闆說請我們滷菜。」咧著笑，老師把端盤放在桌上，「小同學，吃看看吧。」說著，把大碗推到歐蘿妲面前。

那真的是個很大的碗。碗裡面裝著白飯，飯上面澆著肉汁肉塊、咖啡色的三角形不明物體和一顆咖啡色的蛋，旁邊還有黃色切片的不明物體跟些許裝飾的蔬菜。湯就是白色的丸子湯，載浮載沉地還襯了一點綠色的香菜。

她真的得承認，大碗飯很香，非常地香。

明顯就是熬過的肉汁散發著誘人的味道，隱約好像還有一點藥材的香氣，讓人聞了立即感覺肚子真的餓了起來。

「喏，給妳。」六羅將餐具遞給她，接著自己也拿起了湯匙開始吃起飯來。

三個人的菜色都一樣，不多也不少，「小同學，這個平常很難拗到的，多吃一點。」筷子過去直接在滷菜盤挾了一大塊咖啡色的長條物體，老師很熱絡地就加進了歐蘿妲的碗裡。

「謝謝。」動作有順序地開始吃著飯，咬過一口之後歐蘿妲才確定那個長條的東西應該是某種豆類製品，有滷汁的香氣和豆子本身的香味，入口柔軟且香味久久不散，就一般的飯堂來說，這裡的東西看起來雖然粗糙但是口味其實非常細緻。

她很快就排除了剛剛對於這家店的微詞。

這裡的碗大概有她半個頭顱大、分量非常多，以致於食用進度緩慢。

就在歐蘿妲好不容易吃掉三分之一之後，旁邊突然響起了某種吆喝的聲響。

「嘿，開牌局。」不知道什麼時候吃完東西正在喝湯的老師看了旁邊吵鬧的桌子一眼，那裡有大約五、六個人圍成一桌，中間拆了一套新骰子正在驗，底下墊上了數字布，像是剛剛才開始。

沒看過人家聚賭的歐蘿妲轉過頭，看見了那些人將骰子一個個放進臨時充當搖盅的杯子裡，由莊家開始甩杯。

「老師，你要加一手嗎？」正在把肥肉挑出來的六羅用很平常的口氣詢問。

「不了，今天有小朋友在。」聳聳肩，很有原則的老師忍痛拒絕了。

看著那個人甩完杯之後倒扣在桌上，歐羅妲瞇起眼睛，「三個骰子，推測是一、三、四。」

同桌的兩個人突然愣住了。

「小朋友，妳在練習透視眼喔？」老師一說完話才想到，爲了預防有人詐賭，所以這地方是有結界的，一進來什麼術法都會短暫失效，算是給所有人的公平。

「不是，三個骰子進杯子的順序加上聲音大小以及撞擊聲、那人搖杯子的角度力道，接著計算時間之後加以平均預測。」很習慣直接在腦中進行快速換算以及規劃的歐蘿妲這樣說著，然後才收回視線。

「眞的假的？這可以算出來？」老師明顯非常不相信。

「不曉得，只是推測而已。」聳聳肩，歐蘿妲撥弄著飯粒，正在猶豫要不要把黃色的切片吃下去。

就在老師與六羅互看之間，另一桌的賭局已經開曉，「一、三、三！」

唉，有誤差，果然第一次分析這種東西不會太順利。有點扼腕地想著，歐蘿妲小心翼翼地咬了一口那個黃色的東西，意外地居然比她想像的好吃很多。

「小朋友，第一次只是剛好喔。」不太相信這個眞的可以這樣算，老師用一種疑惑的表情看她。

「老師，你們去下注看看就知道了。」依舊笑笑的六羅這樣說著。

「好，跟妳槓上了。」

※

結果第二次開曉，就如同歐蘿妲所推算的，這次一個也不差地全部開出來。

獨得全獎的老師愣很大，「小同學，妳該不會是賭后轉世吧？」看著堆疊的金額，雖然不大但是卻也不小，這讓他吃驚吃很久。

「應該不是吧，只是很平常的計算和推測而已。」完全不覺得有什麼的歐蘿妲左右看了一下，「像那個東西也可以。」

老師與六羅轉過頭，看見了正在賭撲克牌的桌。

「眞的假的？」抱持著半信半疑，老師瞇起眼。這學生如果不是運氣太好就是計算類的變態，他在學校待那麼久了，當然各種天才神才都看過。

「要打賭嗎？」揚起微笑，差不多吃飽的歐蘿妲放下手中的湯匙。

「賭什麼？」老師撫著下巴，起了興趣。

「我們去看撲克牌，你打一局，我給你推算出所有牌在誰手上、怎樣的排列，要是都和我說的一樣，你就得回答我兩個問題。」對於撲克牌把握很大的歐蘿妲相當有自信地說著。

「好啊，不過因爲剛剛小同學幫我賺了一筆，要是妳輸了，我也請妳去喝飲料，如何？」純粹就是抱持著玩玩的心態，老師同意了賭注。

「可以。」

於是兩人相偕往牌桌走去。

留在原位的六羅繼續挑他的肉。

他在原地看好戲，他很有預感……向來號稱賭不輸的老師這次一定會完蛋。

果然在約莫十分鐘左右之後，兩個人抱著一堆賭金以及歐蘿妲勝利的笑容回來了。

「六羅，你學妹好變態……」指著那個眞的看著人家洗牌就把所有順序和排列都計算出來的小女孩，老師覺得他看見鬼了。

「請默哀。」笑笑地回答，六羅愉快地將最後一口飯吃下肚。

「願賭服輸喔老師，現在請您回答我的兩個問題了。」得到全勝的歐蘿妲心情很好地說著。

「好吧，輸就輸了，妳問吧。」相當乾脆地回答，老師很直接等待問句的下來。

勾起笑容，歐蘿妲開始了第一個問句，「請問老師是哪種袍級？」

「咦？黑、黑袍……」怎麼會問這麼簡單？先是錯愕了一下，老師還是回答了。

「曾經在公會擔任的黑袍分級呢？」

「資深的戰鬥前線組。」

喔，果然是戰鬥組，跟她猜的差不多，難怪學生來堵老師時從來沒有堵成功過，資深的黑袍又是戰鬥專家，搞不好整個公會裡也沒幾個可以和他打成平手。

終於把心中疑惑解答的歐蘿妲很滿意地點了點頭。

「小同學，妳兩個問題會不會問得太便宜了一點？這樣妳好像吃虧耶。」不知道她爲什麼會問這些查了就可以查到的事情，老師一點也摸不著頭緒。

「喔，不會啊，我只是想確定我的疑惑而已，更多的就不用了。」很自然會拿捏好分寸，歐蘿妲微笑著說道。

盯著眼前的女學生半晌，老師忽然大笑起來了。

「妳這個小同學眞有趣。要是以後直升高中部可以遇到的話，還眞想請妳當班長，一定會很有意思。」他向來都喜歡有意思的學生，像是六羅也屬其中。

專管C部的班導啊……

歐蘿妲開始在心中計算可能性。

其實，未來的可能性很多，也很大。

她勾起微笑，「那、要不要賭看看我能不能當上你的班長？」

「好啊！」

在旁邊看著的六羅仍是笑著。

他即將遠去，但是很快地新血又會遞補上他們的位置。

時間一直在往前行進著一點都不停歇。

或許他不會看見之後賭局的結局，可是他已經有預感這次的賭局誰輸誰贏。

「六羅，你當見證者喔！」

「喔，好啊。」他依舊是笑笑地回答。

在飯堂之後，歐蘿妲仍然回到了國中部繼續她的課程，另外兩個人也各自前往自己的地方。

聽說那個老師後來出任務、爲期一年的長時間任務，必須深入任務中心點無法隨時抽身，所以一整年沒有擔任老師的工作。

之後，六羅似乎因爲不明原因離開了學校，後來音訊全無。

而後，歐蘿妲終於從國中部畢了業，順利地直升上高中部門，在新生訓練的那一天剛好碰上了某個任務結束剛接回導師職務的傢伙。

「不好意思，老師、我又贏了。」她勾起很溫和、很溫和的微笑，在接下了班長職務同時這樣告訴那個輸她的班導師。

她終於體認到，其實學校也並不是那麼無聊。

至少未來的三年裡有個能提供足夠娛樂的人就在他們班上帶領他們。

「不可能！我們再來賭一次！」

這些，就是最開始最開始的時候，他們相遇的一些小小時光。

〈初遇的時光〉完

歡迎大家來到本次座談茶會，因應廣大的原世界居民要求，所以重新開啓了茶會機制，未來將不定期邀請不同來賓聚會訪問。

本茶會中的訪談問題出自於原世界特約信箱以及與衆人的當集相關閒談。

總之，大致上就是這樣了。

主持人B：大家好久不見，我是你們都認識的B，又到了訪談時間。各位大哥大姊，下次提問時候麻煩不要提出主持人會被打死的問題好嗎……很可怕的……（蹲角落）

主持人D：大哥打起精神！你OK的！不OK會變成我們下面遭殃，請一定要撐過去啊！

主持人B：你的實話是後面那段吧……總之，我是訪談主持人B，外景主持人C在經過漫長的精神療傷時間後也歸隊了，請大家要愛護主持人。

喵喵：沒關係的，醫療班可以處理！

主持人B：那請麻煩先復活A！

喵喵：可是A是自主式裝死耶，他說他絕對不會再出山，就算把B吊起來掛在牆上也不會影響今生的決定。

主持人B：我們開始茶會吧……

地點：左商店街．貝吉的茶店

出席名單：學長、夏碎、喵喵、褚冥漾、西瑞、千冬歲、九瀾、伊多、雅多、雷多

問題：請問學長對喵喵的看法？

喵喵：呀啊啊啊啊啊啊啊啊啊啊啊——

B：啊，喵喵逃走了，那麼冰炎殿下的看法是？

學長：米可蕥是很能幹的醫療班。

B：呃、沒有別的嗎？

學長：什麼別的？

B：你沒感覺到喵喵喜……嗚噗……（被夕飛爪一捅爆血）

喵喵：沒、什麼都沒有！喵喵最喜歡大家了！不管是學長還是漾漾還是千冬歲還是萊恩都很喜歡喜歡——

學長：主持人快死了。

（喵喵緊急治療中）

問題：請問學長聽見漾漾的內心想法是怎樣的形式？

學長：你要不要先去把血衣換掉啊。

B：我覺得好像還會再噴血……先穿著好了。總之應該是想問你具體聽見的是聲音，或是影像、文字類吧？

學長：心聲，類似講話的聲音。

B：嗚啊，那一定超吵的！

學長：沒錯（青筋）

漾漾：就說不要偷聽啊……我也是千百個不願意。

學長：你意見很大嗎？

漾漾：對不起，請假裝什麼都沒聽到（馬上縮到沙發後）

B：那不會容易偏頭痛嗎？

學長：你很想知道嗎！

B：對、對不起，接著下一題。

問題：西瑞的頭髮小時候是正常的嗎？染燙之前應該是很一般的髮色和髮型吧。

B：這個信是五彩顏色！

西瑞：哈！本大爺的頭毛從出生開始就是這樣子！

漾漾：騙人的吧。

喵喵：騙人的。

千冬歲：絕對是騙人的。

雷多：這真是藝術啊，太棒了！

西瑞：你們這些渾蛋想打架嗎！

千冬歲：哼，有本事打輸就剃光頭！

西瑞：哈，本大爺行走江湖從不打輸！你個四眼仔，等著本大爺剃了你！大爺我一定會幫你剃成高速公路！

雷多：怎麼可以朝這種藝術品動手！太暴殄天物了！

漾漾：你們可以冷靜一點嗎……

那麼，西瑞的頭髮是怎麼做出來或維持的呢？

西瑞：本大爺出生就是這樣了……不過如果你真的想知道，贏過本大爺就告訴你！

幫忙問一下，西瑞喜歡吃什麼？

西瑞：大爺什麼都吃，不過有肉最好！

B：沒有特別討厭的食物嗎？

西瑞：……

B：真的沒有嗎！

西瑞：煩死了，宰了你！

喵喵：禁止打架！要打架出去喔！

B：……（剛剛不就是差點被妳打死的嗎）

九瀾：西瑞小弟討厭我特別請他吃的東西啦（陰森笑）

漾漾：說起來，西瑞垃圾食物吃很多。

西瑞：哼，對本大爺來說，食物就是食物！

千冬歲：反正營養的東西就算吃再多他也不會變得比較正常。

西瑞：本大爺就打到你不正常！

B：快、快進行下一題！

問題：請問學長對主角褚冥漾的第一印象是如何？

學長：……

漾漾：學長你那個沒表情的表情真的有夠可怕的……

學長：不然你希望我有什麼表情？嗯？

漾漾：對不起你還是維持這樣好了。

問題：漾漾老是喊著要跟醫療班買藥，後來到底有沒有買到？

漾漾：當我聽到藥物的保存方式之後，我就決定改天再買了。

B：方式很可怕嗎？

漾漾：不可怕，但是超出我現在的能力範圍……只能說神藥果然不一樣。

B：喵喵可以介紹一下保存方式嗎？

喵喵：很簡單喔，以基本的隨身傷藥來介紹，這是混合精靈族特調的藥物，藥效快、不過也很容易揮發，使用後一定要用特別術法封緊水晶瓶蓋，用冰術維持適合溫度，不然很容易●●●●●●。

B：果然有傷還是找醫療班報到比較好。

漾漾：對吧！

那麼順便幫編輯問一下好了，夏碎是用哪種洗髮乳和護髮用品呢？

夏碎：這個……（微笑）

小亭：（舉手）小亭知道！主人什麼乳都沒用！

B：不是用洗髮精嗎？

漾漾：學長也沒用洗髮精嗎？那我在浴室看到的罐子是什麼？

學長：哼。

夏碎：那是一種樹的果實汁液，磨碎之後可洗沐用。

B：天然洗髮。

小亭：可以吃的喔！是果汁！甜甜的！

夏碎：（難怪覺得最近清潔物品有減少啊……）

大家覺得美術如何呢？

B：這是畫者問的，附帶一提，他說回答不好就毀容。

眾人：很好！

B：這時候口徑很一致……西瑞好像有話要說？

西瑞：本大爺覺得太樸素了！

漾漾：咳……咳咳（被水嗆到）

西瑞：你不覺得很樸素嗎？柱子要閃一點、牆上要裝飾一點，本大爺覺得屋子缺太多東西了，你們真該看看本大爺的房子，要龍有龍！要氣勢有氣勢！喂喂漾你幹嘛捂本大爺嘴巴——

B：總之大家的回答是很好。

主持人B：以上是信箱來的問題，那麼接下來我們來稍微聊一下本集吧，請C準備一下棚外走動。

應該滿多人好奇的，雅多和雷多在守夜時候，怎麼會突然想做起果醬呢？

雅多：因為他無聊。

雷多：因為我無聊……所以想說到處走走，於是發現有個神祕的房間，就跟雅多說一起下去探險吧！

B：結果被拒絕嗎？

雷多：是啊，雅多說他要認真守夜，所以我只好自己下去了，結果是個大儲藏室，用術法隔離不讓水淹上來的，還可以利用淹水的降溫來調節保存，裡面發現了橘子！

雅多：……

雷多：然後我很高興地在下面雕花橘子，這真是自然的藝術品啊，興沖沖地跑上去拿給雅多看，他竟然把橘子捏爆！

雅多：我並不認為刺蝟橘子是藝術品。

雷多：後來就省略，總之因為橘子爆了，伊多看到一定會問，我們就決定乾脆把它滅屍掉。

伊多：我不會問橘子呢，我只想知道省略的那部分（微笑）

雷多：總、總之，就是這樣煮的果醬。

B：所以那個果醬是爆橘果醬嗎……

漾漾：不知道為什麼，我突然一點都不感慨自己沒用了。

那麼夏碎和伊多怎麼會想做麵包？

伊多：清晨醒來時候，正好夏碎先生也醒了，所以邀請他一起幫大家製作早餐。

小亭：然後小亭看到好多果醬！想喝掉！主人說果醬是大家要配東西吃的，所以不能喝。

夏碎：和伊多思考了一下，看見了麵粉備量很足，就這樣動手了。

小亭：小亭有幫忙喔！揉了很多很多的麵團！

伊多：所以就這樣超過早餐的分量了，繼續做起了備食。

B：這是什麼型男主廚們的閃光早晨啊……

小亭：那是什麼？主廚能吃嗎？

B：那是說妳主人跟伊多很帥，還很會做飯的意思。

對了，伊多和夏碎的好手藝是怎麼來的？

伊多：我必須防止有人想加害雅多和雷多的可能性，能自己動手便盡量自己做。

雷多：哼哼，現在我們也長大了，敢暗算我們的就等死吧。

雅多：（點頭）

伊多：現在我必須防止加害者被加害，所以還是盡量自己動手。不過在雅多和雷多懂事之後也會幫忙，現在大多時候他們會搶著做，讓我輕鬆很多。

B：夏碎呢？

夏碎：家族學習，但是很大一部分原因是因為冰炎。

漾漾：咦？學長？

夏碎：冰炎是只要有水喝就可以長期執行任務的人，我必須自求多福。

學長：……

漾漾：（啊啊，好熟悉的獅子踹小孩相處方式……對不起學長我閉腦了！）

啊，主角好像有話想問。

漾漾：雖然我覺得伊多和夏碎學長應該是領導系，但是大家好像也都很聽話？

千冬歲：當、當然，因……因為、因為是……因為是……

雷多：當然聽啊，伊多是大哥，我們會跟他在一起。

雅多：是的。

漾漾：（……所、所以不是領導關係，而是哥哥的關係嗎！）

學長：嗤。

安地爾那時候警告蟲骨不可以對褚動手，但是在蟲骨撞破水泡才出手阻止是為什麼？

C：請……請發言……

安地爾：我該稱讚你們主持人敢出現嗎？好吧，為了獎賞你的勇氣，我可以告訴你。

C：嗯嗯！

安地爾：首先，蟲骨的死活與我無關。再來，那麼小的泡他都能一頭撞進去，我當然是笑夠了才出手。

C：……

蟲骨：尼馬的安地爾——

（棚內）

漾漾：難怪我那時候就覺得變臉人好像有慢了點，原來是在旁邊看笑話嗎……

B：面無表情的內心笑也真可怕。

水妖精的靈山聖地是真的可以烤肉用嗎？

B：難道族內沒人抗議嗎？一般聖地應該是不能這樣吧？

雷多：可以啊，我跟雅多以前也有烤過。

漾漾：但是你們沒有烤到火燒山吧……

雷多：安啦，反正聖地禁止他人踏進，當然也沒人知道，要放火還是放雷都不會有人干涉，很方便的！

漾漾：是、是這樣嗎……

伊多：請放心，我們有做好淨化氣流的術法，冰炎殿下也有協助設置，對聖地不會有任何污染影響。

漾漾：不，我的問題點不是這樣。

學長：煩死了，囉嗦！

黑柳嶺一戰發生了什麼事？

C：我們請菲西兒和登麗代表回答吧。

菲西兒：這個嘛……請大家期待未來的特輯喔，會有我和登麗活躍的故事！

C：敬請期待。

七陵對於得到第一名有什麼感想？

韋天：無感。

C：拜託想一點。

韋天：生於天之下、土之上，終將歸於歷史之流。所擁有之物非我永恆之物，既存在也不存在，有即是無，是我也非我，所以無感。

C：我有點聽不懂耶……

韋天：天命之道，不強求。

Atlantis另外一隊對於沒拿到第一名會感到

惋惜嗎？

蘭德爾：沒啥好惋惜啊，贏就贏，輸就輸，比賽本來就這樣，何況七陵的強是貨真價實。

庚：我本來就無所謂呀，增廣各校見聞很有趣。

C：喔喔，那萊恩……萊恩不見了！

（棚內）

B：千冬歲呢？

千冬歲：雖然覺得很可惜，不過那種狀況下輸得心服口服。

漾漾：不過看到千冬歲參賽真的很驚訝。

喵喵：我們看到漾漾參賽也很驚訝喔！超驚訝！

漾漾：我自己都覺得見鬼了……

喵喵：班導還偷偷跟歐蘿妲打賭說你會一路躺屍到比賽結束喔！

漾漾：他乾脆輸到脫褲算了！

主持人B：那麼這次的茶會閒談大致上就這樣結束了。

學長：所以你可以去換掉血衣了。

B：是啊……

漾漾：主持人辛苦了。

喵喵：貝吉的點心好好吃，下次茶會喵喵也可以推薦別的店家喔！

雅多：我們該回去了，伊多需要休息。

B：啊啊請大家稍微等一下，既然是茶會重開，所以這邊有跟作者拗到禮物。

學長：信不是沒很多嗎？

B：不過有拗到禮物啊嘿嘿嘿嘿，來來來，請大家先把信交出來，放在這邊的箱子裡，那請誰幫忙抽一位？

小亭：抽出來的人可以吃掉嗎？

漾漾：抽出來只有信，沒有人，不要吃人啊！妳想對讀者幹嘛啊！

西瑞：呼哈哈哈，這種事情當然要本大爺來當神之手！

千冬歲：漾漾你抽吧。

西瑞：你個四眼雞仔又想妨礙本大爺嗎！

漾漾：呃，學長你請吧……（我怕抽到的人會連帶倒楣）咦！學長呢！

夏碎：剛剛離開了。

漾漾：學長你竟然跑了！

B：誰都好快點抽一位吧……

西瑞：當然是本大爺！

雅多：回去吧，伊多需要休息。

雷多：走吧，不過看人家搶箱子還滿好玩的。

伊多：（微笑）

哇啊啊啊啊——

漾漾：你們何必把箱子爆掉。

千冬歲：不管如何，絕對不可能給不良少年抽！

西瑞：本大爺打死你個四眼田雞！

B：誰都好，快點結束吧……

九瀾：拿去（撿起信件遞過去）

B：感謝！

本次茶會在當期所有來信中抽出一名，致贈新版第五集作者簽名書一本。

得獎名單：夜燐

新書出版之後將立即寄出。

主持人B：以上，茶會結束，感謝大家的參與，咱們下次再見（說完立刻瞬間逃逸）

～END～

※叫人起床請勿戴各種面具

by 紅麟

特殊傳說
THE UNIQUE LEGEND

下集預告

爲期一週的期末考地獄終於來臨！
漾漾在黑袍大人們的幫助下總算勉強過關，
也迎來了高中的第一個寒假。
然而，回到原世界後，已經不是「正常人」的他，
卻被女鬼逼迫解決問題！？

因故返回黑館的漾漾，發現黑袍不知在大廳商議什麼，
爲了得到學長幫助，他只好待在黑館三天，
不過，這時的黑館似乎不是平常的黑館……

內心OS：

倒退兩步，
我連最後一丁點正常人成分都被抹煞了嗎？

蓋亞文化圖書目錄

書名	系列	作者	ISBN	頁數	定價
恐懼炸彈（新版）	都市恐怖病	九把刀	9789867450340	320	260
大哥大	都市恐怖病	九把刀	9789866815690	256	250
冰箱	都市恐怖病	九把刀	9789867929761	240	180
異夢	都市恐怖病	九把刀	9789867929983	304	240
功夫	都市恐怖病	九把刀	9789867450036	392	280
狼嚎	都市恐怖病	九把刀	9789867450142	344	270
依然九把刀（紀念版）	非小說・九把刀	九把刀	4710891430485		345
人生就是不停的戰鬥	非小說・九把刀	九把刀	9789866473029	384	280
不是盡力，是一定要做到	非小說・九把刀	九把刀	9789866473036	384	280
1%	非小說・九把刀	九把刀	9789866473647		400
人生最厲害就是這個BUT！	非小說・九把刀	九把刀	9789866157035	384	299
我買過最貴的東西，是夢想。	非小說・九把刀	九把刀	9789866157738		299
綠色的馬	九把刀・小說	九把刀	9789866815300	272	280
後青春期的詩	九把刀・小說	九把刀	9789866815799	272	250
上課不要看小說	九把刀・小說	九把刀	9789866473654	272	280
上課不要烤香腸	九把刀・小說	九把刀	9789866157806		280
樓下的房客	住在黑暗	九把刀	9789867450159	304	240
獵命師傳奇 卷一～卷十九	悅讀館	九把刀			3752
臥底	悅讀館	九把刀	9789867450432	424	280
哈棒傳奇	悅讀館	九把刀	9789867929884	296	250
魔力棒球（修訂版）	悅讀館	九把刀	9789867450517	224	180
都市妖1~14	悅讀館	可蕊			各199
青丘之國（都市妖外傳）	悅讀館	可蕊	9789867450470	320	220
都市妖奇談 全三卷	悅讀館	可蕊	9789866815058		各250
捉鬼實習生 1～7（完）	悅讀館	可蕊			1406
捉鬼番外篇：重逢	悅讀館	可蕊	9789866815652	320	250
魔法師的幸福時光 1～9（第一部完）	悅讀館	可蕊			1926
魔法師的幸福時光 番外篇	悅讀館	可蕊	9789866473913	208	180
月與火犬 卷1 ～10	悅讀館	星子			2200
魘	悅讀館	星子	9789866473968	288	240
百兵　卷一～卷八（完）	悅讀館	星子	9789867450531	272	1535
七個邪惡預兆	悅讀館	星子	9789867450913	272	200
不幫忙就搗蛋	悅讀館	星子	9789867450258	308	220
陰間	悅讀館	星子	9789866815027	288	220
黑廟　陰間2	悅讀館	星子	9789866815577	256	220
捉迷藏　陰間3	悅讀館	星子	9789866157073	256	220
無名指　日落後1	悅讀館	星子	9789866815362	336	250
囚魂傘　日落後2	悅讀館	星子	9789866815446	288	240
蟲人　日落後3	悅讀館	星子	9789866815713	280	240
魔法時刻　日落後4	悅讀館	星子	9789866473173	304	240
怪物　日落後5	悅讀館	星子	9789866473500	288	240
餓死鬼　日落後6	悅讀館	星子	9789866473616	256	220
萬魔繪　日落後7	悅讀館	星子	9789866473814	288	240
太歲（修訂版）　卷一～卷七（完）	悅讀館	星子			1979
太古的盟約　卷一～卷九	悅讀館	冬天			1955
四百米的終點線	悅讀館	天航	9789866157004	364	250
君子街，淑女拳	悅讀館	天航	9789866157097	272	240
戀上白羊的弓箭	悅讀館	天航	9789866157165	288	240
披上狼皮的羊咩咩	悅讀館	天航	9789866157745		250

＊實際定價以各書版權頁爲準

書蟲的少年時代	悅讀館	天航	9789863190035		250
術數師1～3	悅讀館	天航			720
三分球神射手 1～6（完）	悅讀館	天航		272	1420
東濱街道故事集　惡都1	悅讀館	喬靖夫	9789866815829	208	180
慈悲　惡都2	悅讀館	袁建滔	9789866473043	336	240
犬女　惡都3	悅讀館	袁建滔	9789866473227	208	180
武道狂之詩　卷一～卷十一	悅讀館	喬靖夫			2294
吸血鬼獵人日誌 I ～IV	悅讀館	喬靖夫			847
吸血鬼獵人日誌 特別篇	悅讀館	喬靖夫	9789867450999	192	129
殺禪　全八卷	悅讀館	喬靖夫			各180
誤宮大廈	悅讀館	喬靖夫	9789866815423	256	220
香港關機	悅讀館	喬靖夫		208	180
天使密碼 全五卷	悅讀館	游素蘭			各220
說鬼　黑白館1	悅讀館	琦琦	9789866473333	320	240
惡疫　黑白館2	悅讀館	琦琦	9789866473517	272	240
遺怨　黑白館3	悅讀館	琦琦	9789866157486		240
噩盡島 1～13（完）	悅讀館	莫仁		272	2739
噩盡島II 1～11（完）	悅讀館	莫仁			2450
異世遊　全五卷	悅讀館	莫仁		304	各240
遁能時代 全五卷	悅讀館	莫仁			各240
因與聿案簿錄 1～8（完）	悅讀館	護玄			1840
案簿錄 1～2	悅讀館	護玄			460
異動之刻 1～10（完）	悅讀館	護玄			2280
影子瀑布	Fever	賽門・葛林	9789866815607	464	380
善惡方程式（上下不分售）	Fever	珍・簡森	9789866815478	842	599
熾熱之夢	Fever	喬治・馬汀	9789866473234	456	360
審判日	Fever	珍・簡森	9789866473357	592	420
光之逝	Fever	喬治・馬汀	9789866473203	384	320
魔法咬人	Fever	伊洛娜・安德魯斯	9789866473593	336	280
殺人恩典	Fever	克莉絲汀・卡修	9789866473760	400	299
魔法烈焰	Fever	伊洛娜・安德魯斯	9789866473746	352	299
魔法衝擊	Fever	伊洛娜・安德魯斯	9789866473999	352	299
守護者之心　秘史系列1	Fever	賽門・葛林	9789866157011	416	350
惡魔恆長久　秘史系列2	Fever	賽門・葛林	9789866157219	464	350
火兒　恩典系列2	Fever	克莉絲汀・卡修	9789866157202	384	299
作祟情報員　秘史系列3	Fever	賽門・葛林	9789866157233	352	299
魔印人	Fever	彼得・布雷特	9789866157325	512	399
錯亂永生者　秘史系列4	Fever	賽門・葛林	9789866157424	336	299
魔法傳承	Fever	伊洛娜・安德魯斯	9789866157653		350
獵魔士：最後的願望	Fever	安傑・薩普科夫斯基	9789866157493		320
魔印人：沙漠之矛（上＋下）	Fever	彼得・布雷特			640
獵魔士：命運之劍	Fever	安傑・薩普科夫斯基	9789866157752		350
藍月東昇	Fever	賽門・葛林	9789866157721		399
魔法獵殺	Fever	伊洛娜・安德魯斯	9789866157769		340
破戰者（上＋下）	Fever	布蘭登・山德森			640
神來我家	Fever	A. Lee 馬丁尼茲	9789863190189		280
上上籤	畫話本	YinYin	9789866157554		220
臨時預約 陰陽堂	畫話本	爆野家	9789863190004		220
幸福調味料	畫話本	阮光民	9789863190066		240
時空鐵道之旅	畫話本	簡嘉誠	9789863190219		220

✽實際定價以各書版權頁爲準

國家圖書館出版品預行編目資料

特殊傳說／護玄 著.
——初版.——台北市：蓋亞文化，2012.11
冊；公分.——

ISBN 978-986-319-009-7（卷5：平裝）

857.7　　101005845

悅讀館 RE275

5

作者／護玄
插畫／紅麟　封面設計／克里斯
出版／蓋亞文化有限公司
地址◎台北市103承德路二段75巷35號1樓
電話◎（02）25585438　傳眞◎（02）25585439
部落格◎gaeabooks.pixnet.net/blog
臉書◎www.facebook.com/Gaeabooks
電子信箱◎gaea@gaeabooks.com.tw
投稿信箱◎editor@gaeabooks.com.tw
郵撥帳號◎19769541　戶名：蓋亞文化有限公司
法律顧問／宇達經貿法律事務所
總經銷／聯合發行股份有限公司
地址◎新北市新店區寶橋路235巷6弄6號2樓
電話◎（02）29178022　傳眞◎（02）29156275
港澳地區／一代匯集
地址◎九龍旺角塘尾道64號龍駒企業大廈10樓B&D室
電話◎（852）27838102　傳眞◎（852）23960050
初版十一刷／2023年4月
定價／新台幣 250 元
Printed in Taiwan

GAEA ISBN／978-986-319-009-7

RE275
GAEA

蓋亞文化　讀者迴響

感謝您在茫茫書海中選擇了蓋亞，您的支持是我們最大的動力。
不要缺席喔，讓我們一起乘著夢想的羽翼，穿越時空遨遊天地！

姓名：　性別：□男□女　出生日期：　年　月　日

聯絡電話：　手機：

學歷：□小學□國中□高中□大學□研究所　職業：

E-mail：　（請正確填寫）

通訊地址：□□□

本書購自：　縣市　書店

何處得知本書消息：□逛書店□親友推薦□DM廣告□網路□雜誌報導

是否購買過蓋亞其他書籍：□是，書名：　□否，首次購買

購買本書的動機是：□封面很吸引人□書名取得很讚□喜歡作者□價格便宜□其他

是否參加過蓋亞所舉辦的活動：
□有，參加過　場　□無，因爲

喜歡出版社製作什麼樣的贈品：
□書卡□文具用品□衣服□作者簽名□海報□無所謂□其他：

您對本書的意見：
◎內容／□滿意□尚可□待改進　◎編輯／□滿意□尚可□待改進
◎封面設計／□滿意□尚可□待改進　◎定價／□滿意□尚可□待改進

推薦好友，讓他們一起分享出版訊息，享有購書優惠
1.姓名：　e-mail：
2.姓名：　e-mail：

其他建議：

◎請沿虛線剪開、對摺、裝訂後寄出

◎請沿虛線剪開、對摺、裝訂後寄出

廣告回信 郵資免付
台北郵局登記證
台北廣字第00675號

TO：蓋亞文化有限公司　收

103 台北市承德路二段75巷35號1樓

Gaea

GAEA